U0937270

如果岁月可回头

IF TIME FLOWS BACK

谭以牧　著

天地出版社 | TIANDI PRESS

图书在版编目（CIP）数据

如果岁月可回头 / 谭以牧著. — 成都 : 天地出版社, 2020.5
ISBN 978-7-5455-4759-7

Ⅰ. ①如… Ⅱ. ①谭… Ⅲ. ①长篇小说—中国—当代 Ⅳ. ①I247.5

中国版本图书馆CIP数据核字（2019）第058833号

RUGUO SUIYUE KE HUITOU
如果岁月可回头

出品人	杨　政
出版授权	爱奇艺文学
作　者	谭以牧
特约策划	李文静
责任编辑	王筠竹
封面设计	徐　海　叶　茂
版式设计	史小燕
内文排版	四川最近文化传播有限公司
责任印制	王学锋

出版发行	天地出版社 （成都市槐树街2号　邮政编码：610014） （北京市方庄芳群园3区3号　邮政编码：100078）
网　址	http://www.tiandiph.com
电子邮箱	tianditg@163.com
经　销	新华文轩出版传媒股份有限公司

印　刷	北京市十月印刷有限公司
版　次	2020年5月第1版
印　次	2020年5月第1次印刷
开　本	880mm × 1230mm　1/32
印　张	11.5
字　数	270千
定　价	45.00元
书　号	ISBN 978-7-5455-4759-7

咨询电话：（028）87734639（总编室）
购书热线：（010）67693207（营销中心）

本版图书凡印刷、装订错误，可及时向我社营销中心调换

01.

日光之下，新事不多。

鸭舌帽压得极低，墨镜盖住小半边脸，虽然不是第一次干这事，蓝天愚还是忘了戴上口罩。他一脸紧张地盯着写字楼开开合合的玻璃门，进进出出的男男女女让他儒雅的脸上多了一丝失望。连他自己都不知道，他在盼望什么。这一刻的感受，说诛心一点都不为过。

自从上官慧开始动不动把离婚挂在嘴上，他诛心的日子便没有少过。

唯一能让他稍稍安定的，是那辆红色的私家车就停在不远处。这意味着，上官慧会从这扇门走出来。

是什么时候走上的盯梢这条路，他记不清了。也许缘于她开始尝试新的香水，也许是她总对着手机边聊天边傻笑。这样的细节他太了解了，许多年前，他爱死了这样的她。

然而自从有了盯梢的决定，他知道，以后的日子，都不会好过从前了。他心里苦，但谁都不可说。像是一个有病的人，对药又抗拒又忍不住伸手。

这世上，朝夕相对的夫妻往往是怨侣，仅有一面之缘的男人反倒能成为战友。出租车司机摇头晃脑地戳着手机，和人愉快地聊着天，一点也没觉得在这里陪一个男人等人影响他趴活儿。司机阅人无数，虽然礼貌，但笑容中藏着一丝不为外人察觉的世故，或许在某个私密的群里，他正和别人吐槽着今天看到的傻帽。

出来了！蓝天愚深吸一口气，司机很懂味地将手机锁屏，坐直身子，手搭在车钥匙上，双眼警觉地看向四周。

风韵犹存、体态婀娜的上官慧从写字楼的玻璃门袅袅走了出来。这么一段距离，她要走一分三十秒。上车以后，她会先对着镜子补个妆，大约需要两分钟。从楼前的停车场挨到辅路上，没有三分钟时间她是搞不定的……

闭着眼睛如数家珍，睁着眼睛开始怀疑。这操蛋的人生。

“跟上这辆车，别让她发现。”蓝天愚缓缓开口了。

司机一凛，两眼放光：“明白！明白了大哥！老婆是不是！跟踪！就爱干这种事，贼刺激！”蓝天愚有点想打人。但他无暇顾及其他，一脸紧张地盯着上官慧的那辆车。

他和她的车子一前一后，保持着不远不近的一段距离。这一刻他伤感，看什么都像在影射自己。比如，这距离。

两旁的香樟树在倒退，红绿灯前，车子停下，一对年迈的夫妇手拉手从车前缓缓走过。蓝天愚看得眼里起雾。他今天好像格外感性，不知右边那辆红色私家车里的女人是不是也憧憬过这样的场景。

看样子上官慧是要去商场，这是她每个月必做的事。作为一名航空公司的乘务长，她理应以光鲜亮丽的形象出现在大家面前。可是蓝天愚有一瞬间的恍神，这地方，热恋的时候拖手逛一整天都不累，再后来，每一次都是以上坟的心情走进这光怪陆离的时尚中心。上官慧对他吹胡子瞪眼，恨不能脱下高跟鞋往他脑袋上敲。她顾及形象，所以咬着牙恨得不痛快。

在蓝天愚看来，这里真是讨人嫌，脂粉味浓得呛鼻，导购像乱舞的群魔，而上官慧又拖拉不干脆。他只想知道，淡紫和不那么淡的紫有什么区别？两支色号相邻的口红哪里不一样了？于是，坐在休息区等女伴的男同胞们相视一笑，有一种同病相怜的悲戚。

“喂，人走了，你不下车吗？”司机的适时提醒唤回了失神的蓝天愚。他把手伸进口袋，急急忙忙掏钱。司机很大度地摆摆手：“不用了，这种事怎么能收你的钱呢！太不仗义了吧！这个时候，男人都是同一个战壕里的战友。”说完，他挤了挤眉头。

蓝天愚只得苦笑，还带着一丝感动。他见上官慧还在视线中，又好奇地问道：“你怎么知道……那是我老婆？”司机一副什么都知道一点儿的表情，唾沫横飞：“花钱雇的那种私家侦探，都有车，不会打出租。还有，你脸上的表情……很痛苦，一张冤脸。”

蓝天愚有些尴尬，讷讷地说：“猜对了，此时此刻，还是我老婆。”司机拍拍他肩膀，这是男人之间的鼓励：“振作起来，盯不到结果，明天接着盯。”

蓝天愚咧咧嘴，挤出一丝比哭还难看的笑。

一次盯不到，蓝天愚接着盯，似乎非要盯出个结果他才痛快。

这一次，上官慧是来见朋友的。

体育馆与她的装扮真不相配。她妆容得体，衣着体面，应该站在时尚地的中央，实在不应该出现在挥汗如雨的这里。

蓝天愚知道，她有健身的习惯。这一回，大抵又要扑空了吧。一想到这里，他又欢喜又忧伤，心里漾出一丝惆怅。

但出于男人的本能，有些朋友，似乎不一般。比如，出现在上官慧面前的这一位。果不其然，下一刻，这位不一般的朋友牵住了上官慧的手。

“不介绍一下吗？”蓝天愚的声音怪异且阴沉。这不像他，但又是此刻的他。

那只手急忙松开，上官慧转过头，愣住了，神色有些尴尬，用极不自然的声音介绍道：“这是……蓝天愚，这是……秦峰。”

秦峰笑得很难看：“你好……”

蓝天愚阴着脸，往前迈了一步，咄咄逼人：“她只介绍了人名，没介绍人物关系，典型的偷鸡摸狗时的心虚。”说到这里，他嘴角露出一丝冷笑，“补充介绍一下，我是她丈夫！你是他什么人？”

秦峰愣在那里，一句话也答不上来，上官慧只能硬着头皮挤出两个字：“朋友。”

蓝天愚依旧一声冷笑，毫不留情地往最难堪的地方戳：“生理上的朋友？”说到这里，倒是他心里泛出一股酸楚，连声音都有些颤抖，“我跟踪了你三天……”

上官慧神色紧张，望着丈夫。蓝天愚无奈地摇了摇头，探询地问："就为了他？要离婚？"

这一刻，他重新打量起秦峰来。不帅，有点黑，穿得也很随便，可以说样样都不如他。可这个家伙钻了他的空子，动了他的妻子。细细看，他能看到秦峰鼻尖沁出的汗，还有微微鼓起的肱二头肌，有一点野性，这个男人在两人的关系里一定牢牢占据主动。

想到这里，蓝天愚胸腔之中泛起怒火，像吃了柠檬，酸酸的，连质问的声音都不经意间提高了八度："我问你，你牵的是谁？你老婆还是我老婆？如果你知道她是别人的老婆，你还要去牵，这是什么行为？"

相比之下，秦峰的声音有些弱："你冷静点，我可以解释……"

上官慧看着蓝天愚，微微上前一步，露出一丝尴尬的表情："有什么话，能不能回家说？"她是什么意思？为奸夫解围？蓝天愚的嘴角微微抽动了一下："不能！告诉我，这是什么行为？"

秦峰终于开口了："是爱，你相信吗？"

蓝天愚一听，当即暴怒："我相信无耻！"

"对不起！"上官慧环顾四周，想息事宁人。蓝天愚的声音更大了："不用跟我说对不起！我痛恨听到'对不起'这三个字！对不起？说明我被什么人占了便宜，说明我被欺骗了，说明我被自己最亲近的人捅了一刀！我现在特别想对你说对不起！"

空荡的体育馆里，回荡着蓝天愚洪亮的声音，连不远处跑步的人都忍不住朝这里望来。秦峰鼻尖的汗更稠密了，上官慧也不敢说话。现在，是蓝天愚一个人的舞台：“你俩这叫什么知道吗？一个叫流氓，一个叫破鞋！我跟踪你，是下贱，可下贱总比无耻强！”

蓝天愚说完，转过身，飞起一脚，将一排跨栏用具踢倒在地。秦峰与上官慧只得愣愣地看着，气氛极为压抑。

“都怪我，”上官慧开口了，“如果我和他谈离婚的时候提一下你，或许不会有今天的局面。”和蓝天愚在一起这么多年，她应该想到固执的他会自己寻找一个理由，如果她不给他一个明确的理由的话。早说晚说，早晚要说，这样撞破．或许难堪了点，但也能解决问题。

秦峰望着蓝天愚离去的方向，轻轻地抱了抱上官慧。从今以后，她就完完全全属于自己了吧，秦峰想。

可上官慧此刻的纠结，唯有她自己知道。夫妻一场，一朝贪恋情绪上的欢喜，做了令她后悔的事。她享受秦峰无微不至的关怀，这样如恋爱期般的细心，蓝天愚给不了。可蓝天愚的那份笃实，秦峰有没有，还需要时间来检验。一时间，她有种失控的、被逼上绝路的委屈，鼻子一酸，眼眶有点润湿。

这个瞬间，她是有选择的。她的选择是，轻轻地推开了秦峰，转过身，跟着蓝天愚，忐忑地回到家里。

家还是那样安静，又带着一丝压抑。蓝天愚阴着脸，许久不说话。上官慧倚着墙，斜着眼睛看他。一如曾经的模样，只是两个人都不再年轻了。她依稀能看到他头上不肯拔掉的白发，还有随着时间流逝依稀出现的眼袋。

这样沉默的对峙，对两个人来说都是煎熬。蓝天愚率先打破沉默："那种颜色的帽子，我戴了多久了？"说完，他冷冷地看着她。这些年了，他太了解她。不自信的时候，她会习惯性脑袋放空，一片沉默。沉默于她而言，就是承认。看她只言不语的样子，他有些难过，淡淡地说："别怕刺激我，让我想象才更刺激我。"

上官慧挪开眼睛，终于开口了："半年。"

蓝天愚似乎对这个时间很不满意，接着问："上了吗？"上官慧有些不解，回问道："什么上了吗？"蓝天愚一脸痛苦之色："床！"上官慧没回答，只淡漠地对峙着。

蓝天愚显得极为不耐烦："行了，算是回答了。"

上官慧似乎极为气愤："没有你想的那么脏，我们没有什么过分的行为……我承认我是出轨了，但只限于精神上的出轨！"

蓝天愚觉得她变了，都会抵赖了，于是强调一遍："你得承认，你被我抓了现行！现在，我想知道为什么！"

上官慧声音有些哀怨："蓝天愚，你是装傻还是充愣啊？你真的不知道为什么吗？"

02.

"为什么？"白志勇面色痛苦地问景雅，然后，他重复了一句，"我就纳闷儿了，为什么非要离婚呢？"

白志勇望着这个家，宽敞的两居室，英式格调的装修，贷款早已还清，日子虽然比上不足，但他从来不曾亏待她与自己。房子是按景雅的意思装修的，他多少有些理解不了这样的审美，但她喜欢，就够了。他说服了自己。他唯一的要求，是摆了一张懒人沙发。那方沙发，是他的小天地。他打盹，看书，玩游戏，喝点小酒，以及打完扑克窝在上面数数小钱。

那样的日子，一去不复返了。

听了他的话，景雅颇为无奈，摊摊手："还用再说吗？都说了八百遍了，你听着不累啊，我说着都累！"话一说出口，景雅知道，得，伤他自尊心了，他铁定会气势汹汹地喊起来。

果不其然，白志勇怒发冲冠："那你就再说第八百零一遍！"

景雅懒得回应，就那么似笑非笑地望着孩子气的他。先前，她总觉得他的孩子气有些可爱。现在看来，哪里是可爱，明明是她爱。她真同情当年的自己。

"就是因为我贪玩，爱打个扑克喝个酒，没有陪你看话剧看演唱会？我就不明白，你装什么嫩啊，为什么非要跋山涉水、费时费钱地去听那个什么蕾迪卡卡，什么六月天的演唱会……"

"多了一个月。"景雅面不改色地纠错。

看着她滴水不漏的样子，白志勇觉得自己非常委屈，他声音低了几度："我不就是没有按照你想象的那样，成为一个忍受家庭纪律的温驯小绵羊，呆头呆脑的傻帽丈夫，你就说我没有责任感、没情趣、对你不关心，你就绝望，你就要离婚？你有毛病吧景雅？"

“停！”景雅做了一个暂停的手势，“白志勇，别这么声嘶力竭的，我耳朵受不了，心慌，我不想再吵，我累了。”

“我更累！我明确地告诉你，我不同意离！”

“你不同意有用吗？你不同意两年了，我们也吵了两年了，别再彼此折磨了。离婚吧，算我求你了。”

有记忆开始，她从来没有求过他。这一次，算她求他。因为厌倦，要求一个解脱。

“好。”白志勇强行让自己平静下来，他使劲地搓了搓自己的额头，“时间你定。”

“就现在。”

白志勇一愣。

景雅开车，白志勇坐在后排。这一路上，景雅开车带风，把车子当飞机开。她开车从来没有这么顺溜过。她没开导航，显然这条路她盘算过很多回。所有细微的表征，都佐证着她对今天这一刻有多期待。

“啪！啪！”民证局的工作人员显然轻车熟路，盖上钢印，将离婚证推到两只自由鸟面前。

看着离婚证书，景雅有一丝释怀，像惦记了许久的礼物，终于能拥入怀里：“前夫，谢谢你。”白志勇冷哼一声：“屁！谢什么啊？因为分了百分之八十的钱给你？”

“房子归你，我拿百分之八十，你不亏。我谢你，是谢你终于同意离婚了。”

“你不是说了吗，我不同意有用吗？”

工作人员露出一脸为难之色：“二位，出去聊吧，我听还是不听啊……”

得，这世上又多了一个嫌弃他的人。白志勇无奈地摇摇头，和景雅并肩走了出去。先迈左脚，再迈右脚，两人步履一致，连工作人员都忍不住叹了一口气。

“分开以后，我希望，我们还是朋友。”景雅有多伤感，只有她自己才知道。一直盼着他同意离，真离了，心里一时半会儿又真缓不过劲儿来。

“还是朋友？这句操蛋的话，在谎言排行榜上排第二。离婚后还能是朋友吗？什么样的朋友？精神上的还是肉体上的？骗鬼呢？你真够虚伪的啊！”

白志勇今天吃枪药了。景雅忍不住皱了皱眉头：“太难听了，不能绅士点吗？”

“我夹着尾巴当绅士好多年了，你还是不满意啊！绅士个鸟！”白志勇深吸一口气，仰头看天，别说，这破罐子破摔的感觉，还不错嘞。

“行，我就当你是只疯鸟，不过你声音能不能小点？不怕丢人啊？”

“你管天管地，还管得了别人说话放屁？”说到这里，白志勇把头探过去，“如果屁很臭，你是不是还打算要配方啊？”

看着白志勇牙尖嘴利的样子，景雅依然平静，好心提醒：“要点脸面吧你，这是在大街上。”

“无所谓，婚都被强行离了，要脸干什么啊！我早没脸了！”

“我的脸还在，声音小点。”

白志勇依然粗声大气：“我的美丽前妻，你终于管不着了，没资格管了。”

白志勇的喊叫引来路人的驻足观望。他才不理会别人是什么目光，昂着头，气宇轩昂地走了。他昂着头，眼泪才会在眼眶里囤住，不掉下来。大男人，大街上失态，丢人。他干不出这事。

景雅叹了一口气，此刻身边没有熟悉的人，她可以放纵自己红了眼眶。想到过去，也曾甜如蜜，那么美好的感情，怎么就走到今天这个地步了？

当景雅在卧室里往箱子里收拾衣服的时候，白志勇就苦着个脸，坐在一边。无论她在外面有多果敢、独立，在这一刻，她仍旧像一只孤独的、惹人生怜的小兽。是怎样的勇气，让她毅然决然做出了这一切？这么些年了，他应该还是不怎么了解她的吧。

“虽然是我提出的离婚，可也是你心里盼着的，你终于解脱了，终于没有人管你了，你可以撒着欢儿唱着歌儿，欢天喜地过你自由自在的日子了。”

白志勇伸出两根手指头：“是该解脱了。两年，你折磨了我两年，我不同意离婚，你就对我阴阳怪气，天天冷着一张脸，把一个热烘烘暖洋洋的家整得跟宾馆一样。还好，你没穿套制服，假装前台小姐跟我收房费！”

景雅听到这话，气不打一处来：“你这么无耻无赖的人，压根就不该结婚，看来我早该跟你离婚。”

白志勇又急了：“是你要离婚，我怎么成了无耻无赖的人？景雅，咱俩不是夫妻了，你对我说话能不能客气一点？”景雅做了一个前推的动作：“白志勇，别激动，你除了砸东西就是冲我嚷嚷，一把年纪了，小心心脏，别爆了。冷静，数十秒再说话，深呼吸……”

白志勇努力呼吸，但还是平静不了，粗声粗气说：“我就是把肺呼出来，也按捺不住想抽你！”景雅摇摇头，气得不看他，把头扭到一边：“不但无赖，还粗鲁！”

她收拾的时间真久，是铁了心只逗留这一次，今后无论如何，都不会再登这个门了。她也不想在这个屋子里留下一丝她的痕迹，景雅愤愤地想。

想归想，她终究在这屋里生活了这么多年，那些琐碎的杂物，只怕十个箱子都装不完。她把自己的东西归拢到一处，计划着趁白志勇不在家的时候来取。反正，她是不想再见到他了。

景雅装了重要的东西，拖着箱子慢慢走向门口。白志勇坐在沙发上，眼睛看向别处，故意不看她。他真是个演技派，哪怕此刻心像被猫抓了那样难受。

景雅缓缓走到门口，声音中满是悲伤：“我走了……”白志勇没说话，他在努力控制自己的情绪——都撑了这么久了，一直当着大丈夫，这末尾一脚，别崩，别丢人。

景雅打开门，背对着白志勇：“东西，我一次拿不完，钥匙我先留着，我还会来取东西。”白志勇依然不看景雅，只是自顾自地点头，也不管她看不看得见。

“这个时候，你没什么要说的吗？”景雅缓缓开口了。白志勇一脸无奈：“你不是也同意‘男人要放养，不要家养’的说法吗？为什么你两年前就突然不能容忍我这狗脾气了呢？”

他看不见景雅那张不再咄咄逼人的、哀伤的脸，但听到她伤感地说：“我白天有什么苦恼，晚上睡不着，你问过一次吗？我心里疼，身上疼，你了解过吗？我真的压抑。是你的冰冷，你的不耐烦，你的婚姻冷暴力，逼得我不想要这个家了。”

白志勇一脸绝望，紧咬下唇。景雅等不到他的回应，只淡淡留了一句：“你保重……”话一落，她的眼泪顺着脸颊流了下来。她不愿白志勇看到她的糗态，用很隐蔽的动作擦了擦眼泪，调整了一下呼吸，出门了。

啪嗒！门被轻轻带上了。白志勇一怔，依然无语，忧伤地呆坐在那里。

好事不出门，坏事传千里。朱老板不知从哪儿得来的消息，主动邀请白志勇出去喝一杯，美其名曰，一醉解千愁。

朱老板，白志勇的上司，很江湖，也很仗义，趁着夜色摸到了白志勇这里。唯有他，通晓白志勇消愁的一百零八种妙法。而白志勇乐得当个醉鬼。

街角的法式小酒馆，解忧的不二场所，只是消费太高，白志勇时常望馆兴叹。

今天不一样。锡皮小酒壶，高级打火机，上好的雪茄，配上爵士乐以及穿梭于前的国际妙女郎，摆明了朱老板会出大血。乐得白志勇拎着小酒壶就往嘴里倒，朱老板嫌他丢人又觉得他可怜，只得无奈地边摇头边听他说话。

“活着，就是享受现在，别老纠缠过去……离了也好，起码现在不用打电话告诉她我在外面喝酒，不用忍受她的唠唠叨叨，多好啊，自由！早该去追求的自由自在，现在来了，爽啊。”

朱老板听不下去了，他一向直言不讳，有啥说啥，这次也不例外：“浑蛋逻辑，装什么孙子啊，她主动提出离婚？她主动提出也是你逼的，那是你自己在生活上放纵放肆，态度上浑了吧唧。你自己没把婚姻经营好，别老怪人家景雅。”

白志勇叹了一口气：“我就怪景雅！好像老婆管制老公就是天经地义的，凭什么啊？婚姻不等于管制，被管制的婚姻一定会崩溃。你想啊，我白天被你这种领导管制，晚上被她这种老婆管制，管制得我小心翼翼，管制得我缩手缩脚，管制得我都喘不过气来了！我不高兴我不开心！我就是要自由自在！离了婚，可以迎接新的没有枷锁的美好生活，多来劲，多敞亮啊。”

朱老板忍不住翻个白眼：“还一套一套的，还朗诵上了。你还烦人家景雅逼着你看话剧，你这不自己演上话剧了吗……”朱老板愤愤然起身去买单，“你少喝点，明儿那场发布会，你要搞砸了我立马抽你！”

白志勇想把最后一点酒往嘴里倒，却倒不出什么了。他还有一点清醒，无奈地冷哼一声：“资本家再仗义也还是资本家，伪装了一会儿中国好哥们儿就露出了大尾巴。不过呢，我还是感谢资本家能在百忙之中陪我一下，以及，这酒还不错。”不如多喝点。于是他扯着嗓子喊：“服务员，上酒！”

明天？谁谈明天。

03.

“快过来吧！什么店庆打折啊，零折！是这酒吧一老哥买单……你丫废什么话，不花钱的酒，你丫不喝呀？快来，把他喝破产，让他没有明天！”酒吧里，年轻的男男女女眉飞色舞地打着电话呼朋唤友。

吧台的老板一挥手，几个服务员动作整齐一致地开红酒，倒进同一只大型的醒酒器中。没有明天的蓝天愚喝得两眼发直，一边狂扭，一边兴奋地狂吼：“我觉得人还不够多，不热闹，朋友就酒，越喝越有，把你们能叫的朋友都叫来，全算我的，钱花不出去，我烦！”

众人一片欢呼。人越拥越多，酒越开越多，DJ放着更爆裂的歌，灯光师追加了几道光，一时间，群魔乱舞，好不热闹。

倒是蓝天愚，越热闹越孤单。他慢慢淡出了人群中央，坐在某个角落里，静静地喝着酒，长久地失着神。最怕往事翻涌，也怕眼泪就酒。他想回家了。但心底有个小人告诉他，家，回不去了。

就这样，他沉默着喝酒喝到夜深。

待人群散去，酒吧服务生拿着账单眼含笑意地走过来时，他忍不住心头一紧。仅存的一点清醒意识告诉他，他破财了。钱包掏空了，银行卡一张张刷空，一条条钻出来的银行短信提醒着他银行卡余额为0这个残酷的现实。另一个服务生啪啪啪按着计算器，似笑非笑地说："还差三千。"

"不能打折吗？"蓝天愚用含混不清的声音说。服务生凑到蓝天愚耳边，轻声说："那个字，念shé，第二声。"说完，胆大包天的服务生把蓝天愚的手机推到他面前。

蓝天愚该做什么，不需要服务生来提醒。他接过手机，下意识地摁了亲情号码。

只一会儿工夫，面色不善的上官慧走进酒吧。蓝天愚抬头看了一眼妻子，嘴角微微抽动，泛起一股冷笑。酒吧老板识人无数，只安排服务生接待，自己躲在一边偷眼瞧着。

蓝天愚只看着狼藉的桌子，不看妻子："劳你驾了，钱没带够。"上官慧点点头，掏钱递给酒吧服务生："差三千，对吗？"服务生连忙点头："对，对。"一接过钱，他就知趣地躲进了吧台里。

上官慧看着蓝天愚："回家吧。"

蓝天愚还是不看妻子，哀怨地说："回家？如果你是我，你愿意回家吗？"

上官慧看着蓝天愚，沉默不语。蓝天愚挤出一丝苦涩的笑，接着说："你能告诉我，家是什么吗？你不知道！我告诉你，家应该是温暖的，热乎乎、软乎乎的地方，我现在感觉我们的家，是冷的，是冰的，像一个超大号的冰箱，卧室像冷藏，客厅像冷冻，盖八床被子也暖和不过来！你说，我愿意爬进去吗？如果你不怕我冻死、憋死，那我就跟你回去。”

上官慧懒得同他理论：“你不回家，你去哪儿啊？”

蓝天愚还是不看妻子：“谢你关心，你先走吧。”

上官慧有些生气：“都凌晨四点了……”她的话还没有说完，蓝天愚就打断了她：“我知道，我直接去单位，明白吗？”

上官慧看看蓝天愚，无奈地转身走了。蓝天愚面无表情，眼神直愣，见上官慧走远了，他机械地走到吧台，看着呆若木鸡的老板，轻声说：“我能在你这儿睡会儿吗？”

酒吧老板朝边上一指，意思是，他随意。蓝天愚爬到收拾干净的酒吧大桌上，躺了下来，神情哀怨地盯着天花板，盯着盯着，眼泪缓缓流了出来。一开始是抽泣，到后面不加收敛，他哭得委屈又放肆，像个手足无措的孩子一样，渺小又孤单的他用手背擦着脸上的泪水。

哭得累了，他茫然无措地望着前方，嘴里忍不住嘀咕了一句——都是那个该死的秦峰。

“啊嚏！”

躺在床上的秦峰冷不丁打了个喷嚏，他裹了裹被子，却怎么也睡不着了。白天还有训练，他得强迫自己睡着。

好不容易熬到七点半，洗漱完毕回到学校，推开办公室的窗户，楼下的小队员已经集合了。小队员们看着脸色发青的教练，都忍不住把将头压得更低了。

这一轮队员的表现很糟糕，这让秦峰火上加火。他忍不住吼了两声。平常他也会这么吼的，队员应该习以为常了，可是今天，一个队员倒了下去。

“教练，黄小蕾流血了！”一个队员失声惊呼。秦峰定睛一看，十一岁的黄小蕾口中、鼻中血流如注。他边冲过去边掏出手机：“喂，120吗……”

“爸，我怎么了？”戴着氧气面罩，躺在病床上的黄小蕾面容有些憔悴，看着一脸关切之色的父亲，忍不住问道。

“医生说是血管破裂，是剧烈运动造成的，已经处理好了，输上血就没事了，别紧张，好吗？”黄九恒轻轻地摸了摸女儿的头，示意她别惊慌。

主治医生乍然响起的声音打破了父女俩的温馨场面：“谁是黄小蕾的父亲？”秦峰下意识地指了指黄九恒。黄九恒会意，站起身，面向主治医生：“我是！”主治医生手上拿着化验单，声音有些急促：“你的血型和你女儿的血型有问题，用血库的血，你同意吗？”

黄九恒有些茫然：“有问题？”站在身后的秦峰好奇地问了一句：“大夫，有什么问题？”主治医生风风火火惯了：“待会儿解释，马上给黄小蕾输血，你同意吗？用血库的血。”

黄九恒满脸疑惑地点点头。不一会儿，就有护士送来了血库的血。护士手忙脚乱地搭好输液器。看着血缓缓输入黄小蕾血管之中，心乱如麻的黄九恒稍稍松了一口气。他示意黄小蕾把眼睛闭上休息一会儿，乖巧的女儿立马照办了。

安顿好这一切，黄九恒敲开了主治医生的门，一脸肃然地站在主治医生面前。抢救完了病人，主治医生收敛了工作中雷厉风行的一面，反倒变得小心翼翼的，轻声问："先问你一个问题，黄小蕾是你亲生的吗？"

黄九恒忍不住一愣："是啊……"关心则乱，若是平时，尊严受到如此质疑，他一定让对方知道什么叫挥着拳头的男儿。

主治医生暗自叹了一口气，只得告诉他实情："从检验报告看，你和黄小蕾没有血缘关系，理论上讲，你不是她的生父。"

黄九恒一脸震惊地看着主治医生，主治医生则眼神复杂地看着黄九恒。医者仁心，他很不愿意说下去，但有些事，是藏不住的，他只能从医学角度给出解释："黄小蕾的血型是AB型，那么她的父母应该是A型或者B型，而你的血型是O型，无论怎样组合，你和黄小蕾应该都没有血缘关系。"

黄九恒努力维持着自己仅存的镇定："我是她的父亲啊，亲生父亲啊……这……怎么会错呢？"

从医十余载，医生见怪不怪，只是眼神之中多了几分心疼，不管怎样，该说的，还是要说："相信科学，我说的，应该不会错。"

黄九恒还是茫然无措地看着医生，此刻，他慌乱极了，但还是用探询的目光看着主治医生。主治医生见惯了这样的眼神："如果你不相信，可以做进一步的检验。"黄九恒有些神游，也有些不自信："当然……DNA？"

门被推开了，林响气喘吁吁地跑了进来，关切地问：“医生，黄小蕾情况怎么样？”医生闻声抬头，恢复了正常口气：“血管破裂，应该没什么大事，控制住了。”黄九恒心情复杂地看向妻子，目光有些游离，他想问些什么，但话到嘴边，还是咽了下去。林响呆呆地看着黄九恒，等待着，但他什么也没说，兀自躲开了妻子的眼神。

林响看着丈夫奇怪的眼神，好奇地问：“怎么了？还有什么事吗？”黄九恒欲言又止，茫然地摇了摇头。林响叹了一口气，转过身，急匆匆走了。不用想也知道，她一定放心不下女儿，去陪床了。

黄九恒从主治医生的办公室出来后默默前行，形同梦游，不算长的走廊，从尽头走过来，他还是觉得腿有点软。

他心底应对生活的那口气，终究是泄了。

他疲惫地慢慢靠到墙上，身子缓缓滑下去。巨大的虚弱与无力感萦绕着他，眼角的肌肉突突突地跳个不停，他现在心乱如麻，想思考点什么，又止不住失神。明明是清晨，过得好似黄昏。

来往的病人好奇地打量着这个神情绝望的男人，但没有人俯下身子捞他一把。来这里的，个个脸色阴沉，这四方的天地像极了囚笼，置身其中的人都自顾不暇，哪有空来管他。

于是他身边人来人往，他却如同一具不会说话的尸体。唯一不一样的是，这具尸体的眼泪往心里倒流。

女儿是无辜的，他对自己说。任他有再多不开心，也只能放在成人的世界里。他站起身，缓缓走到女儿的病床前。林响还是那么温柔，衣着保守得有些刻板。这样的女人怎么会给他最致命的伤害？

黄九恒呆呆地看着妻子，林响抬起头来，关切地看着他，但他下意识地躲开了她的眼神。

可能他是太担心女儿了，林响忍不住想。他一早就奔过来，想必还没有吃饭吧。于是她看着丈夫，柔声说："我陪着就好了，你去吃点东西吧。"还是那个一向贴心的她。知人知面难知心。

黄九恒没反应，目光有些游离，在林响看来，困扰他的问题还真不小。林响忽然有些不安。她太了解他了，他心里一定有事，小蕾病倒的事不应该令他如此伤神。

黄九恒的身子微微哆嗦了一下，突然轻轻地问她："小蕾的生日，是2006年9月13号吗？"林响脸上挂着不解的表情，愣愣地看着丈夫："是啊，怎么了？"

黄九恒努力把视线的焦点放到妻子的脸上，说："没事，刚才填病历……我饿了，我去吃点东西。"林响刚要说什么，黄九恒已转身走了。她呆呆地看着丈夫远去的背影，有些不解。

屋外，太阳照常升起。树枝摇晃不已。起风了。

04.

对于朱老板来说，这是极为重要的一天。和美国EFK公司的签约仪式，他盼了很久了。日子定在今天，他只恨世上只有白金五星级酒店来表达他的诚意。星级不够，西服来凑，平生第一次感受了一下高级定制款，这感觉就是很不一样，连走路都似乎飘了起来。这么好的日子，偏偏有人不省心，他伸手招来林响，只想知道白志勇这王八蛋为什么还没到。

对于林响来说，这是出门烧错香的日子。白经理没到，她背锅。焦头烂额的时候，丈夫黄九恒居然神神怪怪地出现在这里，还说要和她谈谈。

“小蕾又出事了？”她忍不住一惊，当即问道。得到黄九恒否定的答案之后，她就懒得理他了。这不添乱吗，老板刚发火，这么重要的场合，如果她再掉链子，那只能卷包袱走人了。没错，黄九恒是很能赚钱，可女性的独立会让她少受很多无谓的气。她可以是一个贴心的妻子，但不能事事仰仗于他，等他打赏、恩赐。

所以这份工作是她在这个家里的底气与支撑。

“完了！要出事了……”刚刚回过神来的林响想哭，因为她看到了一脸醉意的白志勇。此刻她心情沮丧，全然没注意到叹着气转身离开的黄九恒。

果不其然，酒鬼白志勇打着酒嗝撵走了主席台上正在发言的朱老板，全然无视朱老板“你他妈又喝多了吧！你要弄砸了，我就弄死你”的“善意提醒”，在台上大谈人生。

“我今年四十岁，按一辈子能活到八十岁计算，正好一半，应该活明白了。我发现，日子过得快啊，失去光阴是如此容易……”

朱老板眉头紧皱，轻声地对身后的林响说："把这王八蛋醉鬼给我弄下来。"

这不折腾人吗！他那么大一块，林响只想知道她一弱女子怎么把他弄下来？她微微表达了一下她的难处："朱总，找个男的吧……"话音一落，她对上的是朱老板要杀人的目光，只能无奈地认输，"好吧。"

台上的白志勇可没闲着，还在慷慨谈人生："我爸、我妈前年双双去世，相差三个月，分别离我而去……我发现，失去亲人是如此如此容易。"硬着头皮的林响刚凑近他，看到他朝她比了一个噤声的动作，"我发现，你们也发现，失去一个家也是如此容易。"

台下的男男女女们瞪大了八卦的大眼睛，竖起了耳朵，此刻他们发现这板凳是如此舒服，太适合听别人闲扯人生了。但什么叫天不遂人愿？大概就是众人起了八卦的心，但是讲八卦的人倒在了台上。

白志勇吐了。人也倒下了。太丢人了。朱老板觉得这是他人生中最漫长的十五秒，要脸的他苦兮兮地脱下外套，盖在白志勇头上。这厮倒彬彬有礼了，拉开西装，伸出头："对不起啊老板，胃里像温泉，没忍住。"

台下一片哗然。但大家都是成年人，知道如何回避，纷纷扭过头去，假意交流，忽略着台上的一切，但小眼神还在往上瞟着，不介意事情再百转千回一些。

收拾完烂摊子，白志勇也清醒了很多。他坐在朱老板办公室的椅子上，自来熟地拆了包牛奶，一边喝一边用手揉着头。

“白志勇，你看你昨天醉的那个德行，搅屎棍子……上午就喝成那样！”朱老板恨铁不成钢。想当年，这小伙儿多么精明能干，这才一路做到公司高管，虽然小毛病不断，执拗又孤傲的臭脾气得罪了不少人，但漂亮的业绩让公司上下对他赞许有加。

白志勇无奈地摸摸头：“不是……是夜里喝到早晨，对不住啊，老朱，发布会给你搞砸了。”

气归气，但朱老板懂他心里的苦，叹了一口气，苦口婆心地说：“离了你又痛苦又撕裂的，何苦呢？”白志勇苦笑：“我不是跟您说过么，我不撕裂，开心着呢。”

这浑不吝的臭毛病又来了！朱老板脾气也火爆：“白志勇，你这个弱智！怎么就不能改变自己呢？！感情和责任你就一点都不考虑吗？你们过去的日子是有矛盾，以后可以调整嘛！这是连狗都明白的道理！”

这话似乎戳到了白志勇的痛处，他头也不抬：“对，因为我是人，不是狗，我就是再弱智，我的智商也肯定比狗高！我比狗明白得更清楚，明白得更透彻，我为什么要改变？改变了不痛快，憋屈，我就不想改变。还有，人不痛快了，都拿以后呀、未来呀这种话来安慰自己，可是我发现，那绝对是一个自己骗自己的说法，那才叫弱智。”

朱老板觉得他无药可救了，自顾自摇摇头：“你离婚，我开始还同情你！可现在我告诉你，我要是你老婆，我他妈也跟你离婚！你丫就是个长不大的低幼儿童，你活该！”

白志勇仍旧头也不抬，嘴里蹦出一个字：“屁！”

朱老板气极了，想解西装扣，结果发现自己只穿了件衬衣，一时间手悬在那里，顺势抬了起来，指着白志勇：“你就是个屁！早该把你放了！快憋死我了！下午我们几个董事就开会，看该怎么处理你！”

白志勇盯着朱老板，有些意味深长。朱老板看着白志勇，心里咯噔一下，他太懂白志勇这眼神了，忍不住开口试探：“有想法？”

白志勇把牛奶盒重重地砸在桌上：“别开会了！怪累的，我辞职！”说完，他转身，一边揉着太阳穴一边走出办公室。朱老板追上来，提醒道：“想好了？真要辞职？我可以当你是嘴硬。”白志勇声音低了几度：“离了婚，辞了职，解开两把枷锁，崭新的日子，这种诱惑，我抵挡不住。”

朱老板气不打一处来，一股损劲儿冒了出来：“你这把年纪，自由散漫、吊儿郎当，再找工作有那么容易吗？要不我送你条紧身皮裤，装装嫩，兴许有机会……”白志勇当即爆了粗口：“滚你大爷的！”朱老板还想说什么，白志勇语气坚定地说，“放心，要饭也不会要到你门口。”

行，那就趁早滚吧！朱老板的牛脾气也上来了。

这些年来，他是老板也是朋友，男人与男人的惺惺相惜在酒里也在工作中，他给了白志勇时间、耐心还有他的栽培，给白志勇顶雷，为白志勇干的破事擦屁股，他都不知道自己在图啥。若不是他妻子漂亮，女儿可爱，只怕是公司中会传出断袖的流言了。

第二天一早，白志勇回到办公室里，林响早就给他准备好了大纸箱，默默地站在一边。白志勇开始收拾这些年的破烂。不一会儿工夫，纸箱里就摆满了白志勇的私人物品，最上边的是半瓶酒，办公桌上摆着办公室钥匙、车钥匙、食堂餐卡之类的。收拾完以后，白志勇站在落地窗前，一动不动，在林响看来，这背影特别感伤。

但容不得林响感伤，她手里拿着一张清单，一一比对着，并小心翼翼地提醒："白经理，对不起，我接到通知，公司配的东西都要收回……"白志勇眼睛看着窗外，头也不回："不是都在那儿了吗。"林响有些为难地开口了："还有……电脑……"白志勇转身，走到纸箱旁，将电脑拿出来扔到桌子上。

林响低垂着眼，有些过意不去。这些年来，白志勇没对她吹过胡子瞪过眼，看到今天这场景，她也过意不去。但工作还要做下去，人生就是这么艰辛，她开口解释道："对不起啊，我只是在……执行老板的指令。"

白志勇心生烦躁，有些不耐烦地说："别说了，我没怪你。"说完，他转过身来，走到办公桌前。林响看着白志勇，满脸的哀伤。白志勇也看着她，"怎么啦？不会因为我要辞职你这么痛苦吧？你有这么舍不得我吗？"林响有些走神，点点头，又摇摇头。

白志勇嘴角微微抽了一下，心想祸事什么的都一起来吧，多一样也不叫多，问道："又出什么事了？"

“我自己的事，家里……”

白志勇追问了一句：“跟你老公闹别扭了？”

林响有些怀疑，是不是人一不开心了，前因后果都会摆在脸上？昨天回家，她还在和黄九恒吐槽公司上市前的活动让白志勇闹了个乱七八糟鸡飞狗跳，可是黄九恒无反应，一脸怆然，神情极为压抑。半晌，他才从包里拿出几张医院的检测报告，似笑非笑的表情，让她极为不适应。她很少看到丈夫露出这样的神态，她瞥了瞥报告，上面写着大大的“DNA检测报告”。

林响下意识地问：“谁的？”

黄九恒一字一顿地告诉他，是他和女儿黄小蕾的！这让林响极为不解，他和黄小蕾？DNA？为什么要做DNA检测？而他只是死死地看着她，目光中满是绝望，讲出一句令她惊呆了的话——

“是鉴定血缘关系的DNA检测。”

怎么会突然这样，林响不知道。她看着面前的男人，他少年成名，是厨师界的神童，25岁即成为特一级厨师，29岁成为一级高级技师，不到30岁就获得了四次国际厨艺比赛金奖，曾兼任厨师学校老师，徒弟众多，遍布全国各地，38岁时已有徒孙，行业地位显赫。是他努力，所以他们的生活档次高过其他人一截。带中式小花园的房子，让同事艳羡不已。女儿分走了他一半的爱，但她得到的爱也不比别人少半分。更何况，他一心向家，当个好父亲是他曾经的向往。她信命，觉得上天宠她太多，给了她无穷恩泽，若有一天将它拿走，她也会双手奉上，只是没想到这一天这么快。

看着墙上挂着的黄小蕾各个年龄阶段同一规格、尺寸的照片，林响有些失神。屋里的空气，压抑到几乎凝固。

黄九恒盯着妻子："孩子的父亲是谁？"

05.

林响没说话，躲避着黄九恒的眼神。

"你居然瞒了我十年……"黄九恒声音喑哑，表情极为痛苦，"林响，还要再瞒我吗？这对我公平吗？"林响艰难地开口："不是我瞒你，我从来没想瞒你，我也是刚刚知道这事。"

黄九恒紧张地盯着林响："我认识这个人吗？"林响摇了摇头："是在你之前的男朋友。他执意要出国，我只能决定和他分手。那天，我们都喝了酒，喝醉了，挺伤感的……有那么一次，之后的事，你就都知道了，我和他分手第三天就认识了你，很快就结了婚，我怀孕后，也不确定……"

黄九恒听得目瞪口呆。

林响眼圈红了："这事折磨了我好多年，我也不敢确定，后来，也不想去确定……我跟你一样，也是直到看到DNA检测报告才明白，小蕾的生父……不是你……对不起！"

对不起？黄九恒重重地叹了一口气，缓缓地把眼睛看向地面。造化弄人，他竟当了接盘侠。但想想这些年，作为妻子，林响亦称职，独立、自主、顾家，挑不出什么毛病。望着她感伤的眼睛，他缓缓开口了：“林响，我似乎相信你的说法……”

林响小心翼翼地看着丈夫：“你可以怨我、恨我、骂我，你怎么惩罚我都行，只是小蕾怎么办？”

“你说该怎么办？”

林响眼圈泛红，声音哽咽：“她长大了，是个大姑娘了，我们该怎么跟她解释？”黄九恒眼圈泛红：“那我该怎么跟自己解释？”

林响沉默了。

怎么让他迈过心里这道坎？林响彻夜难眠。一直到上班，她都精神恍惚。又遇上白经理辞职，她夹在中间当监斩官，两面不讨好的事做得费力，还要强作欢颜来安抚。安抚的同时，连自己都被绕进去了。比如，现在这样，露了伤心的马脚，被白志勇一眼看穿。

“喂！”白志勇伸手在她面前晃了晃，示意她别发呆了，“闹别扭就对了，不闹别扭怎么能叫两口子呢，我别扭得都离了。要么忍着，闯过去，不想别扭，就向我致敬，也离吧。”林响苦笑一下，一时不知要说什么好。

白志勇抱起纸箱，“咣！”门被他恶狠狠地关上了。

林响被关门声吓了一跳，刚转身，门又开了，她又被吓了一跳。白志勇气势汹汹地走了进来。看着他的样子，林响特别紧张，没敢说话。只见白志勇将纸箱子放在地上，竟然开始脱衣服。他从容地脱下了西装、衬衣！林响像傻子一样看着，呼吸有些加速。

白志勇又开始脱西裤，边脱边说："不是公司配的东西都要收回吗？"转瞬间，白志勇脱得全身上下只剩一条短裤。林响紧张地调整着呼吸，连眼睛都不知道该往哪里看了。瞠目结舌间，白志勇抱起纸箱："衣服也是公司发的。"他像是在解释，更像是在宣泄。

热闹了！公司里人人挤出脑袋望着这一切。只身穿着短裤的白志勇经过大办公区，所有的员工交头接耳，受尽了委屈的他们觉得，白经理真是太酷了。称赞是因为，他们没有勇气做出这一切。受着工作的气，看着别人的戏，他们一边感慨一边叹息。

那一边，白志勇手拿钱包、手机，穿着短裤，穿过大厅，保安和工作人员傻眼，路过的人纷纷驻足观望，愕然一片。而他呢，走得气宇轩昂，昂首挺胸，一脸凛然。

这是一个辞职的季节，空气里都是滚蛋的味道。

在酒店的后厨，穿着崭新厨师服的四个年轻厨师怯生生地看着黄九恒走来。他们对未来充满期待，而黄九恒心中满是厌倦。

四方的酒店后厨，是黄九恒成名的地方，现在他只想离开。他眼神中略带一些迷茫，呆呆听着徒弟们齐齐唤出的"师父好"。副主厨杨天天很贴心地捧着一杯绿茶，三贵捧着他的厨师服——高级定制的，收获了徒弟们无限的憧憬，特别是上面的四颗金星，格外耀眼。今天新分配了四个徒弟给他，可是他忘了。即便这四个人都是关系户，他也不想带了。他向邵总请了假，决定去别的城市走一走。说是请假，更像是通知。他足够重要，所以能获得更多的纵容。

当旅行社的大巴驶过繁华街道的时候，黄九恒木然地坐在车上，目光呆滞。在他身后两排的位置，沉默不语的蓝天愚就坐在那里。举着扩音器的导游江小美亭亭玉立，容颜俏丽，她站在两排座位的中间，很职业地为大家介绍：“大家好，我叫江小美，是这个团的导游，接下来五天的南澳洲红酒之旅，我们将厮混在一起。大家因某个理由花钱出来旅游，而理由大概分为两种，痛苦和喜悦，希望喜悦的朋友能够通过旅游延续这种心情，痛苦的朋友通过旅游消除痛苦，找到喜悦，这样，钱才没有白花。”

痛苦是有的，喜悦不知从何而来。车窗上，倒映着两张哭丧的脸。

再后来，倒映着两张哭丧的脸的，是国际航班上的舷窗。黄九恒呆呆地坐在机舱里，蓝天愚哗一下拉下了遮光板，但紧接着，一只手伸了过来，遮光板又被拉上去了，自己那张哭丧的脸又映在眼前。

蓝天愚很想哭。但他不能。他不想在国际友人面前丢脸。

江小美百无聊赖地翻着杂志，一个乘务员走了过来，悄声问她：“江小姐，头等舱有个客人，是不是你们团的？”

“我们是有个客人在头等舱。”不是说江小美业务有多纯熟，而是她觉得那个家伙不像个有钱人。“作呗。”她当时这么吐槽过他，但她不敢大声说，毕竟顾客为上。

乘务员极为无奈：“一会儿说位子上有头发，一会儿说毯子有味道，又说耳机没封好口，喝了好多酒了，还闹着要酒，不给都不行！”

江小美叹了一口气，解开安全带起身，往头等舱方向走去。刚一靠近，就看到醉态满面的白志勇，口气挺强硬地说：“小姐……给我杯酒很难吗？”空乘求助地看看江小美，声音很小：“他已经喝了十杯了。”

江小美转过身来，看看白志勇。她不想对他客气了，愤愤地说：“什么便宜都想占啊？不要钱的酒，也不能这么喝吧？”白志勇用手使劲一指头：“酒！可以帮助这里边飞起来、飘起来、快乐起来……”江小美冷哼一声：“明白，可以让那里边的苦难和悲伤消失得无影无踪！醉鬼理论，千篇一律，没什么新鲜的……我叫江小美，是这个团的导游！”

白志勇自顾自摇摇头：“少废话，你是谁没那么重要，酒最重要，拿酒！”

江小美无语地看着白志勇。这一看，白志勇不乐意了：“看什么看啊，瞪着个眼珠子，不怕掉到地上给你踩破了啊，赶紧上酒！你不是说，旅游可以消除痛苦吗？我是旅游加喝酒消除痛苦，效果更好，更快。”

江小美依然面带笑容：“看来你还没喝失忆，大脑还在，还记得我说的话！”白志勇懒得跟她啰嗦：“别叨逼叨了，上酒吧！再来个京酱肉丝，多放葱！顺便……煮碗面！老子饿了！”

江小美耐着性子提醒他：“你不能再喝了！前几天有条新闻，有人喝多了，想拉开安全舱门跳下去，只能拿绳子给绑起来……”白志勇笑了：“真够能编的，那就让他们再给我准备个降落伞！”

江小美无奈了：“行，还挺幽默。”

“先给我上酒，然后我接着和你幽默！幽会也行！”

“没皮没脸……”

“有酒就行……”

“没酒！你投诉吧！”

白志勇一挥手：“真够横的！哪像一导游呀，像土匪的压寨夫人。”江小美转身，懒得理他，只留给他一个背影，口中念念有词：“像车匪路霸也行，只要你别喝酒！”

白志勇回头看着走远的小美，又扭过头来看着空乘，嘟囔着：“哎，你看你看，走路还劲儿劲儿的，搔首弄姿，装什么公主啊！”空乘小姐微笑不语。白志勇食指一点，指着空姐，“笑面虎，是你告的状吧？不仗义……”

飞机在澳洲阿德莱德机场降落后，旅客们熙熙攘攘往外走。旅行团的三十几个人跟在江小美身后。江小美意外地发现，她的团里，又多了一个醉鬼。

醉鬼蓝天愚头枕旅行包，躺在地上，手里抱着酒瓶子，一副很舒服的样子。江小美拖着行李走了过来，在蓝天愚面前蹲下，用手拉他：“蓝先生，起来起来，去车上睡！”

蓝天愚醉醺醺地睁开眼，声音很大：“别管我！这儿凉快……小姐，赶紧上热菜……吃完了还得上课呢！”路过的两名外国旅客闻声，好奇地停下脚步，侧目望过来。江小美嫌丢人，侧了侧身子，无奈地问道："主食也一块儿上吗？"

黄九恒背着时尚的双肩包，拖着行李箱，蹲下来看着蓝天愚："哎，哥们儿，主食上馒头还是上面条啊？求你了，声音小点，丢人。"蓝天愚欠起身，表情凄惨，双手用力拍地："你为什么求我啊？应该是我求你，我求你告诉我，我做得不够好吗？！"

两名外国游客，耸耸肩，走了。

"长成你这模样，怎么老太太哭天抢地的动作都出来了？真让我开眼了。"江小美正嘀咕呢，蓝天愚却一把拉住她的手，紧紧地攥着，不松开："你疯了吧？疯得不想要这个家了是吧？"江小美想抽出手，力气小了，没抽出来，只得用力地甩开："什么乱七八糟的。"黄九恒咧嘴一笑："喝得太投入了！连你的手都敢拉，佩服！他刚才说什么？不想要这个家？噢，把你当成他媳妇儿了，有境界！"

蓝天愚又躺了下来，昏昏睡去。江小美直起身，看了一眼黄九恒，吸了吸鼻子，叹了一口气："你就别贫了！你怎么也满身酒气？这是个什么破团啊！怎么全是醉鬼，你们要整死我吗？真够倒霉的。"黄九恒目光真诚地看着江小美，幽幽地说："醉鬼，按你的分类，肯定是痛苦类。"

贫嘴解决不了问题，江小美召唤黄九恒和白志勇把蓝天愚抬上了大巴。蓝天愚醉得身体像泥一样软，露出一截明晃晃的肚皮，在澳州的天空下格外刺眼。旅游大巴飞速向前。

06.

这趟到阿德莱德的旅游线路是江小美所在旅游公司的招牌线路。这里的海岸线、维多利亚式建筑、特色的街道极为吸人眼球。当然，每年二三月，这里的葡萄园更是让人流连忘返。

便宜这些酒鬼了，江小美有些郁闷地噘噘嘴。她想着可千万不能有人喝醉了误了行程，她可不想辛辛苦苦一场，到头来又被公司罚钱又挨领导训斥。

坐在阿德莱德Mayfair Hotel开放式的楼顶酒吧里，能看到阿德莱德全城风貌，风景如画，但黄九恒一个人郁郁地坐在椅子上发着呆。与之不同的是，不远处，两对白人老夫妻正优雅地喝着咖啡。

蓝天愚揉着脑袋走过来，看见黄九恒，搭讪道："大伙儿都出去玩了，你怎么没去？"黄九恒冷眼看看蓝天愚："你不也没去吗？"蓝天愚双手用力拍拍自己的头，讪讪道："喝高了，头疼欲裂，腿脚发软……团里要不都成双结对，要不一家人，你怎么一个人？你这脸上刻满了郁闷。但愿那导游说得对，旅游改变心情。"

黄九恒对他的言论不敢苟同："没戏。导游是什么？导游是花言巧语劝你花钱的坏人。"蓝天愚点头笑笑，主动伸手："嗯，有理……蓝天愚，大学老师！"黄九恒伸手握住："黄九恒，厨子！"

蓝天愚两眼放光："厨子好啊，一辈子不愁吃的！人生四大享受，吃喝玩乐，吃排第一名啊！"黄九恒斜眼看着蓝天愚："喝还排名第二呢，也没见你喝开心啊。"蓝天愚叹了一口气："那就争取玩乐解忧愁吧！"

心情不佳的两人沉默无言，尬聊也不是回事，说好的集合，结果过了大半个小时也不见导游的影儿。黄九恒干脆走到不远处，端起一杯咖啡，遥望远方。

"在那儿！"一个青年的声音传了过来。

两个时尚男青年匆匆奔了过来，黄九恒抬眼看了一下，面无表情地又喝了一口咖啡。

"师父！可想死我了！"

"师爷！您吉祥！"

两人真是聒噪！黄九恒努力挤出一丝微笑，摆摆手："师娘给你们打电话了？"

"是啊，师父，怎么安排？我俩可以全程陪同！"

"师爷！悉尼、墨尔本加堪培拉，您的徒子徒孙，八个人！加上老婆孩子，凑两桌，让他们飞过来，聚一下吧！"

黄九恒刚要说什么，他的徒弟环顾一圈，开口了："师父，这里有点朴素啊，换个宾馆吧，两百平的套房，带温泉！屋里骑自行车都行！"徒孙也不肯放过这一个拍出彩虹屁的机会，张嘴就来："师爷，澳洲的法律跟咱那儿不一样，可以放松，吃喝玩乐，随便啥，您张嘴，我们安排！"

"先闭嘴！让不让我说话了！"

两人齐声应道："您说。"

"我来旅游，就是想清静，一个人清静！你俩太闹了。"

两人一愣，刚想说什么，黄九恒伸出手阻拦："离开澳洲前，我不想再见到你们，滚吧！"两人一听，欲哭无泪，当场就选择马不停蹄地滚了。

在汉多夫德国小镇街道上，江小美同样欲哭无泪。汉多夫小镇风貌绝佳，而她行色匆匆。这人生地不熟的角落，她在沿街找人。因为她的团里，丢了一个醉鬼。

在那里！街边咖啡馆里的白志勇正悠闲地喝着啤酒，看着来往的行人，已经有些醉意！江小美一见他就是一肚子气，来到他身边，敲了敲桌子。白志勇抬头看小美，笑笑："喝点儿？"

江小美指指白志勇的手表："说好半个小时集合，现在都过去一个小时了！"白志勇看看小美，有点恍惚："哎，你是导游吗？我记得导游没你长得好看啊！换人了？"

江小美有点急："什么换人了？就是我！都喝成白痴了，你这个人怎么这样？！大家都等着你呢！"白志勇斜着眼，笑了笑，挥挥手："我没要求任何人等我！你们先走不就完了吗，犯什么轴呢！傻啊！"

说的什么混账话！江小美看看白志勇，气愤极了："可人不全就不能发车啊！再说了，你喝成这样，你能找得到宾馆吗？你这个人太奇怪了，看你的外表不该是不靠谱的人，长得人模狗样，四肢发达，脑子也不像有问题，怎么就能这么不负责任呢？"

白志勇醉醺醺地看看她：“对谁负责？去年父母都去世了，没有长辈需要负责。八天前离婚了，没有老婆孩子需要负责。五天前失业了，没有老板需要负责。我现在不需要对任何人负责！这种感觉真好，这种感觉叫优哉游哉，一人吃饱全家不饿，这是一种境界！明白吗？”

“少废话！赶紧回去，别耽误事！”江小美二话不说就把他往回拽。

回到阿德莱德维多利亚广场上，团里的众人再次集合还需要时间，好不容易才能放松一些的江小美端了杯咖啡坐在石凳上。蓝天愚默默走过来，坐到江小美旁边。

江小美看了一眼蓝天愚：“集合时间还没到呢，你可以多玩会儿。”蓝天愚有些不好意思：“江导游……我在机场，是不是……”江小美点头：“是，喝大了。”

蓝天愚露出一丝为难的表情：“喝大了我知道……我是想问，我昨天，是不是……有拉手的行为？”江小美转过头看着蓝天愚，她那俊俏的脸板着，一言不发。蓝天愚看看四周，声音降低了几度：“我有个毛病，喝多了，会变成另外一个人，而且，爱拉女同志的手……”

江小美一听，当即八卦附体，充满了兴趣：“但拉没拉手，或拉谁，你不记得，对吗？”蓝天愚点头如啄米：“对对对……很操蛋的一个习惯，抱歉……我拉了吗？”江小美点点头：“拉了。”

蓝天愚立马紧张了起来，神色极不自然地问：“谁啊？我拉谁的手了？能告诉我吗？我去跟人家道个歉。”江小美丢他一个白眼，说：“一个貌美的……中年妇女。”蓝天愚努力思考了半晌，发现根本想不起来什么，只得倒吸一口凉气：“嘶——是咱们团里那个……穿红裙子的女子吗？”

江小美盯着蓝天愚，想确定一下他到底能不能想起来：“你努力想想。”蓝天愚声音诚恳，表情苦丧：“要是能想起来，我会低三下四地求你吗？”

江小美没给他一个明确的答案，站起身来。团里的游客差不多到齐了，她该工作了。

等团里的人都回到阿德莱德宾馆，安顿好众人，江小美觉得自己快累瘫了。但工作得有始有终，这不，她捡了个包。江小美细心又记性极好，自然记得那是酒鬼白志勇的。

喏，说酒鬼，一点也不差。这不，白志勇正满脸酒色地坐在大堂里喝啤酒呢！江小美走过去，把包递给白志勇，没好气地说：“包，落车上了。最好数数里面的钱啊，丢了钱可别怪我！”

白志勇接过包：“随便……”江小美眉头一皱，摇摇头：“什么叫随便啊，你应该说谢谢。”白志勇摆摆手，很大度地说：“不用谢，不用谢，陪我喝点酒？”

江小美一脸无奈：“谁谢谁啊傻子！上顿酒还没醒呢，又想着下一顿了，下午喝完，晚上接着喝，次次喝成这样，肯定是有原因吧？酗酒的人，要么是折磨自己，要么是逃避现实！”

白志勇冷笑一声："现实，没什么要逃避的，因为你压根逃避不了！"

小美来了兴致，问他："你是痛苦类，对吗？！"白志勇一边说话一边用手使劲拍着大腿，直拍得啪啪作响："我什么类都不是！"说到这里，他回头看看大堂里的白人经理，"哦，这是国外，声音不能太大，要文明。"

江小美又好气又好笑地看着白志勇。白志勇压低声音："我是自由自在无拘无束类，不喝干吗啊？兄弟，大好时光，不能虚度啊！"

"你真让我开了眼了，醉得连个人样儿都没有了。"

"我……我就不想有那个人的样儿，多累啊！有一作家说过，千万别把自己当人，精辟啊！意思就是让你放下架子，丢掉虚荣，这样才会舒服，轻松，自在。所以，没人样就没人样吧！"

"你这是喝了多少？连人都不想当了？"江小美问他。白志勇醉醺醺地说："一……一瓶，才一瓶。"江小美叹了一口气："另外一个作家也说过，从猴子变成人需要一万年，把人变成猴子，只需要一瓶酒。""又骂人……我包呢？我包呢？"白志勇扭头找了半天。江小美被气笑了："那不在你手上拿着呢吗！"随后，她又把他往回拽，"早点回去休息吧，你折腾一天了。"

回到房间，江小美洗了个热水澡，正要休息，就听到有人拍她的门，还听到一个急匆匆的声音："快去蓝天愚的房间，出事了！"

她实在太头疼了，怎么这三位先生轮流不省心呢！

江小美打开门，看到黄九恒一个风风火火的背影。

黄九恒推开蓝天愚的门，大喝一声："把人放开，好好说话！"房间里的人怔住了。四个亚裔大汉，一个风情女子，外加一个有苦难言的蓝天愚。社会经验丰富的黄九恒知道，敢情这是仙人跳啊！

为首的大汉松开蓝天愚，看向黄九恒："这位大哥，看你像个说了算的，你说说看，要了人不给钱，算什么？"黄九恒看看蓝天愚，又看看女子，微角微微一抽："多少钱？！"蓝天愚急忙解释："我可什么都没干，我就想跟她聊聊，探讨一下心理问题。而且她就待了十几分钟，还有一半时间在卫生间里，两百澳币！这比心理医生的咨询费还贵！"

黄九恒看看蓝天愚，又看看他们几个："给他们二十澳币，让他们滚蛋！"蓝天愚梗着脖子，一副葛朗台的模样："给十澳币我都心疼，不给。"

风情女子一听，很是不爽，觉得自己没卖出应有的身价，当即爆了粗口："你放屁！当老娘什么人？老娘可不是大街上的地摊货！"江小美轻蔑地看着女子："别美化自己，地摊货为了欺骗还讲讲包装呢，那叫脸皮！有脸吗你？！"黄九恒冷笑一声："这女子，眉目俗艳，应该不是什么好人。"江小美唾弃不已："倚门卖俏的货！"

白志勇闻声赶来，好奇地将在场的人统统打量了一番："什么情况？什么情况……”为首的大汉根本不理会白志勇，手指着江小美：“找残废呢！”

蓝天愚最看不惯在女人面前横的人，当即拨开为首者的手：“你残一个我看看！让我开开眼！”为首的气极了，一招手，几个大汉围上去，决定给这不开眼的家伙一点厉害瞧瞧。蓝天愚也不甘示弱，左右看看，抄起凳子，做格斗状。

黄九恒冷静地提醒：“蓝老师，别闪了腰。”白志勇一看阵势不对，忙说：“大家都冷静点！冷静点！冲动是魔鬼，冲动之后肯定后悔得拍大腿！”

为首的大汉狞笑着说：“不冲动，给不给钱？”蓝天愚也有暴脾气的一面，怒道：“屁都没有！哪有钱给！”为首的大汉气极了，他不信收拾不了这一群人，当即发出指令：“废了！”

几个人立马扭打起来，江小美左右拉架，结果被误伤了——添乱的女人，和电视剧里演的一模一样。白志勇有些无奈，但他见不得有人打女人，大吼一声，加入战斗的行列。

一群人打成一团。白志勇被人一脚踹到墙上，跌倒在地。蓝天愚努力抵抗着，胡打乱踹加疯狂叫喊，居然穿插着几个半生不熟的武术动作。黄九恒突然爆发，他的招式很熟练，沉着应对每一次攻击，脸上居然带着享受，出拳利落，转眼一个大汉已被打倒在地。

江小美扶起白志勇，诧异地看着黄九恒。呵，这完全是黄九恒的个人表演时间。他迎面一掌，将冲上来的另一个大汉击倒在地！他的爆发，弄得敲诈的这帮人有些怵。

好像有人报了警，警察离这里越来越近了，四名大汉一听警车声，带着女子四散逃逸，很快就不见了踪影，剩下旅游团的四个人上气不接下气。

“怎么就打起来了？哎？我刚才被打了吗？”白志勇醉醺醺地嘟囔，在自己身上上下左右寻找着痛点。大厅里，两个澳洲白人警察跑了进来……

阿德莱德警局拘留室里，蓝天愚、白志勇、黄九恒、江小美被临时拘押在这里，拘留室里还有一个白人醉汉在酣睡。三个男人成了难兄难弟，聊着天。小美静静地坐在一旁，当一个倾听者，当然，她时不时会插一两句话。

“我让那个俗艳女子进屋，真不是有什么乱七八糟的想法，只是想倾诉一下……治病。”蓝天愚似乎还想留一个好印象，或者说，是他觉得委屈。这话让白志勇一惊：“药引子？！”江小美也来了兴致：“药引子？什么意思？”白志勇没客气：“别瞎问了，说了你不懂，懂了你会不好意思！记住，别乱接男人的话茬，你爸妈没教过你啊？”江小美瞪了一眼白志勇，不说话了。

黄九恒蔫蔫地说：“不在放荡中变坏，就在沉默中变态，你怕变态，所以想把这个女人当成治病的一服药，让自己解脱、放松一下。还行吗？放纵的感觉如何？是不是很紧张，很慌乱？”

蓝天愚忙解释：“你们理解错了！我没那么下作，也没那么大胆，我说的病，是心里的病！”白志勇点点头：“明白了，心中有病，而且已病入膏肓，否则你在飞机上不会喝成那样。”江小美无视刚才白志勇的忠告，接了一句：“那风情女子一看就不是心理医生啊！找错人了吧？”

蓝天愚摇了摇头：“没找错人，哥们儿火眼金睛，一进门，一打眼，我就知道她是什么职业，不过，只聊了几句，我就开始批判自己，没有任何冲动，风平浪静，心如止水。”

“明白，你的脑子里有一个想法，你的身体里也有一个想法，两个想法不太统一，交叉，混乱，矛盾，对吗？”江小美此刻化身哲学家，似乎说到了点子上。蓝天愚下意识点头，忙又摇头，满脸愁苦之相。

白志勇倒是笑了笑，像在安慰：“第一次干这种事吧，所以，心里有罪恶感，有肮脏感？那你这心病，病因是什么啊？能说吗？”蓝天愚咬咬牙：“憋死我了……不怕丢人，我说！”

黄九恒忙示意江小美到一边去。江小美不乐意了，我凭什么呀，但为了满足那份八卦之心，她忙举手保证：“我可以装听不见。”

“我是想报复！”蓝天愚一字一顿地说。黄九恒有些不解，重复了一句：“报复？”蓝天愚咬着牙：“对，报复。”

白志勇、黄九恒、江小美一时间愕然了。蓝天愚铁青着脸，不再说话。江小美观察着蓝天愚，善解人意地转移了话题：“哎老黄，刚才打架，你打得好帅啊，我居然在你的动作里看见了享受与惬意。”白志勇好奇心上来了：“是吗？好像是……”黄九恒淡淡地说："总不能让蓝老师这种文人喋血奋战吧，那几个玩意儿，花架子……"

他话还没有说完，门开了，一位澳洲白人警察走了进来："手续办好了，走吧！"三人忙不迭往外冲。

在拘留室里，他们虽然没觉得有多不自由，但命运终究掌握在别人手中。现在出来了，三人闻着自由的空气，心情美得飞起。路过维多利亚式建筑群，江小美眼尖地看到了便利店，爽快地买了三杯饮料。当然，她请客，白志勇买单。

话题还在继续。"这还用分析吗，把自己喝得跟王八蛋似的，又壮着胆想接触夜间工作者，肯定是压抑得太久了！"白志勇一副过来人的架势，弄得江小美忍不住想笑。

"报复？这蓝天愚文质彬彬的，他通过这种方式想报复谁啊？他这岁数的人，要报复，应该是他……妻子吧？"江小美有些后知后觉。白志勇点点头："有理，听他的语气，看他的表情，有点恶狠狠的，深仇大恨啊！我看着瘆得慌……"

小美使了个眼色，黄九恒和白志勇回头看，蓝天愚垂头丧气地走了过来。四人尴尬地站在那里。蓝天愚翻了个白眼："议论我呢吧？"白志勇尴尬一笑，只得承认："是，不好意思啊。"

蓝天愚有些无奈："到了这把年纪，没有什么不敢承认的，也许……我说出来心里会好受一点。"黄九恒善解人意地拍拍他的肩："有些话跟亲戚朋友熟人反而不好说，可不说，又憋得难受，跟我们这种以后可以不再见面的朋友唠叨唠叨，合适，对吧？"蓝天愚受到鼓励，真诚地点点头。

白志勇笑了："对，跟我一样，别怕丢人。我离了婚，丢了工作，我就到处跟人说，这有什么啊，说出来心里就不堵了，绝对是自我医治的一种办法，比吃那种百忧解之类的管用多了……"江小美点头如捣蒜："走，我们找间咖啡厅详聊。"她本来想说她请客的，但想到刚才老白抢先买了单，一时间把这句话给咽了下去。

临街就有一间咖啡馆，人不多，散坐着几个澳洲人，安静极了。白志勇、黄九恒、小美静静地等着蓝天愚开口。蓝天愚不负众望开口了："我是想报复我老婆！"三人看着蓝天愚，眼中有惊讶也有同情。

白志勇小声地对江小美说："你猜对了。"黄九恒嘟囔了一句："这种话都敢说出来，佩服！"蓝天愚极为伤感，说："我可以坦白，我为什么一个人出来旅游。老婆是原配，自以为，风华正茂豆蔻年华，我以为，虎狼年华风韵犹存。儿子七岁，家庭生活幸福美满。不过，这都是十天前的历史了。目前，老婆有了外遇，对方比我年轻。"

大家静静地听着，不好接话。蓝天愚看看大家："惊讶吗？"白志勇给了他一个肯定的表情，接口说："有点，如果是你出事，并不出乎意料，可你……是你老婆出事了，还是有点惊讶。"

江小美看着蓝天愚："你这形象气质，老婆出轨，可能是你的问题吧……"

07.

蓝天愚苦笑了一下："我老婆出轨，是嫌我俩的日子过得太平淡、太压抑、太憋屈，快憋死她了，她不甘心。她说我们的日子缺氧气，她需要输氧。"

黄九恒眼睛瞪得圆圆的："缺氧气？这形容挺牛掰的！"蓝天愚点点头："她说，她想在情感上争取再活一辈子，再去找到激情、新鲜之类的感觉……我快崩溃了，所以，逃出来旅游。"

白志勇拍拍蓝天愚的肩膀："同病相怜。"蓝天愚有些呆滞："我一直期盼着，能找到一个方法，从这种痛苦、折磨、乌烟瘴气当中解脱出来。酗酒、吵架、失眠、流泪、砸东西、骂老婆、住宾馆、泡夜店、离家出走……我全都用过，不管用，都不管用……"

江小美看着蓝天愚，眼睛里充满了同情。蓝天愚的眼中充溢着泪水："向你们倾诉、坦白出来，也许能管用，我好像已经轻松多了，但愿，今天是重生的开始！"说话间，他抬头望天，"好像出了这事儿以后，我老婆比我的痛苦还多，折磨还深呢。我都觉得这段日子她瘦了……"黄九恒翻了个白眼："这不废话吗，出了这种事儿，她当然也得自责啊，再操蛋的人也应该有点良心吧！你们毕竟是多少年的夫妻了啊！"白志勇表示同意："再说了，她能在你面前表现出兴高采烈的样子，唱歌跳舞庆祝胜利啊？这不是找抽呢吗！"

蓝天愚摇摇头："不是……还不是这个意思，我从她的眼睛里，可以看出那种很深很深的痛苦，这应该不是装出来的。哎……早知道这样，她为什么要出这个轨啊！"黄九恒说："你真是个好人，还有点轴，都这时候了，还替你老婆想，哎哎哎……对你老婆不能心软，不能因为她哭哭啼啼唉声叹气就原谅她。"

白志勇坚定地不站在黄九恒这边："这不是心软不软的问题，厨子，你没摊上这事儿，你们家风平浪静的，没有这种感受，你懂个屁，有你这么劝人的吗！"

黄九恒想到了自己的心事，愣了一下。

蓝天愚说："我也想，原谅她了，她就意识不到错误的严重性。"黄九恒点点头："是，会再出事的！记住，永远不要给背叛过自己的女人好脸色，要不然她还会第二次背叛你！这种事，跟吸毒一样，都上瘾！"

白志勇皱了皱眉："事情已经发生了，你还能把他老婆枪毙了？或者你把他老婆吊起来毒打一顿？这种事，前后左右，历史现实，多了去了，都没招！必须自己想得开，别无出路！"黄九恒有些气愤："这不是自欺欺人吗？强迫自己想开了，假装这一切都没那么重要，可折磨你蓝天愚的原因还是存在啊，别人欺负你，偷你老婆，也是客观存在的事实啊。"

蓝天愚苦着个脸："黄九恒，你说话一直是这风格吗？"白志勇拍拍蓝天愚的肩，示意他不要把黄九恒的话放在心上："是啊，专拣刺人的话说。老蓝现在需要鼓励，需要开导，不需要讽刺打击！"

黄九恒撇撇嘴："怎么鼓励啊？让他心中默念，脑子里拼命想着，太阳每天都是新新的，地球都是转转的，他就不会痛苦煎熬了？我怀疑！这才属于装傻充愣呢！"蓝天愚想说什么，他嘴唇翕动一下，终于还是没说话。

沉默很久，他还是开口了："我现在也分不清是什么情况，反正我只是觉得我这个老婆的痛苦不比我浅，她和那个人能不能进行下去，谁知道呢！"

江小美想到一些关键的问题："好，那还有一个问题，如果你老婆和那个男人结束了，你真能原谅她吗？嘴上原谅了，心里能原谅吗？你真能做到一点都不在意吗？还能在一个屋檐下风平浪静地过日子吗？"白志勇有些激愤："江小美，你这一串问号、这种问法完全是弱智，他怎么可能一点都不在意呢？"江小美吐吐舌头："对不起，我问错了。"

"我压根就不信，他遇到这事儿能这么快就不在意了？你们说，谁遇到这种事儿会这么快过去？蓝天愚肯定是嘴上原谅了，心里没原谅。他又不是机器人，又不是没心没肺！"

江小美白了一眼黄九恒："黄九恒，你怎么老抬杠啊！我是想把各种可能都摆出来，帮蓝天愚分析清楚，然后他再决定接下来应该怎么办。"

黄九恒继续抬杠："还是弱智啊，他能怎么办？我告诉你，没有怎么办，在这个阶段，绝对没有怎么办，你只能白天黑夜里睁着眼、闭着眼、喘着气，白志勇不是说了吗，只能咬牙切齿忍气吞声地扛着呗！"黄九恒的激愤中，带出一丝伤感。

白志勇低头：“谢谢引用我的语录。”江小美有些愕然地看着黄九恒：“你怎么啦？平常不爱说话的人，怎么这么激动，脸都白了？黄厨师，你不会有类似经历吧？”

黄九恒目光有些躲闪：“我有什么经历，我有这种经历干什么，我怎么可能有这种经历，这不是说老蓝呢吗，说我做什么……”

江小美观察着黄九恒，目光定定地看着他，只见他掩饰着说：“行行行，我不反对了。来，让蓝天愚继续倾诉。”蓝天愚凝神远眺：“这事我想了好多天了，既然我老婆想要新的生活，新的感情，拦又拦不住，那我是不是也只能臊眉耷眼地去寻求我自己的新生活，别管她，先管管自己？”

江小美找了路边的凳子坐下，示意其他三人坐一会儿。

白志勇有些同情蓝天愚：“明白，给自己找点新鲜事儿，分散一下注意力。”黄九恒却皱皱眉：“你的意思是说，让自己换个活法？刺激一下自己？站在风口上，把那些乱七八糟的烦心事儿吹淡一些、吹散一些？”蓝天愚微微点头：“应该迅速找到不同于我以往的活法，变个样儿，你们说，这样我是不是会心理平衡一些，能让郁闷早一点消失？”

“光说不做，假把式……所以，不能光有倾诉，还得让蓝天愚有具体的行为行动，双管齐下，才能立竿见影。”白志勇握了握拳头。他是把过去的日子都打碎了的人，觉得一切都没什么大不了。

江小美一脸惊讶：“什么意思？不会你也想找一个女朋友

吧？也出轨？”蓝天愚立马反对：“不不不……不是这意思，那不成土流氓了吗？下作！我应该用某种具体行动，把这糟心事从我的脑子里强行驱逐出去！”白志勇有点兴奋：“让它尽快成为一个历史事件，翻过去，过去得越快越好！”蓝天愚点头：“让这事离得越远越好，越淡越好。黄九恒刚才说得对，来场风，大风，风吹云淡。”

几人越说越来劲，江小美却忍不住打了个呵欠。三人无比识趣地选择散场。

然而夜里，黄九恒和蓝天愚两人余兴未尽，仍然坐在阿德莱德街道边的石凳上。黄九恒一脸轴相：“老蓝，我有点糊涂，你怎么就理解你老婆了呢？我妈老跟我说，人活着，最痛苦的事莫过于，考试考了五十九，女人跟了别人走……你真不痛苦吗？”

蓝天愚苦笑一声：“不痛苦是假的，所以啊，才想有点行动什么的……”黄九恒点头：“能理解你媳妇儿，她想让自己改变。善人哪，我再反对，你该剁我了，听听那两个现代派是什么主意吧……”

说现代派，现代派就到了。大家对蓝老师的家事似乎极为感兴趣。这是朋友的关心，也是八卦的源点。反正，透过酒店的窗户，就能看到他俩的身影。

江小美凑了过来：“蓝老师，按理说，这个阶段你应该是痛苦万分，或者是暴跳如雷，或者是萎靡不振。那么你是天生的善解人意呢，还是仅仅找了这么一个说法让自己心里舒服一点呢？”

黄九恒认同得不能再认同这个观点了，他眼中满是兴奋的神色：“你看你看你看，小美的疑惑跟我是一样的，这说明我不是孤立的，群众的眼睛是雪亮的。”

蓝天愚望向远方，说：“婚姻是两个没有血缘关系的人达成的深度链接，纽带不是爱情，是宽容。”白志勇点头称是：“大厨，老蓝说得很文学，又说得很清楚。他在痛苦的感受里难以自拔，只能换位思考，站在他老婆的立场上去想这件事，懂吗？这样，他会多一点对他老婆的理解和宽容。”江小美笑了笑：“那我还是挺敬重蓝老师的。”

“我只能把插在心窝子里的那把刀拔出来，扔掉，该缝针缝针，该消炎消炎，尽快疗伤，别管那些过去、将来的事，只考虑现在，今天，此时此刻！”蓝天愚望向远方的目光看似坚定，却又透着那么一丝无奈。

白志勇热情地回应，没耽误喷：“过去怎么样，将来怎么样，别人怎么想，别人怎么说，别人怎么指手画脚指指点点，那些都不重要，你必须去强行超越！”蓝天愚有些激动：“对！白志勇的话，朴实、动听，说到我心窝子里去了！”黄九恒却不置可否地摇摇头：“看样子，你固执地认为，老白的这套歪门邪道、歪理邪说是你唯一的一条路了……”

江小美露出招牌微笑：“看样子白先生的指指点点是说到你心里去了。”白志勇摇摇头：“不对，我的话不是指指点点，是指点，仙人指路！”

“老白的话，印证了我最近绞尽脑汁苦苦思考的问题，解决这种问题，不能靠别人去施舍，不能靠别人去可怜，那会更不舒服……”蓝天愚给了白志勇肯定。这让白志勇很是兴奋：“要靠自己！这叫独立自主，自力更生！”

一席话听得蓝天愚觉得，他重生了一回。

08.

第二天白天，一行人游游玩玩，去了阿德莱德动物园。这里苍绿温润，古树参天，袋鼠散落在山坡上。江小美一脸兴奋，拉着黄九恒一起喂袋鼠。

黄九恒摸摸袋鼠的头：“只管现在，不管过去和未来？未来可以不管，那过去呢，过去是什么？过去是亲情、家庭，是房子、存折存款，是双方的父母、双方的亲戚朋友，是孩子，过去是你说不想就可以不想的吗？”

“那些冠冕堂皇的理由，确实是一种口号，喊出来，能让自己心里好过点。可是我一点也不相信，这样想了，就真能解脱？除非蓝老师和白先生是超人。”江小美说。

黄九恒笑了：“放心，蓝老师绝对是肉胎凡身！”

“白志勇也不是能飞上天的人！”江小美接口道。

蓝天愚和白志勇走到动物园的另一处。蓝天愚满腹感慨：“以前老觉得这种事不能跟别人说，说出来丢人现眼，可把这事跟你们说以后，我这心里还真就舒坦多了。”

白志勇笑了："不是嘴硬？"

"切身感受！"蓝天愚给了坚定的回答。

江小美和黄九恒迎面走来，四个人相遇，面对面站定。白志勇很是亢奋："江导、黄厨师，我和老蓝聊得很通畅。"江小美有点纳闷，怎么好事都让别人赶上了呢？她讪讪地说："我和老黄聊得很郁闷。你怎么就通畅了，说来听听。"

白志勇甘当人生导师："人活着，不要老去考虑别人的酸甜苦辣，你又不是为了别人活着。我和蓝天愚都惨成这德行了，先顾自己吧，自己怎么舒坦怎么活，别的都是扯淡！"蓝天愚点头称是："要活自己，自己活！透彻！"

江小美皱皱眉："还透呢，一点都不新鲜！就是自我自私呗，我觉得你说的才是扯淡！"白志勇不高兴地站在那里："聪明人，那你说个新鲜的，我听听……"江小美举起手掌，悬在空中："这好比是一把刀，除非你用这把刀，把连接在你身上所有的东西，亲人、朋友、社会关系、家庭责任，都强行砍掉，鲜血四溅，遍体鳞伤，你才能'自己活'！"

江小美的手掌在白志勇的脖子上方舞动着，被白志勇拨拉到一边。

黄九恒接过话茬："有道理。人活着怎么可能只有自己呢？蓝天愚，你有儿子，仅这点你就超越不了。"江小美头一歪："白志勇的药不合适你，小心中毒！"蓝天愚又蔫了："又给我说郁闷了……"

白志勇也郁闷了："又给我说糊涂了，老黄你什么情况？

蓝老师原谅他媳妇儿，你反对，他想换个活法，你还反对，你是精神错乱还是杠子头啊？！”

黄九恒没搭理白志勇，昂首挺胸往前走。

下一站是阿德莱德山顶观景台，在这里可以俯瞰美丽的阿德莱德。四人在一起似乎有说不完的话，这让团里的其他成员忍不住指指点点。但那些老江湖乐得清闲，导游不忽悠购物，游客自然尽兴。

四人并排站在栏杆处。江小美开口了：“换个活法我不反对，可是，什么叫顺着欲望的路线前进啊？那不成牲口了吗？对不起啊，蓝老师，我主要是反驳白志勇的观点，没有骂人的意思。”

白志勇极为真诚地说：“难哪，看看老黄和江小美这种榆木脑袋，你就知道改变有多难了。如果你想尊重自己内心的欲望，你就会被所有的人看不起，我前妻说我自私，我老板说我没有责任感，我不服啊！为什么人要限制自己的欲望呢？”

蓝天愚两眼放光，一副醍醐灌顶的样子：“也对，连自己的欲望都不尊重的人，怎么可能去尊重别人呢？”白志勇咧嘴一笑，兴奋地说：“对！大对！屁股蛋子都松了，还考虑那么多乱七八糟的事干吗？”

黄九恒有他的坚持：“屁股蛋子松了也不能不考虑别人的感受，人上了岁数，更应该有责任和道义，否则那不成老王八蛋了吗？家庭责任怎么就成乱七八糟的事了？我觉得白志勇说的才是屁话呢！”

白志勇极不认同他的话："黄大厨，我就跟你说说这个屁，人体内的废气……憋久了，就会难受，放了舒坦，为什么不放掉它？难道你还留在肠道里慢慢回味它不成？过日子也应该这样，把难受和痛苦当成屁，放掉！"

一名游客在背后喊："江导，给你们拍个照！"四人集体转身，脸上堆起笑容，正要齐齐喊一声"茄子"，却听到白志勇那家伙传来粗声大气的喊声："西红柿！"

拍完照，四个人沿平台走来，走到石凳处，黄九恒不依不饶地说："问题是痛苦这股气，这个屁，不在你的大肠里，在你脑子里，在你的心里，你放得掉吗？"

蓝天愚坐到石凳上："你俩别争了，听听霞光的意见。"江小美不解地问："我？你们叫我霞光？什么意思？"白志勇如数家珍："我们小时候管漂亮女孩叫霞光。霞光还分为三类，普霞、万霞和背霞。普霞，是普通霞光的简称，指一般漂亮的女孩；万霞，是万丈霞光的简称，是指巨漂亮的女孩。"江小美点头："那背霞呢？"黄九恒笑了："背霞是指背面看很漂亮，正面看长得很凄惨的女孩。"江小美缓缓地点点头："哦，普霞、万霞、背霞，懂了，跟着你们混，还真长学问。"

蓝天愚很想集众家意见，不死心地问："霞光，说说你的意见吧！"江小美深吸一口气，说："臀部肌肉松弛，不能成为你不顾别人的理由，白志勇的这种说法不叫自由，也不叫潇洒，叫浑蛋！"白志勇瞪着江小美："我被你骂得目瞪口呆……"

江小美白他一眼，继续说："用白志勇的话讲，放屁！话是人说的，屁是人放的，说话和放屁一样，都是一口气，对有些人来讲还真没什么区别。白志勇，你体重应该很轻吧？”三人并不理解她的意思，白志勇最藏不住事，一脸疑惑地问：“什么体重很轻？”江小美坏坏地一笑：“没脸没皮没心没肺没脑子，就有点屁，还让你给放了，身体上少了这么多东西，体重应该很轻。”

白志勇急了：“江小美，你一直这么会骂人吗？”

“当然，强项。”

“江小美，我告诉你，女人要有女人样儿，软一点，软、柔是女人的特点，挺霞光的一个姑娘，怎么老这么硬邦邦的？”蓝天愚一脸坏笑。江小美调皮地一歪头，说：“我反对你们的目的是善良的，只是觉得你的这种煽风点火，鼓励蓝天愚不管不顾地放纵，只会加深蓝天愚的痛苦。”黄九恒闻言竖起了大拇指。

蓝天愚说：“江小美，我现在，拼命地在想通这件事，不想通，又能怎么样？憋死自己？把自己给剁死？我没那胆量，只能开始规划我换个活法的具体方案……”

白志勇用力地点头：“嗯……享受进行时，要摸得着的、实实在在的舒坦！不要虚无和妄想的自欺欺人的假装舒坦！真实在！蓝天愚，你是我的榜样，你是我的力量！”

江小美白了白志勇一眼：“真够肉麻的，你和蓝老师就互相吹捧吧！真是浑蛋逻辑！”说完，她转身走了。

白志勇转过脸，看着一直不说话的黄九恒：“老黄，我和天愚兄都打开了心扉，你呢？孤单一人，独自旅游，也有郁闷吧？”黄九恒沉了一口气：“我一厨子，不愁吃喝，为什么要郁闷呢！”说着他转过身，看着远处，脸阴沉着，有些可怕。

蓝天愚和白志勇看着黄九恒，意识到了什么，但没敢问。白志勇刻意转移话题：“哎老蓝，怎么这个江小美一直旗帜鲜明地反对咱俩？按她这个气质、这个年龄，就算是正经传统派的，也应该能理解咱们的想法吧，奇了怪了。”

蓝天愚想了想，点点头：“我也疑惑……”

为了下午的行程，白志勇和蓝天愚买了色彩鲜艳的泳衣，租了很拉风的摩托，绕着阿德莱德英式水库一路驰骋。蓝天愚难得放松了心情，张开双臂，感受着呼啸而来的风。

团里的成员就在水库的湖边，拍照打卡，发朋友圈，玩得不亦乐乎。而在不远处的一处小悬崖上，忧伤笼罩着独处的黄九恒。

眼尖的蓝天愚指着远处小悬崖上的人影，惊讶地叫道：“好像是黄九恒！”白志勇用单手做望远镜状：“是他，正郁闷呢，看来咱俩怀疑得对，他心里肯定也有什么窝心的事。”

悬崖上的黄九恒直挺挺地站在悬崖边，又朝前走了几步，蓝天愚见状，突然惊喊一声：“白志勇！”白志勇回头一看，天！悬崖上的黄九恒直挺挺地跳入湖中，湖面上溅起了一片水花。

“快，救人！”蓝天愚一边喊一边冲向湖边。白志勇二话不说又发动了摩托车，迅速超过了奔跑的蓝天愚，直接驰向湖边。

远处岸边，一个背着旅行包正在拍照的澳洲白人目瞪口呆地看着这一切。而水中的黄九恒神情平静，慢慢往水下沉去。

09.

“你相信吗，我真不是想自杀。”黄九恒面容平静，抬头看天。天空中，一架喷气式飞机飞过，留下了一条清晰的轨迹。

“你是不是想自杀我不知道，反正差点把蓝天愚给淹死。”白志勇气鼓鼓的，他指了指还在往外吐水外加狂咳嗽的蓝天愚，示意黄九恒也看一眼。

黄九恒喃喃地说：“我就是浑身燥热，心里烦，想跳到水里凉快一下，舒服一下。我水性极好，小时候在少体校练过游泳，后来太能吃，发胖，给开除了。”蓝天愚怕刺激黄九恒，迎合地点点头，然后便听到眼神有点发直的黄九恒又说，“水下很安静，不闹腾，很舒服！”

白志勇撇撇嘴：“你舒服了？你也是，游得不怎么样，瞎跳什么啊？差点就不朽了，只能永远活在我们心中！”蓝天愚开口了：“与其活在你们心中，还不如活着回家吃喝拉撒！老黄啊，我刚才往下沉的时候，什么也看不见，什么也听不见，又聋又瞎，眼前朦朦胧胧的，一片白，不是往下沉的感觉，是往上飘的感觉。那时候，我脑子里忽然闪过一个念头，特别清晰。”

白志勇和黄九恒愣愣地看着蓝天愚，竖着耳朵等他下面的话。蓝天愚的视线转向黄九恒，小心翼翼地说：“活着就比死了强！真的，老黄。能有什么过不去的呢？我和老白的痛苦你都知道，我们不是依然撮大饭睡大觉，喘气说话吗？人就不能相信有过不去的事。我知道你心里有事，谁过日子没点磕磕绊绊啊。”

白志勇点头附和：“对啊，老蓝和我不都遇到这种磕绊了吗，信我的，只要咬紧牙，死扛，一切都会好起来的。”

黄九恒努力让自己平静地笑笑：“不会，永远都不会再好了，无所谓。”

“永远不会再好了？应该也是无解之痛吧？还别说，咱们仨还挺巧，都凑一块儿了，倒霉倒一片，郁闷千万家啊。”蓝天愚忍不住叹了一口气。白志勇接道：“老黄啊，我们一直怀疑你也遇到了什么凄惨的事儿……”

黄九恒还是没说话，一脸愁苦。白志勇盯着黄九恒，探寻着：“黄大厨，你还能坏到哪儿去呢？除非你得了绝症。”他做了一个大胆的假设。黄九恒：“是绝症！”

“什么？”白志勇和蓝天愚傻了，望着黄九恒那形单影只的背影，一时间不知道该说什么才好。

好事不出门，坏事传千里，这不，江小美两眼瞪得圆圆的，仔细地回忆着黄九恒的一举一动，脸上挂着惋惜的表情：“以我有限的经验来看，这老黄啊，癌症，晚期！”白志勇连连点头：“像！我当初一见他，就觉得他的脸色不太对，灰中带暗，肌肉下坠，眼神也是暗的……”

江小美像是想起了什么：“我不知道你们注意到没，每次吃饭的时候，他几乎不怎么吃，只喝几口汤。我还总看见他唉声叹气。咱们热热闹闹说话的时候，他还老走神。”蓝天愚极为痛心：“这病，应该是晚期了。”

白志勇倒吸一口凉气：“可怜啊，岁数跟我和老蓝差不多，早了点……”说到这里，他忽然想起自己被忽略已久的身体，“不行，回去我得做个体检。”蓝天愚点头称是：“所以，看到老黄这样，我更想得开了，要拼了命地玩、拼了命地寻找快乐，这样才值得。这样，当你得了绝症的时候，当你要死的时候，当你通过坟墓，站在上帝面前的时候，你才不会后悔。”

白志勇抬头仰望着天空：“在生死面前，在老黄的绝症面前，我们那点家长里短的郁闷，算个屁！”蓝天愚感触深切地点头。江小美无奈地说：“老黄还没死呢，倒让你俩找着新生了……”

白志勇和蓝天愚齐齐望着远方，那里，是家的方向。

是时候回去了。

彼此交换了电话号码，白志勇热情地邀约：“我一个人了，家里房子宽敞，又没有工作，烦了、闷了，给我打电话，喝酒打牌，吃饭泡吧，我全陪，不收费。我干脆改一韩国名得了，叫全白陪。”

蓝天愚和江小美都笑了，只有黄九恒还阴着脸。蓝天愚走过去，拍拍黄九恒的肩：“老黄，说实话，我们议论过你……情况就是这么个情况，要有信心，想想你的家人，你的亲人，要坚强，积极配合治疗……”黄九恒艰难地笑笑：“不用劝我，我想得开。”

白志勇补了一句：“对，为了家人和亲人，千万别干傻事。”黄九恒语气有些阴冷：“问题是，我既没有亲人，也没有家人。”这……真是哪壶不开提哪壶，白志勇想抽自己俩嘴巴子。他看向另外两人，发现大家都很无语。黄九恒倒像个没事人似的，起身走了。

回到家门口，白志勇发现门虚掩，房间里亮着灯，他还以为来了个飞贼。——不经意间，他已经接受了景雅已经离开的事实。

他蹑手蹑脚地摸进去，正想给闯入自家的歹人重重一击，却发现是景雅在收拾东西。

这场景白志勇再熟悉不过了。收拾东西的时候，她喜欢开着门，还老背对着门。他说过很多回，可她就是改不了。她总说，世上的人呀，没他想的那么坏。这让他很是无语，本是好意关心，倒显得自己像个坏人了。

一想起往事，白志勇鼻子有点酸，可能是因为上了年纪。他好想上去抱一抱她，但忍住了。他故意咳嗽了一声，免得吓她一跳。在她回过头来的时候，他把早就从挎包中掏出来的两个精美的袋鼠睾丸制作的小零钱包递给了她。

“你的爱，我没忘，1947年到1965年，澳大利亚红铜硬币。你已经过了生日了，三十七枚。”

听到这里，景雅有一点难过，她笑了笑，看着他说："还好我不是七十三岁。破费了，谢谢。"感动的劲儿还没过，煞风景的白志勇摆摆手："甭谢，离了婚，我对你浪漫依旧……赶紧走吧，你还算有几分姿色，晚了，再碰上劫色的……"

景雅白了他一眼，没好气地说："狗牙缝里挤不出人话！我的东西都拿完了，我走了，这是钥匙。"说话间，她把钥匙举在手上，鼻子酸酸的，"这是我跟这个家，最后的联系了……还给你了。"景雅轻轻地把钥匙放在了桌上。

白志勇一动不动地看着钥匙。景雅看看白志勇，又看看钥匙。白志勇的脸色慢慢变得有些伤感。景雅轻轻叹了一口气，朝门口走去，和白志勇擦身而过，白志勇还是一动没动。

景雅走到门口，提起放在那儿的行李箱，听到白志勇开口了："景雅……"景雅站住了，但是没有回头。白志勇有些结巴："景雅，你……其实还年轻，要是有合适的机会，你还是应该给自己找一个好点的归宿，再成个家……"

景雅回过身来，有些哀怨地看着白志勇。白志勇慌乱地避开了景雅的视线。景雅苦笑一下："再成个家？有那么容易吗？白志勇！你告诉我，有你说的那么容易吗？我从二十岁认识你，直到我三十七岁和你离婚，一次恋爱，一次婚姻，我从来没有经历过别的男人，从来没有经历过别的感情，我也从来没想过再去爱一个人、再去成一个家……"

白志勇看着景雅，沉默不语，景雅克制着伤感，继续说道："十七年，白志勇，十七年了，我已经被你折腾得筋疲力尽了，我不可能也没有勇气和力气，再马上去开始一段新的感情……”

白志勇低着头，景雅深深吸了一口气，努力保持语气平静：“不说了，再说我也变成怨妇了。走了，你……少喝酒。”景雅说完，拎起行李箱，转身，离开的时候，她轻轻把门带上了。

“啪！”白志勇心里的那扇门也关上了。他呆呆地坐在沙发上，神情悲伤。她刚刚离开，他就开始想她了。以后岁月漫长，再想她时，他该怎么办？

一阵敲门声将白志勇拉回现实，他使劲擦了擦眼睛，起身开门，门外站着的，是一脸迷茫的蓝天愚。他怀里抱着旅行时的行李，就那么定定地看着白志勇。白志勇眼眶有点红，这一刻，他们有同病相怜的悲戚。

蓝天愚不敢回家，也不想回家。他在自家小区门口溜达了七八分钟，又在家门前溜达了七八分钟。屋里黑着灯，妻子上官慧回娘家去了，但他仍旧不敢迈进家门。一进小区的院子，他就闻到家里的味了，还在门口呢，仿佛就能看到满屋子她留下的痕迹。她不在，但与在没什么区别。他想往前迈一步，但心里有个声音唤他往后退。明明是她出轨，怎么内疚的人竟是自己？

白志勇懂他，拍拍他的肩膀：“我明白，我太明白了，我那个前妻也刚走，把钥匙留下了，我心里也挺酸……”蓝天愚微微点头。看起来，想潇洒不是那么容易的，忘掉满身的痛苦也不是这么简单的，这些事是不可能那么快过去的，他们不可能一步就迈到幸福彼岸……难哪。白志勇忍不住心生感慨。

降妖除魔之路，才刚刚开始。

10.

黄九恒回到家的时候，女儿正在睡觉。他像往日一样轻手轻脚地走过去，看着她的脸——真好，眉与眼没有一点他的样子。那个瞬间，他有点想哭。

路过客厅，桌上放着林响做的饭和菜，看得出来，热过几轮了。她还是那么贤惠，与过去一样。这样的日子，他太熟悉了，汤在锅里保着温，她会问他是先洗澡还是先吃东西。

女儿还是那个女儿，妻子还是那个妻子，家却不是那个家了。心里的鸿沟，一时半会儿是迈不过去了。于他而言，旅游是逃避生活的方式，他想借着山山水水远离生活中的是与非。但一次逃离是不够的，迎着林响内疚的目光，他只得冷冷地告诉她，一想起这事，他就喘不上来气，他就憋闷，他还想去旅游。但需要她编个理由，两人要统一口径。——说谎，她应该很擅长吧。

离开家的时候，黄九恒的心通通通跳了好几下。大概是身后的目光太沉重，砸到他的后背了。城市很大，离开了家，黄九恒竟然觉得无处可去。在路口犹豫很久，打了一辆出租车，直奔白志勇家而去。

在白志勇家里，黄九恒意外地发现蓝天愚早就到了。世界之大，伤心且需要慰藉的，远不止他一个。他们三个饮酒谈心，喝到微醺。白志勇想到头晕也想不出自己当初答应离婚的理由，干脆不想了。他尽地主之谊，安排得井井有条。老黄是病人，睡床，蓝天愚睡沙发，他睡地铺。

临睡前，蓝天愚忽然想到了什么，关切地问："老黄，药带了吗？别忘吃药。"

黄九恒点点头。现在，面前这两个男人，就是他的药。

日子还要继续。

蓝天愚如同话痨，即便穿得玉树临风，仍掩盖不了内心的颓势。终究是男人心底的那团火灭了。他把分裂的体验讲给学生听，一个人变成两个人，存在于这个世上，一个假装快乐，一个真心难过……听课的人一头雾水，讲课的人动了真心。他想不明白，儿子那么好，这个家这么好，上官慧为什么要把它震乱、劈翻？

她是真的变心了吧。他不在家住的这几天，她不关心他去了哪里，和谁住。蓝天愚主动坦诚，是旅游的时候认识的一朋友，单身，他就住在这个新朋友家。可她只是点点头。怕她误会，又主动告诉她朋友是男的，得到的回应是，用不着告诉她。

也许，她唯一的软肋与顾忌，是儿子。蓝天愚和她谈过，若是离婚了，她并不想太早告诉儿子。

黄九恒后悔了。如果三年前他选择了去国外开餐厅，就不会有这次给小蕾输血这回事，也就不会有这个该死的DNA测试，也许……他就永远不会知道小蕾不是他亲生的女儿，他就不用受这个折磨。那一年，林响说，先别去了，女儿还小，她需要他，等她长大了，还有机会的。如今，女儿是长大了，可他已经不是她的生父了，她还需要他吗？这个问题，林响无从回答。

毫无疑问，这份丧丧的情绪影响了他，让他许久走不出来。

在白志勇家，大厨黄九恒无暇对白志勇的做菜手艺做出评价。任它是香烤三文鱼，还是胡萝卜炖牛肉，他都只扫了一眼：“菜好不好吃，看心情。心情好，怎么都好吃，心情不好，吃什么都像垃圾，吃完就想吐。”

得，嘴巴比白志勇还毒。白志勇和蓝天愚互相递了个眼神，蓝天愚接着倒酒：“老黄，酒你就不喝了吧，喝茶还是喝饮料？”

“喝酒。”

蓝天愚有些迟疑，他可一直记挂着黄九恒得了绝症一事呢，忍不住提醒道：“老黄，酒你就不能喝了吧，你的病……”

黄九恒一顿：“我的绝症不是生理上的。”白志勇和蓝天愚有些傻，愣愣地看着黄九恒。黄九恒苦笑了一下：“我身体壮着呢，跟牛差不多。”

蓝天愚挠挠头：“嗨，我还以为你是癌症晚期什么的呢！”

黄九恒郁闷地摇摇头，犹豫半晌，抬头看白志勇：“志勇，我知道你，我俩其实算早认识了。”白志勇有点傻了：“认识我？我一个打工仔，有那么出名吗？”

“我媳妇是林响。”

白志勇恍然大悟，怕蓝天愚不明白，还解释了一句：“林响和我是一个公司的。”说完，他眉头微皱，小心翼翼地问，“林响……不会是林响出什么事了吧？”

黄九恒点点头："算是吧，是她出事儿了，而且是挺大的事儿。"白志勇："挺大的事儿？林响看上去不是那种能出巨大事儿的人啊。"

黄九恒看着白志勇："我们老家有句话，蔫人干大事。"蓝天愚点点头："对对对，咬人的狗不愿叫，闹春的猫不显貌。"白志勇眉头一皱："老蓝你闭嘴，瞎比喻什么啊，我的意思是，林响挺厚道挺朴实的一个人，不像那种能出轨的风情女子啊。"说到这里，他觉得好像自己也说错话了，"对不起啊，老蓝，不是说你媳妇！"

蓝天愚这才反应过来："啊……"

黄九恒看着白志勇："我有个女儿，十岁，我觉得我这辈子最大的成功，就是有这个听话、漂亮的女儿。我这个当爸爸的，觉得她比天下所有的女孩都要漂亮，都要可爱……二十二天前，我发现，我不是她的父亲……"白志勇和蓝天愚认真地听着，一点也没有要打断他的意思。黄九恒接着说，"是她妈妈一次无意的遭遇造成的……"

白志勇和蓝天愚看着黄九恒，呼吸都小心翼翼。

"我跟我媳妇儿认识的时候都是与前任刚分手，一对痛苦青年，同病相怜，一见面就对上眼了，认识不到一个月就结了婚。所以，我不可能对这个孩子的身份有怀疑……"

蓝天愚恍然大悟地说："这事儿……像小说……"

黄九恒恨恨地说："是他妈像编出来的。总之，孩子的父亲是别人。十年，十年啊，她叫了我九年的爸，突然有一天有人告诉我，这不是我女儿，这个活蹦乱跳的女孩，不是我的女儿！我给别人养了十年女儿！我当了十年的假爸爸！老白，我认识这个不是我女儿的可爱女孩十年了，你们告诉我，往后我这日子该怎么过？如果让我假装这一切都没发生，如果让我平静地去面对这个可爱的女孩和她的那个母亲，平静地去过日子，这可能吗？你们告诉我，这可能吗？你们判断得没错，我是得了绝症，这事儿比他妈绝症还没希望……”

白志勇试探着问：“女儿现在还不知道吧？！”黄九恒痛苦地摇头。蓝天愚松了一口气：“不知道，她就永远是你的女儿！”黄九恒一脸轴相，双眼瞪得圆圆的：“问题在于她不是我的女儿！”

屋里安静了。

黄九恒感慨连连：“仨老婆，个顶个的作女啊！你看，白志勇的前妻，应了一句话，女人就爱扼杀男人的自由；我老婆也应了一句话，女人比男人更凶残，愣让我把别人的孩子养了十年……”蓝天愚苦笑：“还有，我老婆也应了一句话，女人也好色！”

黄九恒上下打量了两人一番：“我还是纳闷，你们俩，要形象有形象，要气质有气质，也不像渣男啊，怎么就被女人抛弃了呢？”白志勇和蓝天愚不知该笑还是该哭，两人咧咧嘴，表情都很难看。

黄九恒开始总结：“咱们三个难兄难弟，相似之处是都被各自的老婆伤害了，不同之处，我是历史性原因，老蓝是突发性原因，老白是不明确原因。”

蓝天愚竖起大拇指："总结得当。"白志勇喝了一口酒："可是呢，我们的这些痛苦啊郁闷啊，又都无法摆脱，还得吃饭睡觉拉屎撒尿，所以还真得换个活法。"

黄九恒摇摇头："二位战士，换什么活法都得喘气，一喘气心就疼，疼得喘不过气来，憋得慌。"白志勇立场坚定："那就更得换！要不然就得生生地给憋死了！"

蓝天愚同样心里憋闷，他叹了一口气，目视前方，忍不住想，那个让他心里憋闷的人现在怎么样了？她在哪里，和谁说着话？今天是他迷茫的日子，他只希望，此刻在她身边的，别是那个人就好。

上官慧忍不住打了个喷嚏。身边的秦峰关切地问："你怎么了？着凉了吗？"

上官慧摇了摇头。她望着秦峰，仿佛看到了两张脸。一张脸上是压抑、愤怒、沮丧，另一张脸上全是关切。要怎么样才能让蓝天愚相信，她与秦峰的感觉是干净的，没有阴谋的，没有突破伦理底线的。只怕她怎么解释，蓝天愚都不会信了。秦峰说他问心无愧，但她心里有愧。愧对多年的伴侣，愧对稚气未脱的儿子。

11.

我会让她成为这世上最幸福的人。因为她是我的女儿。看着妻子疲倦的脸，产床前的黄九恒默默发誓。

那是十年以前，那时的他有着一张更显年轻的脸。他从护士手里接过黄小蕾。她小小的，软软的，像个小动物一样。她在他的怀里动来动去，嘴里发出咿咿呀呀的声音，浑身散发着一种好闻的味道。嗯，是奶味，以及林响身上独有的味道。他愿意就这样一直抱着她，护士提醒了几次他都不舍得放手。那种血浓于水的感觉，让他欲罢不能。

后来他成为孩奴，记得每一个重要的日子。她睁开眼睛了，她吃了第一口奶，她开口叫爸爸、喊妈妈了，她学会走路了……那些日子，都印在他的脑子里，他都记得清清楚楚，他想，这辈子他都不会忘掉。

多好啊，有了女儿，这个家完整了。什么功成名就，什么天下名厨，他都不挂在心上，他只想颠好家里这把勺。那些年，睡梦里都是香甜的味道。女儿越来越可爱，家越来越温暖舒心，他很知足。

突然这一切都没了。一个十年的梦，碎了。

黄九恒的妈妈从小就告诉他，除了父母和孩子，一切都会变，要珍惜这些不会变的东西。母亲让他孝顺，让他对家人好，他做到了。可现在，不会变的东西，变了！连孩子都变了，而且变得天翻地覆！

黄九恒望着面前的林响，眼泪奔涌而出，止都止不住。林响心疼地伸出手，紧紧地握着他的手，用另一只手擦擦眼泪："四点多了，小蕾……小蕾该回来了。"

黄九恒点点头，起身进了卫生间。不得不说，卫生间也是男人的避风港。

白志勇擦着脸，拿起牙刷，拉开抽屉找牙膏。抽屉里，景雅遗忘的几件女性化妆用品，口红、香水、面霜……无一不在唤起白志勇的回忆。他愣愣地看着这一切。

这个家里到处都是景雅的痕迹。卧室的衣柜里还有景雅的睡衣和围巾，白志勇将衣服捧起来，闻了闻，表情中带着一丝苦涩。他叹口气，走了出去。

在客厅茶几下，白志勇把景雅的发卡、头饰、梳子归拢起来，将电视柜里景雅的CD清理出来。一会儿的工夫，就清出来一大皮箱东西。

白志勇静静地蹲在皮箱前，痛苦慢慢地浮上他的脸。良久，他才轻轻地将箱子合上。景雅的痕迹，终于在他眼前消失了。悲伤涌现，大颗的眼泪顺着白志勇的脸颊流了下来，他伤感地哭泣着，顺势坐到地板上。屋子里的他那么孤独，像只受伤的小兽，让满屋增添了几分悲凉。

这日子，皱巴巴的，可怜兮兮的。他不想要。

大胆折腾吧，百味才是人生。所以，白志勇与黄九恒、蓝天愚能出现在舞池中疯狂跳舞，一点也不意外。用白志勇的话说，这叫颠覆行动。三人跳得气喘吁吁，心率直上两百，然后并排躺在马路边上。这画面很怪异，但黄九恒觉得舒服多了。

白志勇想，随心所欲的感觉有了，如果不这么费体力，那就更好了。

三人走在安静的街道上，星星寥寥无几，晚风轻轻吹着，这气氛真适合谈恋爱压马路。三个男人相互看了一眼，眼神复杂，有同情，有鄙视，也有嫌弃。

“老蓝，我是想跟你探讨一下，咱们三个苦难先生，真玩高兴了吗？颠覆了吗？忘掉过去了吗？”

蓝天愚轻叹一口气：“当然，前所未有的倍儿新倍儿新的日子，以前灰头土脸垂头丧气，现在朝气蓬勃意气风发，起码能在部分时间里暂时忘掉苦痛。”

黄九恒插话了：“我们说过，最重要的一点，就是要活得真实，不说假话，是吗？”白志勇：“那你说说真话。”

黄九恒的情绪有些低落：“我们是玩疯了，可郁闷还在。这几天，我脑子里还是我女儿、我老婆，我不可能把她们就这样忘掉，一分钟都不行。我也不相信你们二位真的把过去扔掉了。”

白志勇蹲在地上：“黄大厨，忘掉是需要过程的，忘掉是需要毅力的，要坚持，不能走回头路。我还是那句话，屁股蛋子都松了，我不想回到阴着天下着雨的过去，我要迎接灿烂的有太阳的未来。”

蓝天愚表示同意，说：“对，我们得刻意干点不像我们这个岁数的人干的事，这才叫颠覆，要解放天性，放开自我！”白志勇兴奋地接话：“说得好！这样，才能奔向未来！两位，咱们绝对不能复辟，绝对不能。”

黄九恒叹了一口气：“从澳洲回来四天了，见到女儿一面，还是睡着的，心里慌，我想回家看看，这不算没出息吧……”

没等他们回答，黄九恒已经慢慢走了出去。

回到家的时候，林响正在做饭。她看着黄九恒，眼神小心翼翼：“不管怎么样，不管咱俩是什么结果，在女儿知道这事之前，尽量回家住，好吗？否则女儿会怀疑的。”

“这还是我的家吗？我跟这个家还有什么关系吗？”黄九恒阴沉着脸。林响真诚地看着黄九恒：“你去旅游的这段日子，我一直在想，我是犯了一个错误，可这个错误，我不是故意的，它不是我能控制的，我也委屈，我也是受了伤害的。”

黄九恒不想听，也不想说话，可林响还在继续，她有些伤感地说：“我们毕竟有一个完整的家，一个全家人都还满意的家。家是互相给予温暖、彼此照顾、相互关心的地方，没有了血缘关系，这一切就都不存在了吗？”

“对，问题的关键就在这里。如果小蕾的鼻子没有出血，如果我没有做那个DNA检测，如果我不知道小蕾是别人的孩子，你说的这些都可以存在。可是不幸，现在我知道了，这些东西还在吗？”黄九恒一脸轴相，“以前，是我以为的血缘，我以为的亲人和我以为的亲情，让我踏实和温暖，而现在，这种踏实和温暖没了，彻底地没了，烟消云散……”

门响了。两个人都愣了一下。

黄小蕾进了门，一看爸爸在，特别高兴地喊起来：“爸，你回来了？！”黄九恒和林响忙掩饰了一下脸上的表情并转身，小蕾兴奋地走到爸爸跟前，“爸，你不是说昨天回来吗，怎么今天才回来啊？”

“爸在西安……多玩了一天。”黄九恒别扭地掩饰着，林响不自然地看了看黄九恒，说：“小蕾，来，帮妈妈择菜。”黄九恒走出厨房，走到女儿看不见的地方，狠狠地抽了一下自己的脸。

“爸，我想你了。”择完菜的黄小蕾张开双臂看着黄九恒，黄九恒走过去，将她抱进怀里。林响把炒好的菜端到桌子上的时候，看到了正拥抱着的父女俩，她轻轻凑过去，和两人抱在了一起。

电话响了。林响率先松开手，黄九恒平复了一下呼吸，俯身抄起茶几上的手机：“喂，老白……”

电话那边传来的是白志勇的声音：“出来吃饭吗？我和老蓝在一块儿呢。对了，还有俩美女。”黄九恒回头看看林响，又看了一眼桌上热气腾腾的菜，说：“我……我不去了，今天在家吃。媳妇儿已经做了饭。”白志勇笑了笑，音量不减：“哦，行，那先这么着啊，再说吧，电联！”

林响望着黄九恒，轻声说：“要不……你去吧。”黄九恒摇摇头：“不去不去。”黄小蕾眼睛瞪得大大的，示意妈妈不要说话了，甚至还比画了一个“嘘”的手势，严肃地说：“妈，不能让爸去，有危险！我刚才听见了，电话里的叔叔说有俩美女！”

黄九恒笑了。林响也笑了。黄小蕾神气地扬了扬头。紧接着，她又竖起了耳朵，盯着爸爸一亮一熄的手机屏幕。几日不见，她发现，爸爸变忙了，电话一个接着一个。

是黄九恒的徒弟大愣打来的：“师父，我爸不是开了个餐厅吗，你知道的，对面的餐厅嫌我们抢了生意，天天捣乱。原来就是跑过来，说菜里有苍蝇之类的那种俗招，昨天升级了，他们找人把我们家餐厅玻璃给砸了。今天我找他们去评理，嚷嚷起来，结果，对方七八个人一块儿打我……”

黄九恒无奈地挠挠头。真是多事之秋。

12.

白志勇和蓝天愚晃晃悠悠走进一家欧式酒吧，东张西望了一会儿，便看到了江小美。在她的身边还坐着一位精致又漂亮的女孩子。

“嘿，江小美！”眼尖的白志勇率先打了招呼。江小美和区晓鸥回头一看，江小美笑了，招招手：“哎！蓝、白二位先生！来，坐这儿吧！”

蓝天愚、白志勇二人在吧台坐下。小美热情地指着区晓鸥：“介绍一下，这是我好朋友，区晓鸥，这二位是我之前团里的客人，白志勇，蓝天愚。”

蓝天愚和白志勇跟区晓鸥点点头。

“哦，久闻大名……听小美姐说过你们，俩醉鬼，精神状态都不够健康，把小美姐带的团搅得乱七八糟的，不过形象还行！都挺帅的！我以为你俩是那种尖嘴猴腮獐头鼠目类的。”区晓鸥看着蓝天愚和白志勇，笑了笑。

蓝天愚小声地嘀咕："这姑娘真够二的……"白志勇冲区晓鸥一乐："还行，没说我们人模狗样。"

一句自黑，逗得区晓鸥笑了起来。白志勇瞥了江小美一眼："江小美，背后讽刺人，属于道德品质问题啊！"小美没搭理白志勇，笑眯眯地看着蓝天愚："蓝老师，你好像瘦了，是不是从阿德莱德回来，一直在外面疯玩啊？贯彻你们颠覆过去、丰富现在的行动理论？"

白志勇被截了话头，那个气啊，但又不好抢蓝天愚的白。只见蓝天愚点点头，说："那当然，已然开始行动了，轰轰烈烈。"白志勇总算有了接话的机会，一本正经地有样学样，也点点头："丰富多彩，万千风情，喜气洋洋！"

"还真开始了，佩服，成果怎么样？"小美惊讶的同时又对他们的行动大感兴趣。

"成果显赫！当然，也是艰难曲折的。"白志勇得意极了。

"看你俩那筋疲力尽风尘仆仆的脸，还有点苦大仇深的痕迹，就知道是曲折的。喝点什么？"小美伸手召唤服务生，然后听到白志勇与蓝天愚齐声说："酒。"

"这毛病倒没颠覆，什么酒？"江小美翻了个白眼，见服务生顾不过来，边说边起身。白志勇冲蓝天愚挤了挤眼："是酒都成，我随和，不在乎牌子。"小美走进吧台："好，醉鬼的境界。早知道我该给你们准备点医用酒精。"

白志勇见区晓鸥眉眼带笑，主动把头凑过去，在她耳边说："你这朋友真像你，你们的嘴一直这么损吗？"

“惺惺相惜，臭味相投呗……”区晓鸥托着下巴，饶有兴趣地看着小美熟练地倒酒调酒。蓝天愚、白志勇这才注意到江小美居然挤进了吧台，嘴巴张成O型，白志勇环顾四周，惊讶地问：“怎么回事儿？自助酒吧？”

“小美是这个酒吧的大股东，导游是她的兼职。”区晓鸥很乐意为这个贫嘴的家伙答疑解惑。

“我靠，女资本家啊！大股东？就是老板呗！这么大的酒吧，你也太低调了吧！蓝老师，今儿多喝啊，别考虑预算，江小美请客。”白志勇主动张罗开了。江小美看他这不把自己当外人的相，觉得很是好笑。

蓝天愚则去跟区晓鸥套近乎：“哎，区晓鸥，你干什么工作的呀？”区晓鸥看着蓝天愚，神秘地说：“猜！”蓝天愚调动他的想象力：“光鲜亮丽，神采奕奕，穿着时髦。呃……高级白领？或者，这个酒吧的酒托？”

区晓鸥摇头：“三无人员，无业、无钱、无房。”白志勇一听，马上很狗腿地接上话：“嗯，你这样的气质长相，你这样的年龄，可以无业，有业多累啊。”

江小美却从白志勇的话里听出了另外的味道，她笑了笑，说：“明白了，怪不得你也是无业游民，因为你也自认为长得挺‘这样’的。那你说人家蓝老师，长得也挺‘这样’的，不还在兢兢业业地工作吗？”

蓝天愚竖起大拇指：“谢谢夸奖，我早就想把我儿子的名字改成好帅，那别人看到我就会说——好帅的爸爸！”小美笑了出来：“好无耻啊……”

区晓鸥也抿着嘴轻笑。白志勇很是纳闷：“你俩笑什么啊？你们是觉得‘好帅’这个词儿用在蓝老师身上很可笑吗？”蓝天愚故意皱皱眉头：“要谦虚，长成什么样都要谦虚，尤其是被区晓鸥姑娘这种年龄段的女孩夸过以后，只能暗自高兴，不能得意扬扬。”

江小美撇撇嘴：“你们不觉得窃喜自己长相的男人很可笑吗？”白志勇露出一副无奈的表情，定定地望着她：“江小美，谁窃喜了，不就是没夸你漂亮吗，不至于这么吃醋吧？心不大，胸也狭隘。”

江小美佯怒：“滚！臭流氓。”

“我是说时代变了，长相、年龄也是一种力量，可以演变为资本，以区晓鸥的条件，这些可以成为GDP。”

区晓鸥极为认同白志勇的歪理，她点点头，说：“明白，长相就是信用卡，不但能刷，还能透支。哎，二位大哥，跟说相声似的，这是骂我还是夸我呢？”

江小美端着酒过来，说：“他俩能夸你？肯定是骂你呢。别乱分析啊，区晓鸥可没靠长相傍大款，人家现在是独身。”蓝天愚和白志勇夸张地做了一个期待的表情。在江小美看来，他俩像是在问，你觉得哥怎么样？区晓鸥笑了：“嗯，演得不错！”

四人都乐了。

“时髦！工作、钱、房子，哪样不是压力，哪样不让你愁眉苦脸？这三样东西都没有，才会有新的‘三无’——无拘无束无牵挂，这才叫活得潇洒，活得有力量。”

江小美喝了一口酒，看着慷慨发言的白志勇，说：“哦，那就等于更新的‘三无’——无心无肺无前途。白志勇，我刚在这儿苦口婆心地劝区晓鸥去找个工作，你又来一通歪理邪说，我刚把她骂蔫儿了，你看，又精神了吧，眼睛又冒贼光了吧。”

“你别说，这位白先生说得还真有道理。其实拥有的东西越少，心里的负担就会越少，心里会越轻松、越滋润，这是现代人的一种活法。现在一大堆假装聪明的人都高声叫喊着，要潇洒地活潇洒地活……可百分之九十九的人只是说，而不敢去做，或懒得去做！”区晓鸥好不容易遇到个知音，说话的底气都足了许多。

知音白志勇兴奋地说：“看见了吧，看见了吧！咱们拼命追求的活法，这位姑娘早就享受到了，这是榜样啊！”

蓝天愚试探着问：“区姑娘，这么说，你也是个轻松自由派？”区晓鸥点头：“对！我视各种约束、各种纪律为粪土！现在的社会多宽容啊，不会有人歧视我这种‘三无人员’，还隔三岔五地有人夸夸我潇洒、想得开，多美啊！”

白志勇夸张地大喊大叫：“哎哟！江小美江政委，听听，听听！你身边终于有一个明白人了！同路人！”小美不敢苟同，自顾自翻了个白眼：“明白个屁，我看是你们几个不负责任的人凑巧碰到一块儿了，狼狈为奸！”

白志勇打破砂锅问到底：“区小姐，那你不工作的理由是什么呢？”江小美从鼻孔中发出一点哼声，说：“巧了，她的理由跟你一样，很简单——工作累，委屈，老板黑，憋闷，自己又有点钱，还可以过日子，就把工作辞了。”

区晓鸥点头表示江小美说得没错："图个自由自在，舒服，等钱花没了再找工作呗，多大个事啊。"

"啧啧啧……听听，听听，江小美，我白志勇和老蓝的颠覆生活理论还是有活生生的案例支持的！区晓鸥，佩服！"

江小美丢个白眼给区晓鸥："她吃在我那儿住在我那儿，她当然花不了什么钱了！"区晓鸥笑了笑："是，我和小美是特别好的朋友，我辞职以后，为了节省房租，小美就让我搬到她家里去住了，确实不用花什么钱，但是，也经常要忍受江小美的讽刺打击。"

蓝天愚表示理解："朋友嘛，当然了，我最近就老在白志勇那儿蹭吃蹭喝，白志勇毕竟是一个高白……"

区晓鸥不解地问："高白？"蓝天愚解释："高级白领。"

区晓鸥恍然大悟地点头，又听到蓝天愚说："白志勇毕竟是高白，小美毕竟是老板，我是一个穷教书匠，你是一个下岗小白领，咱俩花他们的钱，一定要心安理得，尽心尽力。"

"对，要这么多钱干什么，钱，可以买到房子，但买不到家，就像我，活生生的例子。"白志勇忽然觉得有一些伤感。

蓝天愚像是受到了感染，轻叹了一口气，说："有的家庭，几根面条就能撑起热腾腾的日子，有的家庭，一堆存款反而把日子折腾得七颠八倒。"

白志勇拍拍他的肩膀："总结得精辟！"

江小美一听情况不妙，急忙转向区晓鸥，正儿八经地说："区晓鸥，你别听他们煽动啊！女人要存点钱，是为了尊严。我妈就老给我说，女孩要富着养，不能穷着养，要不然，让人家一块蛋糕一件衣服就哄走了，没了骨气。”

白志勇很认真地摇摇头，说：“江小美，我还真不同意你妈的说法，或者说是你没文化，曲解了你妈的意思。女孩富养，不是钱的层面，这个富，是指精神层面的富有，见识、修养、世面之类的。没钱，就没骨气吗？就没尊严吗？”

蓝天愚补充说：“有时候过于在意钱，会失去尊严，会露出贪婪相来，尤其对女孩来说，为钱活着，多难看啊，得学会对钱说去你妈的。我以为，有钱没钱都得活出骨气来，活出开心来。所以说，区晓鸥，不要听江小美的歪理邪说，先乐呵呵喜滋滋地潇洒着，钱花没了再说呗。”

区晓鸥看着蓝天愚，眼冒桃心：“崇拜，真不愧是大学老师，说出来的话一套一套的。”

13.

这几天林响过得一点也不开心，工作乱如麻，领导脸又臭。自从白志勇离职之后，朱老板老是念叨。林响丝毫不敢触他霉头，只得躲得远远的，结果又被扣了个工作不积极的帽子。家里的事又悬而未决，午休的时候，她做了很多梦，梦里她哭得稀里哗啦，因为黄九恒抱着女儿离她而去。转瞬间，她变得一无所有，她的手发烫，想拉住黄小蕾，但被黄小蕾打开了。一场午觉睡得她眼泪扑簌簌的，醒来之后，她抽抽搭搭地吸鼻子，弄得同事以为她感冒了。

下班后，林响回到家，发现桌上与往常不一样。

一份银行理财产品——英才教育年金保险就放在那儿，总额三十二万，被保险人是黄小蕾。

“你还是给小蕾买了。”林响心情复杂地看着目光平和的黄九恒。委实说，她特别感动，她知道，这笔钱，黄九恒本来是打算给他爸妈装修房子的。

“两码事，孩子没有错。”黄九恒转过头，望向黄小蕾的卧室。林响的嗓子像被什么堵住了，声音有些哽咽：“我怕你委屈……”说到这里，她说不下去了。

“孩子，只知道我是她爸，亲爸。我不委屈，我赚了……”黄九恒语气平和，努力挤出一丝笑容。他温温柔柔的目光落在林响身上，林响感动得想哭，眼泪在眼眶里打转转。黄九恒缓缓靠在卫生间门框上，轻声说，“抱歉，给我点时间。”听到这话，林响终于抑制不住了，眼泪顺着脸颊流了下来。

黄小蕾回来后，一会儿喊爸爸，一会儿叫妈妈，夫妻俩左右应着，目光皆温柔。但林响知道，他们之间有一道鸿沟，怕是一时半会儿填补不满。

夜渐渐深了，黄小蕾早早睡下，黄九恒和林响坐在沙发上，一个看杂志，一个看电视，气氛极为沉闷。林响看着黄九恒，小心翼翼地说：“你嫌吵吗？嫌吵我把电视关了。”黄九恒盯着杂志，摇摇头。

林响又问：“你……你是不是觉得憋闷？要不然，你去找你的朋友玩吧。”黄九恒依然盯着杂志，没有反应。

林响再度试探着问：“要不，给你倒杯酒吧？”黄九恒突然扔下杂志，怕吵着女儿，把声音压得低低的，但语调中带着委屈和痛苦：“你能不能别这么假模假式地关心我啊？你能不能别老建议我干这干那的？”

林响有些莫名其妙，一时间不敢说话了，只留下一脸尴尬之色。然后，她听到黄九恒说：“你知道吗，林响，你越这样，你就越像是在提醒我，黄九恒你很惨，你很背，你很窝囊，你是个傻帽……你是在继续往我的心口上插刀子。你让我什么态度？我该怎么拿捏脸上的表情？”

林响委屈，但她没法说，只得点点头。

在黄九恒与林响双双沉默的时候，坐在自家客厅里的白志勇也蔫了。只是一瞬间的选择，生活就变了模样。白天的时候，景雅来过，还带来一堆特产。她也无奈，老爸从老家捎来土特产，点名道姓说有白志勇一份。她也不知道怎么了，这么浑蛋的一个人，居然能把老爷子糊弄得这么喜欢他，都离了婚了，还非得让她来给他送东西。

她来了，看到的是没起床的白志勇，他还振振有词——熬夜，是因为没有勇气结束这一天；不起床，是因为没有勇气开始这一天。

这是惯犯的借口！也不知道从哪里说起的，反正说着说着，就又吵了起来。她没有坏心，可能只是因为心里还有他，忠言逆耳，对他有要求；而他呢，像刺猬，张牙舞爪不许人接近，又像是画地为牢的犬类，别人稍稍接近就叫个不停。

算了，话不投机半句多。打扰了，白志勇。景雅不想再来这个地方了。

白志勇也不想待在这个家里，他约了蓝天愚，要去江小美的酒吧。蓝天愚火速来到白志勇家，自然不会放过他家里的特产，他腮帮子鼓鼓的，交口称赞道："嗯，好吃，行啊白志勇，你这前妻，都离了婚了还来给你送吃的，够奇怪的。"

白志勇有些郁闷地说："那是她爸，我前老丈人。"

蓝天愚来了精神："那更奇怪了，你跟你老婆离了婚，没反目成仇，她爸还给你送吃的，你们家这奇怪的事可真够多的。"

"还有什么奇怪的事，让你这么感慨啊？"

"你们离婚的理由啊，咱讨论过，我还是没想明白，这不奇怪吗？你说过，你前妻两年前突然对你们的婚姻失去信心，这没头没脑、没前没后的……"

"你还是怀疑这里面有问题？"

"是啊，你们两年前这个突然变化……背后是不是有什么故事啊？"

"你是说我前妻……她有一个秘密，那是她想离婚的理由，而她故意做出一副冷漠的姿态来，造成一种……气氛，间接逼着我跟她离婚？"

蓝天愚看着白志勇，眼神中似有内容。白志勇看着蓝天愚，一副恍然大悟的样子，倒吸一口冷气："太阴险了吧？难道……

我和景雅之间，真有一个我不知道的故事？男人？”

蓝天愚意味深长地看着白志勇，白志勇苦苦思索着，百思不得其解。可蓝天愚不会让他思索了，拖着他就往江小美的酒吧跑。

“哟，蓝老师，你真是颠覆了，天天跟着白志勇这个无业二混子瞎晃悠啊？”江小美适时打趣蓝天愚，蓝天愚自然不恼，笑眯眯地说：“享受锃亮嘎新人生，快乐无比啊！”

江小美看了看门外，好奇地问：“哎，那个黄九恒呢？回来以后，你们没再见过他吗？”

白志勇随便找了个地方坐下，大咧咧地说：“他跟老蓝一样，天天混在我家，最近我们仨基本上吃喝拉撒睡都在一起，同居了。”

“哦？他还真跟你们混到一块儿去啦？他可是个病人，跟着你俩一块儿改变人生，他身体受得了吗？”江小美一副你俩别害他的表情，蓝天愚一时间不知道怎么解释，白志勇笑着开口了：“老黄没得绝症，他的痛苦也是因为家庭问题。”

小美惊讶地说：“又一个家庭问题？你们仨真是同病相怜，同一个病房的病友啊！老黄的家庭出什么问题了，能说吗？”

“告诉小美没关系，反正这几天大家都毫无遮掩，坦诚相待了，而且黄九恒已经把他的伤痛暴露在光天化日之下了，也加入了咱们颠覆生活的行动，没什么不能说的。”蓝天愚为白志勇打气，示意这个恶人由白志勇来做。白志勇却丝毫没意识到他蔫坏蔫坏的小心思，说：“他十岁的女儿不是他的亲骨肉，是别人的……前些日子黄九恒刚知道，都做DNA检测了。他说他老婆也是刚知道，说是他老婆的一次意外遭遇，他老婆也是受害者……”

江小美还没从愕然中恢复过来，声音有些迟疑：“那黄九恒……”

“当然了，非常痛苦。”

听到白志勇的话，江小美的脸上有一丝伤感：“那他这个家庭问题可真不是小问题。而且，我觉得吧，根本就是解决不了啊！无解的痛，跟得了绝症差不多！”

蓝天愚面露担心之色，说：“而且，他那人又不跟白志勇似的，有点事儿就爱叨叨，能释放，也不像我，选择倾诉，折腾折腾，心里还能舒服点。”白志勇白了他一眼，当老师的，就是理论多。

蓝天愚叹了一口气。白志勇也表示很无奈：“怎么又叹气啊，我不怕天不怕地，就怕蓝天愚叹气。这样，如果这儿没喝够，晚上找地方喝一顿，让你叹个够，把你心里的气全给我叹出来。”

蓝天愚摇摇头：“没心情吃饭，今天我不在你那儿住了，回家住，洗洗衣服，打扫打扫卫生。”

“你怎么了？怎么无精打采的？”白志勇问，话一落音，他就明白了，摆摆手，“得，你回去吧。我和小美聊会儿。”

蓝天愚离开之后，白志勇斜眼看着江小美，带了一丝感慨：“蓝天愚无解的痛苦和黄九恒无解的郁闷，更说明了我们得颠覆自己！别怕丢人现眼，别怕讽刺打击，先想自己，别想别人，怎么样？我的说法精辟吧！”

“精辟什么啊，狗屁……白志勇，人类是群居动物，除非你一个人搬到荒野无人区，猎食维生，喝泉水，吃野菜，这样才叫只有你自己。”

“江小美，你年纪不大，怎么像个裹着小脚，脸上长着大黑痣的地主婆，这么愚头愚脑的？你绝对应该被尘封进历史里。”

“我愚头愚脑也比你们这种抖着机灵探头探脑的人强，假装明白，实则混乱！”

白志勇饶有兴致地和她斗嘴：“明白，人要考虑别人的感受，可是，尊重自己，也是一种责任吧！”

“你有亲人、有家庭，上有老，下有小，你不可能是从石头缝里蹦出来的孙悟空吧？人只要在地球上喘着气，必然要有责任和义务！”江小美义正词严，倒让白志勇哑口无言了。

14.

蓝天愚拖着行李进了门，看到客厅里摊着上官慧的行李和化妆品，忍不住愣了一下。

正愣神间，上官慧围着围裙从厨房里迎了出来。蓝天愚吃惊地看着妻子：“你……搬回来了？”上官慧如实回答：“我妈老问，我不知道该怎么跟她说……”

“所以只能搬回来住？继续折磨我？”蓝天愚轻轻哼了一声。上官慧想岔开话题：“十五分钟以后就吃饭了，你要喝点酒吗？我去给你买。”

“别一说这事就绕开话题！喝酒？我酒前酒后两个人，你不怕我喝多了骂你？”

“蓝天愚，你能不能厚道点？装什么流氓啊？受折磨的不只是你，你以为我心里好受？你以为我整天跟家里人撒谎舒服吗？”

蓝天愚嘴硬地说：“那是你自找的……”上官慧叹了一口气，满面纠结之色。她仰起头，兀自坐到沙发上。蓝天愚也在沙发的另一头坐了下来。两人沉默如照片，而身后，七岁儿子蓝力成的照片拼凑出了这个家。

“跟那个教练……还有来往吗？”蓝天愚有气无力地问。他不知为何会如此心虚，连质问的语气都不想有。上官慧说：“我们说好，分开一段，冷静想想。”蓝天愚一听就不高兴了：“冷静？你要是早点冷静，就不会有现在的局面。”

上官慧沉默了片刻，艰难开口了：“我还是这么想的，如果你觉得别扭，我可以同意离婚。”

“什么意思啊，动不动就拿离婚威胁我，好像我拽着你不想离婚似的，好像我多爱你似的，好像我特怕离似的！离就离呗！”

“我不是真想离婚，也不是逼你离婚，我是怕你别扭，先表明一下我的态度，省得你以为我缠着你。想不清楚，那你可以接着想。”

蓝天愚立马急了：“这事能那么快想清楚吗上官慧？我就不明白了，你为什么老提要跟我离婚的事啊？你是不是想早点离婚好早点嫁给那个教练？”

上官慧绷着脸：“你想让我说是还是不是呢？”蓝天愚愤怒地说：“我告诉你，要是没爸妈，没这个孩子，我早他妈跟你离了！你说，要是真离了，告不告诉老人？告不告诉孩子？告不告诉单位？怎么告诉？什么理由？把四个老人、一个孩子、亲戚、同事全叫到一块儿，租个会场，扯上麦克风，支上音响，做个报告，说明真相？你不要脸我还要脸呢！”

蓝天愚气哼哼地起身冲出了门，门摔得巨响。上官慧一脸无奈，觉得他吃枪药了。

蓝天愚离开后，上官慧的手机响了。电话里传来秦峰低沉的声音：“早就盼着这一天，向你老公挑开这件事，这样，我们不再有心理压力，才能亲近起来。可是挑开了，我反而觉得，你离我越来越远了……”

“也许我们都把事情想简单了。”上官慧想接着说下去，但又不知道要说些什么，她的心很乱，却听到电话那头的声音说：“我会坚持。”上官慧轻叹一口气：“我也会。”

对面苦笑一声：“说得好没有底气啊。”上官慧沉默地挂了电话。

蓝天愚垂头丧气地走到酒吧时，区晓鸥和白志勇刚把辩论进行到白热化的阶段。起因是白志勇不害臊地夸了区晓鸥，结果只得到区晓鸥一个白眼。

区晓鸥说得没错，她这人就怕别人夸。而且，她的理论是，要表扬女人，得背后表扬，让别人拐着弯转达到女人这边，女人才会开心。当面夸有客套、虚伪的嫌疑，更何况他是一个离婚男，而她是一个未婚女，他夸她的目的兴许不是那么单纯。

白志勇不乐意了，当即反驳："我能有什么复杂的目的啊，你以为我想泡你？"区晓鸥心想果然套出了身边的野狼："你真有这想法，我提前告诉你啊，没戏！屏蔽！咱俩不来电，没信号！"

白志勇很是不屑："你多情了，自我感觉太良好，我还真没想跟你一见钟情。我表扬你，夸你，是因为咱俩是同一种类型的人，都属于轻松自由派。"区晓鸥伸手做了一个打住的姿势："你是带着满身负担，嫌累，从城堡里突围出来的人，而我压根就是一个生活在广阔田野当中的自由人。你是一个离婚男人，我是一个黄花大姑娘，能一样吗？你肩膀上有家庭负担的痕迹，我肩膀上空空如也，光滑鲜嫩。"

一席话，把白志勇说得郁闷了，他讷讷地说："你说话一直这么……直白吗？你跟江小美真是臭味相投！用嘴杀人！"区晓鸥点点头，说："江小美也一直说我说话直白，不含蓄不婉约，可我总分不清含蓄、婉约和撒谎的区别。"

两人正唇枪舌剑得不可开交，就看到了灰头土脸的蓝天愚。白志勇好奇地问："哎，你不是回家了吗，怎么跑出来了？"区晓鸥一副她什么都懂的样子，没好气地说："还用问吗，脸色惨白，眼神迷离，双手微抖，肯定是跟老婆又吵起来了！"

蓝天愚被踩了痛脚，一脸不情愿的样子："闭嘴，小姑奶奶，声音小点，你还嫌我不够丢人啊！”说完，他径直拉着白志勇就走。白志勇格外无奈，回头看区晓鸥，却见区晓鸥笑嘻嘻地朝他挥了挥手。

车子行驶在稍显空旷的街道上，蓝天愚轻轻叹了一口气，说：“反正我没忍住，劈头盖脸把我老婆骂了一顿。本想着冷静冷静，控制控制，结果她一说离婚的事，我这火噌一下就又上去了，直顶脑门，愤怒满怀！”

白志勇哀其不幸：“就算再想怒，也要微笑着面对让你怒的人，这叫绅士。我做不到，你也肯定做不到，所以，骂就骂了，那种颜色的帽子都戴上了，还不能骂她一顿？！”蓝天愚神情沮丧：“树绿得快，草绿得快，都不如人绿得快，我感觉我浑身都绿油油的……”

白志勇想笑又不敢笑，只得强行忍着。蓝天愚低头看着手机，上面有黄九恒的消息，忍不住提醒道：“老黄已经到你家门口了。”白志勇猛踩油门，车子疾驰而去，蓝天愚唰唰唰回着消息：“老黄，两分钟就到。”

白志勇和蓝天愚下车时，黄九恒当即迎了上来。白志勇边锁车门边招呼道：“好，三人聚齐，咱们放开喝，没有女性，不怕蓝老师乱拉手。”蓝天愚笑嘻嘻地接话：“对对对，我跟白志勇刚聊到绿的问题，咱们两个绿色人士好好交流一下。”黄九恒格外沮丧，说：“你绿得快，我绿得长，我是绿毛龟。”

白志勇努力忍着，还是笑了出来：“对不起啊，我不该笑。可是你俩真的太逗了！”

黄九恒咧咧嘴，像笑，又不像："随便笑……你还能笑，是我最大的宽慰。"

白志勇端过两个凉菜，一边坐下倒酒，一边又叨叨开了："老蓝，既然你老婆和那个教练说了要分开冷静冷静，那说明他们的感情没有那么牢，也许你老婆已经后悔了。这是不是说明你和你老婆还有和好的可能？"

黄九恒反应明显慢了一拍："哦，是这样啊，反正你蓝天愚的那个颠覆和反过来活的行动，也老出现反复和犹豫。离婚？你也没那胆量，所以，和你老婆接着过也不失为一个方案……"

白志勇点点头："可以考虑，只要你真能原谅你老婆的这种出轨行为。"蓝天愚苦笑一下，郁闷地说："我还是在乎这事，让我假装什么事都没发生，让我假装原谅我老婆，这我做不到……绷一段时间再说吧。还有，我老婆从娘家搬回来了，我隔三岔五还得在老白这儿住。"

"没问题，我给你把钥匙！敞开大门迎接落难的兄弟，是我义不容辞的责任！"说完，白志勇转向黄九恒："来，咱们接着说老黄。你呢，黄大厨？这几天回到家里的感受如何？"

黄九恒低着头："憋屈，别扭，压抑！这几天为了女儿，我在家里住，住着住着，怎么住出一种特……特陌生的感觉，怎么都觉得只有客厅里的拖鞋、卫生间里的牙刷和厨房的那几把菜刀和我有关系，其他东西都是别人的。在家里待着吧，好像……像是住在宾馆里。"

白志勇把酒杯往桌上一磕："好！"蓝天愚："好？好什么呀？"黄九恒："这有什么好的呀？至于让你这么兴奋？你幸灾乐祸呀？"

白志勇在空中使劲摆了摆手："我的意思，是你俩的感受更证明了我们的颠覆理论，不在郁闷中灭亡，就在郁闷中爆发！这样吧，我问你们，能不能U型转弯，一百八十度调头，过以前的日子，假装什么事都没发生？我要听真心话啊。"

蓝天愚回答得很干脆："不能！"

白志勇转向黄九恒："你呢？"

黄九恒回答得很犹豫："暂时……也不能吧……"

白志勇一拍桌子，一声巨响，蓝黄二人吓了一跳，他朗声说："我说你们回不了头吧！看看我们日益下垂的眼袋，看看我们逐渐加深的皱纹，想想我们身份证上的出生年月！不能这样下去了，这样下去得憋死、愁死、闷死、苦死！我们得飞！"

蓝天愚两眼瞪得圆圆的，不解地重复了一遍关键字："飞？"

白志勇越说越兴奋："就是双脚离开地面，扔掉一切乱七八糟的顾虑，扔掉那些绑在你身上的枷锁！别让那些东西扯你的后腿，别老那么四平八稳唉声叹气，要疯狂地开心，滋滋润润地过日子，要去寻找舒坦，寻找快乐。……不对，应该是抢夺！要抢夺舒坦，抢夺快乐！注意，二位，我用的是'抢夺'这个词，自我表扬一下，这个词太牛了！准确！生动！"

蓝天愚好像懂了，附和道："好词！要主动伸出手去，要主动出击，不能等待！咱们得飞！"黄九恒叹了一口气："三只四十岁的老鸟，羽毛都快秃了，能飞得起来吗？”白志勇坚定地说：“那也得飞，强行起飞！”

黄九恒信心不足，说：“咱们也不是没飞过，又健身又蹦迪的，也没见管用，你们不觉得越飞腿越沉，身子越重吗？别飞不好再摔死。”

蓝天愚翻了个白眼：“黄九恒，我就看不上你这种磨磨唧唧的面瓜劲儿！”白志勇也一脸嫌弃：“一个大老爷们儿，怎么就不能嘎嘣利落脆啊？！你快肉死了！”

黄九恒一副你行你上的姿态：“我还是第一次听人说我肉。行，二位老鸟，继续喷！”白志勇起身，昂扬地说：“越是老鸟越该飞！哪怕死在空中，享受一下自由落体的快感和刺激，也比窝在鸟巢里等死好！”蓝天愚拍着桌子，差一点就要站到桌子上了，开心地说：“还得飞得疯狂、飞得放肆、飞得年轻，得飞出花儿来！”白志勇兴奋极了：“对！展开翅膀！使劲扑扇！”

黄九恒看着兴奋的蓝天愚和白志勇，有些无奈地叹了一口气：“还没飞呢，就已经疯了。”

15.

鸟虽小，可它玩的是整个天空。蓝天愚觉得，要飞就得往年轻里飞，往刺激里飞，往颠覆里飞！白志勇觉得，飞的目的是惩前毖后，治病救人，所以，这种飞是正面的，昂扬的，是积极的，是主旋律的！

黄九恒觉得，不靠谱。

江小美觉得，有病。

她不反对三位苦难先生为了治心病必须做点什么的想法。但为什么一定要颠覆、刺激、疯狂呢？为什么就不能踏踏实实，双脚站在地面上去超越呢？比如，找找心理医生，来点自我心理调节，相互倾诉，或者和亲人促膝谈心……

区晓鸥却一脸坏笑："你们真的想飞吗？"

在大师区晓鸥的指点下，三个苦难先生来到一间乌烟瘴气的夜店。这里音乐嘈杂，群魔乱舞。蓝天愚落了单，被一个小太妹盯上了，她掏出药片，放到蓝天愚眼前，比画出三个手指，意思是，三百元，让他飞。蓝天愚咬牙表示同意。他举着药片冲着一角高光处，很兴奋地喊："老白，老黄，我要飞了！"

白志勇和黄九恒扭头看见蓝天愚把药片扔进嘴里，脸色大变，当即冲了上来，一个掐脖子，一个拍后背，终于让蓝天愚把药片吐了出来。

白志勇冲着小太妹极为江湖气地大喊："找死哪小丫头片子！我报警让警察把你抓起来都算是轻的！我让这家店被查封，也算是轻的！"小太妹举着药袋，显得极为委屈："他说他要飞！这药就叫飞！"白志勇一把打掉药片，眼带凶光："飞你大爷！滚蛋！再不滚我拍死你！"

小太妹飞快地跑走了……

白志勇怒其不争："蓝天愚你多大了，你装什么无知纯洁？这么大岁数怎么分不清好歹呢！那玩意能沾吗？！"蓝天愚醉醺醺地嘟囔："我错了我错了，你俩接着飞……"白志勇一声暴喝："飞个屁！撤退！"

三个人站起来，踉踉跄跄地走出去。蓝天愚口齿不清，但他还保持着要回家的意识，明天一早的课，他耽误不得。白志勇伸手拦住一辆出租车，看着吐了好几回的老黄，他得把老黄送回家。黄九恒倒是讹上白志勇了，连声说："对对对，白志勇，你必须护送我，我两条腿都不是我的了。"

白志勇和黄九恒上了出租车，出租车开走了，蓝天愚一个人站在路边等下一辆车。这时，两个流氓模样的人走了过来："嘿，哥们儿，怎么着，吃了药不想给钱啊？房间让你们砸成那样，还想查封我的店，你觉得你跑得了吗？"

蓝天愚顿感不妙，酒醒了大半，急忙解释："小兄弟，我给你解释解释啊，这个'飞'我真没吃……房间？被砸了吗？"

两人一把揽住蓝天愚，蓝天愚一脸惊慌，但这两人劲很大，蓝天愚拗不过，又被拽进了夜店。蓝天愚耳边响起的，是其中一个流氓的话："走走走，找个好地方，我让你好好解释！"

解释的地点，是酒吧的库房。

解释的过程，是一个不对等的姿势——他们站着，蓝天愚被绑着。

解释的结果，是单方面敲定了价格——三千元一片，一共四片，外加房间被砸的损失费五千元，一共一万七千元。

但蓝天愚可是个倔驴：“钱没有，命有一条！”

浑浑噩噩过了一夜，太阳照常升起，变的是时间，不变的是他仍旧不想被敲诈的心。这一次，来的是个胖哥，他胸有成竹，笑了笑：“你如果不给钱，我就把你昨天的视频贴到网上去，让你变成网红，百分之百让你们学校开除你。”

蓝天愚露出的一点惊慌全被胖哥看在眼里，这买卖基本成了，他有经验。他轻轻地拍了拍蓝天愚的头：“傻了吧？”蓝天愚不说话，垂下眼睛，像是在思考什么，口中呢喃道：“这一万七……”胖哥冷笑一声：“别做梦了，蓝老师，早就提醒过你，太阳出来就涨价了，两万七！”

蓝天愚直勾勾地盯着胖哥，怒了：“你真以为我是一面瓜，随便让你切？你现在是绑架加勒索……”胖哥举起蓝天愚的手机，示意他说话小心点：“你以为我真拿你没办法？你们学校和你老婆的电话你手机里都有，我再给你五个小时筹钱，要不然，我就打电话。”学校是蓝天愚的软肋：“胖哥，是这样，我没干的事，你不可能诬陷到我头上……”胖哥暴怒，威胁道：“别给我来这套！装硬汉？我陪你玩到底，你看我能不能把你毁了！”

蓝天愚绝望极了，这个年纪的人了，指望不了超人。世界那么大，会有人想到他吗？

答案是：会。

黄九恒、白志勇、区晓鸥正晒着太阳，白志勇开始吐槽起蓝天愚来，因为昨天晚上回家后，他又是发微信又是打电话，可一直没被搭理。他一脸担忧，老是担心蓝天愚要么犯了心脏病，要么暴死街头。他自认为自己运气一直不错，给出的两个猜想，总得有一项沾边吧。

他的猜测得到了区晓鸥一个白眼。他满足了。

他们三人去学校找，学校老师说，蓝天愚早上根本没来上课。这可不是蓝天愚的风格。区晓鸥嘴快，于是江小美也加入了寻找的行列。她来回拨打蓝天愚的电话，但无人应答。黄九恒一脸紧张之色，老蓝没回家，肯定出事了。江小美倒显得沉着冷静，问了昨天的那家酒吧，然后陷入沉思。

江小美支开其他三人，独自一人走向白天并没营业的夜店。夜里喧嚣，白天安静如斯，只有一个服务员在打扫着卫生。本来在沙发上躺着的花衬衫小混混瞄了一眼门口的江小美，一个激灵翻身起来，忙不迭通报去了。

很快，胖哥出现了，他搓着眼睛，像是看到了什么了不得的人："哎哟哎哟哎哟，我得擦干净眼，我亲姐，我亲樱桃姐，你怎么来弟弟我这儿了？"他嬉皮笑脸，江小美则一脸严肃："小胖儿，你给我说实话，昨天晚上你是不是扣了个人？"

胖哥一愣，笑着说："樱桃姐，你……你现在精通什么法术啊？这都能算出来？"江小美没好气地说："还玩这套呢？五大三粗的，不能想点别的办法挣钱？连药片都是假的吧？"

胖哥一副没脸没皮的样子，凑上前去："我亲姐，明察秋毫眼贼亮，哪有真药啊，都是维生素和头疼片！你放心，兄弟玩儿这个的，安全着呢！"江小美的脸板着，拿手指戳了戳胖哥的头："安全你大爷，你这些烂招能不能别用了？缺德，折寿！那人是我朋友，放了。"

"你的人？斯斯文文的老帅哥，不像啊！"胖哥惊得嘴巴里可以塞进一只苹果。"少废话，算卖我个人情。"虽是商量，但江小美言语中有一股子不容拒绝的力量。胖哥下意识地想拒绝，一瞅江小美的脸，又只能无奈地讨饶："不敢不敢，樱桃姐发话了，我从，我必须从……"

"保密，当事人不能知道。"丢下这句话，江小美便转身离开了。

胖哥望着江小美的背影，朝门后观望着的两个小混混递了个眼色，那俩家伙急忙跑去放人了。

天真蓝啊。蓝天愚有些后怕。站在路边，望着不远处的黄九恒和白志勇，他一阵恍神。

这一切，像在做梦。但在兄弟面前，他不能丢面儿，这文化人的体面，还是要存那么三两分的。他深吸一口气，强打起精神，眉飞色舞地讲起刚才的经历："我跟你们说，胖哥回来后就跟变了个人似的，直接把我给放了，我都蒙了。而且他对我还特别客气，说以后去他夜店消费还给我打折。"

一边的江小美静静地听着，面无表情。白志勇撇撇嘴，怒蓝天愚不长记性："打零折我也不去那夜店了。蓝天愚，被扣住的这十几个小时，你真不害怕吗？"

"怎么不怕，硬挺着啊！倒是不怕他们把我毁尸灭迹，我怕他真通知学校和我老婆，把咱们的视频弄到网上去，我可就毁了！你俩还得谢谢我，视频里肯定也有你们那丢人现眼的样儿！”蓝天愚觉得他这是在为兄弟扛枪，兄弟得给点好处，怎么着也得一顿大餐保底吧。

黄九恒左右打量了蓝天愚一番，露出不敢置信的神色：“这不是你编故事呢吧？是不是酒壮怂人胆……”蓝天愚一蹦三尺高：“你看我这脸，看我胳膊上这绳印，编故事也没这么敬业的吧！”

黄九恒思考了一番，觉得有些疑点说不过去：“老蓝，那胖哥就没说为什么突然放了你？”蓝天愚一头雾水：“我也蒙着呢，胖哥只说，我命好，会交朋友。”

白志勇也琢磨起蓝天愚的话来：“命好……会交朋友……”小美端起水杯，打断几个人没完没了的猜测：“行了，别编侦探小说了，蓝天愚平安回来就行，让他回去好好休息吧，昨天肯定一夜没睡。”

望着一脸憔悴的蓝天愚，区晓鸥只有一个问题想问——

还飞吗?

16.

大愣真的愣了。

黄九恒定定地看着他：“到底怎么回事？”。

“惹急了老子，我就抡了刀……”大愣恨恨地咬牙，“对面餐馆的人太过分了，又来捣乱，前几天晚上纠集了三十个人，占了我们家餐厅五张桌子，一人一瓶啤酒……”三贵附和一句：“还是老俗套。连他妈凉菜都没点，坐了五个小时。”大愣很郁闷：“师父，我软也软了，怎么办啊？”黄九恒：“听我的，继续软，找个时间，带点烟酒，再去跟他们谈，看他们什么反应。”

还没等他们腾出时间来谈，一辆金杯车急驶而来，在大愣家餐馆前急刹车。紧接着，石头从车门处飞出来，砸碎了大愣家餐馆的玻璃。大愣的父亲一惊，眼睁睁看着七八个塑料袋飞进餐厅，全是尿和屎。

对面餐馆玻璃门后，站着餐馆老板林大健。林大健阴阴地看着大愣父亲，大愣父亲死死地盯着林大健。

紧接着，大愣的父亲倒了下去。

闻讯而来的黄九恒关心地问：“病情怎么样？”大愣提到这事就很郁闷，有一肚子火发不出：“气得犯了心脏病，都住院了！还好控制住了，就是老爷子气得直哭……”黄九恒点点头：“这几天你可以请假，多陪陪你爸……报警了吗？”大愣无奈地点点头：“报了，对方车牌被遮挡，派出所说，没有直接证据，不好处理。”黄九恒摸摸头：“有证据也就是个拘留二十四小时，一般民事赔偿，何况还没有证据……”大愣问：“那这事怎么处理？”

黄九恒始终在思考，没说话。倒是三贵忍不住了，愤愤开口道："干吧，师父，一忍再忍，林大健这王八蛋就蹬鼻子上脸。您不用出面，我找人，先砸他一次！"黄九恒盯着大愣："大愣，你想怎么干？""我也不想再忍了。"说这话的时候，大愣眼中有火在烧。他忍了很久，但这次波及父亲，已经冲撞了他的底线。

黄九恒缓缓走到墙边，靠在走廊上。大愣和三贵看着师父，等待着师父的建议。终于，黄九恒开口了："我的建议是，不能硬干，再忍一忍。冲突起来，正中对方下怀，他们会缠上你。"三贵急了："师父，太肉了吧？就这么面了吧唧让人切？"黄九恒缓缓转头，不说话，只是盯着三贵，目光诡异莫测。三贵一愣。

大愣也发现了黄九恒眼中的异常。黄九恒语调平稳得一反常态："谢谢你提醒我，最近几天，不断有人说我肉，说我面……"大愣和三贵不解，愣愣地望着黄九恒。黄九恒似乎进入了冥想状态："砸店打人，痛快了，但管用吗？就像人过日子，遇到沟坎，不能无拘无束由着性子来，因为过瘾了，可疼还在……"

三贵不解，大愣也疑惑极了："什么意思，师父，没听懂……"黄九恒收回方才的游离状态，叹了一口气："听懂了，你们就是我师父了。"大愣和三贵便不敢说话了。

黄九恒做了决定："这样，先把店关了，让我琢磨两天，我来处理。"

也许只有在白志勇的家里，黄九恒才有时间有心情来琢磨。说来也怪，有些人认识不久，却像老友。在老友的住处，他待得舒心，也安心。

区晓鸥先前说过，要带他们“文飞”。虽然上次飞得不愉快，但这次前面加了一个“文”字，又让三人充满了期待。他们只等着夜幕降临，然后去游戏吧里体验“文飞”的快乐。

在等待的过程中，他们饶有兴趣地谈起了江小美。

是蓝天愚先起的头，他说：“这个小美怎么个情况啊，挺霞光的一个姑娘，除了带旅游团，就是在酒吧里待着，天天想挣钱想疯了？！我还真没见过女人这么尊重钱的。”

黄九恒来了兴致，问道：“你们说她结婚没有？一个年轻女人，两份工作，拼命挣钱，能为了什么？上有老下有小？或者，有一个好吃懒做的老公？要是这样，这女人可太优秀了！”

“我觉得她应该没结婚呢吧，晓鸥不是住她家吗，要是结了婚，有朋友住在家里，会不会不太合适？”白志勇摇摇头，煞有其事地分析，这引来了蓝天愚的极度认同：“嗯，分析得对！可小美如果是单身的话，咱们要出去玩，她为什么不跟着一起呢？”

白志勇想了想，说：“只是为了在酒吧看店的话，这把工作和钱看得也太认真了，不像。咱每次去她那里，她又免单又打折的，也不像这么爱钱的人。”

蓝天愚想了一堆事，脑壳疼，所以干脆和起了稀泥：“管她爱不爱钱，反正，她是我们的朋友。”

夜幕降临后，他们迎来了更多的朋友。看得出来，区晓鸥是游戏吧的熟客，她还呼朋唤友，带来十多个年轻人。她的能量，超乎白志勇他们的想象。

区晓鸥简单地介绍着："这三位大哥是我的好朋友，他们有个要求，千万别把他们当成上了岁数的人。"大家好奇地看着蓝天愚、白志勇、黄九恒三人。区晓鸥见状，笑了："他们死活想当年轻人，想回到从前，体验和享受年轻人的舒坦。"

蓝天愚、白志勇、黄九恒三个人整齐地点头。他们要脱胎换骨，重新做人，颠覆后重生，想重回年轻的美好时代。蓝天愚特地打了招呼："别客气，千万别顾虑我们，这种场合，最不需要的就是顾虑，我们就是想体验年轻人的生活方式。"黄九恒补了一句："就把我们当成跟你们一样岁数的人，该敲打该教训，别客气。"

年轻人笑了。

他们玩的是真心话大冒险，某种意义上说，讲真心话也是大冒险。怕他们三人没玩过，区晓鸥特地强调了游戏规则："如果不愿意说实话，难为情，怕露隐私，就可以选择大冒险，就是能在这个环境里实现的行为，提出任何要求，必须完成。"

蓝天愚慨叹道："这种游戏确实疯狂、刺激，你们年轻人开始轮回，玩我们年轻时候玩的游戏，有点意思。"

晓鸥白了一眼蓝天愚，不屑地说："什么叫'你们年轻人'？今天，此时，你们都是年轻人，水汪汪、油光溜滑的年轻人。"三个人又整齐地点点头。

当三个喝空的酒杯被猛地砸在桌上时，游戏开始了。一众年轻人都很兴奋，三个中年人有些茫然，他们互相看看，显得有些可怜。

一只酒瓶子在飞快地转动，三人盯着酒瓶子看了半天，唯恐落到自己面前。漫长的十秒后，酒瓶停了下来，瓶口对着蓝天愚。蓝天愚两眼一黑，但此刻他格外勇敢："冒险、冒险！大大的冒险。"白志勇趁机起哄："对，他有一颗冒险的心，还有一张冒险的脸！"

"左边第二张桌子，从桌子底下钻过来。"胖姑娘提的要求让蓝天愚整个人喜滋滋的，连声说着："这个容易，这个容易。"愿赌服输，值得敬佩。区晓鸥竖起大拇指，笑得很是开心。

吧台内，一个老姑娘似的人冷眼观望着。而蓝天愚走到左边第二张桌子旁，利索地钻进桌子底下。这张桌子坐着几个客人，显然，他们很会玩这个游戏，几个人一递眼色，用腿把桌子封住，桌子底下的蓝天愚根本出不去。

蓝天愚开始嚷嚷："干吗呢？让我出去。"桌子上的几个人假装听不见，完全不理蓝天愚的叫喊。大家兴高采烈地起哄，蓝天愚只觉得很无语，他将头抵在桌子下，大声地喊着，"你们也太黑了吧，让我出来，我真有心脏病。"桌子上的几个人依然不理，将腿封得更严了。这样一来，黄九恒和白志勇都有些担心，站起身朝这边看。

蓝天愚终于憋不住了，他用头顶着桌子站了起来，桌子上，不少酒杯及酒瓶落到地上，叮当作响，他头顶桌子，身体直立，双手伸展，面带微笑，像杂技演员一样向大家招手致意。

勇士的表演，迎来一片掌声和欢呼声。

第二个倒霉鬼是个小年轻，一个很尖锐的问题让蓝天愚都觉得于心不忍。可那小年轻勇敢承认了，又引来一阵欢呼。

“白大哥，该你了，勇敢点。”被区晓鸥点兵捉将。白志勇挺直了身子：“我选说实话。”

有人不怀好意地丢出了问题：“截至今天，你这一辈子经历过几个女人？也就是说，和几个女人发生了亲密关系？”白志勇一愣，表情有些奇怪，犹豫了半晌，他喘了一口气。黄九恒紧张地同情着蓝天愚：“这游戏……太残酷了。”

蓝天愚带着劫后余生的庆幸，说：“比我们年轻的时候，尺度大多了……老黄，我的心脏已经到嘴里了。”白志勇脸上的表情有些尴尬，又有些紧张，还带了点兴奋，沉了一口气，开口了：“一个……你们信吗？”

众年轻人看着白志勇，一脸惊讶。有人勇敢地表达了自己的怀疑：“不信。”蓝天愚也小声嘟囔着：“不像啊。”

白志勇目视前方：“截至目前……只有一个，我前妻。”

蓝天愚、黄九恒和区晓鸥都有些意外地看着白志勇，带着一丝诧异的表情，白志勇倒是一脸坦然。

众人又沉默了几秒，面面相觑，随后，又不约而同欢呼起来——

“爱情万岁！”

“恐龙！”

“好样的！”

“向大哥学习！”

“悲剧！”

"……"

晓鸥朝白志勇竖起大拇指，一个姑娘高喊道："白大哥！努力、加油！"

此时的白志勇像首长一样频频点头，向在座众人郑重地挥手致意。

17.

在这个城市的隐形江湖里有句话：樱桃姐的面儿得给。就像所有围坐在一起玩游戏的人都知道，既定的规则得遵守。

于是刀疤脸小混混不敢在樱桃姐的场子里做缺德生意，于是心情忐忑的黄九恒咬牙对吧台里的老姑娘喊出了"如果我没结婚，我会爱上你、娶你"的话。他有点狼狈，但这里人心孤独，需要慰藉，恍惚间竟觉得有些温暖。比如一个文静的姑娘对黄九恒说我可以跟你走，这后来让黄九恒炫耀了很久。这是他过去循规蹈矩的生活从没给过他的放肆感觉。

岁月终究不饶人。玩游戏时心脏呼呼直跳，上班时黄九恒直打瞌睡，差点把糖当成盐，幸亏徒弟给力，及时发现了，要不然……真验了那句话，有年轻的心，没有年轻的力。一探身，他还得回到俗常的生活中去。

站在大愣餐馆的街道边，望着那孤零零的停业整顿的牌子，黄九恒轻轻叹了一口气。他走到路中央，往两边来回望，一边是大愣餐馆，一边是林大健餐馆。他转过身，朝林大健餐馆走去。

非营业时间，餐馆没有客人，两个长得不怎么样的女服务员正表情寡淡地玩着手机。黄九恒深沉地走进来，环顾四周。面积倒是很大，装修也说得过去，标榜的应该是中档偏高的消费，只可惜老板太下作。

女服务员刚迎上来，就得到了黄九恒冷冰冰的一句话：“找你们老板。”不一会儿，林大健便横着膀子从后厨出来了：“谁找我啊？”黄九恒很酷地举举手，没说话。林大健走过来，一屁股坐到黄九恒对面，大咧咧地说，“大哥，什么事？”黄九恒依旧不说话，目光犀利，手指了指窗外的大愣餐馆。

林大健转头看向窗外，又看回黄九恒，说：“我猜猜。一，是想盘那家店；二，是大愣找来的人；三，好奇，想问问怎么回事。”

黄九恒盯着林大健，伸出两根手指。林大健嘴巴微微一抽，有些蛮横地说：“能不能别光比画，哑巴吗？你这是二，还是耶，还是什么意思？”黄九恒淡淡地说：“我是大愣的师父。”

林大健恍然大悟：“哦……来兴师问罪的啊！先告诉你，大愣家的那破饭店不是我砸的，找错人了。”黄九恒早料到他会这么说：“我没梦想你会承认，聊点别的，几分钟，行吗？”林大健看戏一般点点头，舔了舔下嘴唇：“没问题，说。”

“你干这行，有师父吗？”

“没有，我的师父是钱，人民币，人师父。”林大健很快地摇摇头，摆出一副我只爱财的架势。

“我们这个行业，是个古老的行当。师者，传道授业解惑也；爱徒如子，子如亲命，这几句话你听说过吗？”说话时，黄九恒定定地看着林大健。

林大健很是嚣张，他也听懂了黄九恒的意思，回道：“你是想说，你拿大愣当儿子。可你就是拿他当孙子，又跟我有什么关系？”

服务员端上两杯茶，放在桌上。黄九恒看也没看：“趁你没疯，还听得懂人话，我想告诉你，徒子的事，师父不管，有辱家门。大愣的事，我要管到底。他这家餐厅，必须在这个位置开下去。你有什么困难，我可以帮你解决。”

林大健满脸江湖相：“这位师父，你想怎么帮我？说来听听。”

黄九恒环顾一圈，娓娓道来：“你餐厅的面积、装修都够，估计是菜品欠佳，我可以提供给你一份全新的菜单，可以提供给你鲜肉、青菜的进货渠道，还可以提供给你七天的免费厨师培训……”

林大健笑了：“你以为自己是上帝啊！”黄九恒眼中露出一丝凶悍之色，同样江湖味十足地回道：“嘴里谨慎点，要不然，你下次刷牙，一定是用马桶里的水！”

林大健被黄九恒的气势压得收敛了一些，换了副滚刀肉的模样：“您受累，大愣餐馆不是我捣的乱，我也不需要你的帮助。”

黄九恒懒得听他狡辩：“我知道你会这么说，如果你有脑子，要转一转，不要急于答复我。”林大健梗着脖子：“我就这么答复了，你能把我怎么样？”黄九恒欠起身，靠近林大健，缓缓地说：“好问题。我可以告诉你，我确实还没想到要把你怎么样，但我也可以提前告诉你，如果你让大愣餐馆不舒服，你的餐馆也开不下去，你的那些伎俩，我可以十倍百倍地奉还，而且，我会让你绝对没有反击的机会。小伙子，你要坚信。”

“老哥，我还真不信！”林大健蛮横得很。黄九恒神情平静：“我也知道你不会信，好，体验一下吧。”林大健上下打量了黄九恒一番：“你这么牛掰的人物，请问贵姓啊。”黄九恒用手指沾了沾茶杯里的茶水，在桌面上写下三个字：“认字吗？去网上查查我，先了解一下你对手的情况。”

黄九恒起身，稳步走向门口。而林大健侧着脖子，辨识着桌上的字，嘴里还犯着嘀咕。他嘴硬，但心里直打鼓，这回约莫碰到硬茬了。

离开了林大健餐馆，黄九恒与蓝天愚、白志勇又聚在一起喝了一点，走在路上，微风吹来，三人步履踉跄。

聊着人生大道理，顺带着拐了一个弯，白志勇眼尖，看到远处的一面墙边有一帮少年在嘻嘻哈哈地涂鸦，他借着酒劲大喊一声：“嘿！干什么呢？”

少年们愣住，惊慌地看着迎面走来的三人，愣愣地站在原地。白志勇高喊一声：“警察！身份证！”一听这话，黄九恒乐了，也跟着起哄：“别跑！都给我站住！”

几个少年一哄而散，留下一地没来得及收拾的颜料罐。三人跑过去一看，呵，一大面墙被涂得乱七八糟，当然，也可以说是绚丽无比。

站在墙前，蓝天愚有些感慨，他一直在和儿子争论，这街头涂鸦到底叫艺术还是叫胡整，上官慧坚持说这算艺术，儿子还想把家里的墙也整成这样。而他呢，跟他们娘儿俩说，滚蛋！

黄九恒正惆怅着，白志勇已经捡起了地上的颜料罐，在手里掂掂，娴熟地往墙上喷起来。黄九恒看得目瞪口呆："老白，你干过油漆工啊？"白志勇很是嘚瑟："少年美术比赛三等奖。"

黄九恒和蓝天愚也捡起颜料罐，兴致勃勃地在墙上胡喷胡写。三个人玩得正开心，远处一道手电筒亮光晃过来："小兔崽子……"三人回头一看，几个城管嗖嗖嗖往这边跑过来。黄九恒有点回不过神来，嘀咕道："小兔崽子？哦……小孩在这儿乱涂，有人报警了。"

蓝天愚捡起俩颜料罐，提醒道："快跑！账会算到我们头上的！"三人撒腿就跑，黄九恒落在后面，但他跑得极为投入。最前面的蓝天愚边跑边喊："我们是中兔崽子！"白志勇也边跑边喊："我们是半截入了土的兔崽子！"

三个人边跑边狂笑，一直跑到白志勇的家里。蓝天愚和黄九恒相视一笑，盯上了客厅的那堵墙，然后看了看白志勇，想想还是算了。

得，换个法子！把家具移一下，报纸铺到地上，刚才的颜料罐正好用得上，三人各自开干，在报纸上挥洒创意。白志勇边喷边说：“年轻的时候想当个画家，给电影院画过一阵广告招贴，影院经理说我画得太写意，不够商业，还非说我影响他们票房了，拉不出屎来怪茅坑！一怒之下我就走了。”

蓝天愚用喷罐当毛笔，在眼前的一大片报纸上边写着字边叨叨：“不成，感觉不对，不过瘾，这东西设计出来就不是让人往报纸上喷的。”

黄九恒看看白志勇：“那老白，没办法了，把你们家墙贡献出来吧。”白志勇从报纸上抬起头，看着墙：“成啊，我正觉得这屋里到处是我前妻的影子，压抑！没问题，喷！既然你们都有当画家的梦想，我不能不鼓励啊！”

黄九恒一愣：“真的假的？真的让我们往你家墙上喷啊？”蓝天愚鼓动着：“不破不立，要想建立新的，就得破掉旧的，才符合我们的颠覆生活原则。改变心情，要先从改变环境开始，我们还帮了白志勇的忙了。”

白志勇：“破！你俩的颠覆需要我的添砖加瓦，就是拆我家房子我也得咬着后槽牙同意，我们的原则就是不委屈自己，想干什么就干什么。开工！”

一提到开工，三人面墙而立，一人手里拿一罐喷漆，有些兴奋，面面相觑，倒有了点神圣的仪式感。

新买来了一大堆喷罐和毛笔颜料，总算可以释放自我。白志勇完成了他过去的写意风格，黄九恒完成了八个字——撼卫快乐，释放自我。这让蓝天愚忍俊不禁，他真想告诉这个文盲，是

“捍卫”，不是“撼卫”，但他不会这么煞风景，他自己那极为潇洒的“舒坦”“飞扬”还差最后几笔呢。他对自己的作品很是满意，不住地自我称赞道：“不赖，真不赖，这才叫文明地飞。”

但黄九恒却愣愣地看着自己的画。蓝天愚和白志勇走到他身后，也静静地看着。画面上是一个扎辫子的小女孩。

黄九恒轻轻地说：“这是我女儿小时候的样子。”

18.

蓝天愚回到了那个他根本不想回的家。

他打扫卫生的时候，上官慧在卫生间洗澡，洗着洗着，卫生间门被打开一个缝：“哎，把洗发水递给我，我刚买的，在茶几下面的袋子里。”蓝天愚把洗发水递给上官慧，刚关上门，上官慧又喊起来，“哎，我忘拿浴巾了，把浴巾递给我，沙发背上。”蓝天愚只能又把浴巾递给她，边转身边气哼哼地说：“都把我欺负成这样了，还得伺候你，真够可以的。”谁知，卫生间门又开了，这回上官慧把头探了出来：“你说什么？没听见……”

“没说什么，不需要你听见，我发发牢骚，你洗你的澡吧！”蓝天愚觉得客厅特别闷，只想回阳台上透透气，却又听到上官慧说：“能帮我搓搓背吗？”

半晌，蓝天愚幽幽地说：“你真够坚强的，都红嘴白牙告诉我对婚姻没感觉了，还在这儿跟我假扮甜蜜夫妻，有劲吗？”

上官慧嘟囔道：“小心眼！”

“小吗？我心里有个大窟窿！”

听到蓝天愚的话，上官慧没敢说话，轻轻关上了卫生间的门。门后，她的右眼皮突突突地跳。

右眼跳灾，这话一点也没有说错。果不其然，第二天中午，她便收到了父亲病危的消息。

父亲本来有脑梗，又有高血压，又管不住自己的嘴，贪杯多喝了几杯，结果晕倒在地，好一阵忙活，上官慧才开车把他送到医院。将车停在医院停车场，上官慧下车打开后车门：“你等等，我去找轮椅。”说完，上官慧飞快地跑了开去。蓝天愚想了想，将老头在座椅上摆正，又下车将老头抱出来，让他靠在车身上，自己回过身俯蹲了下去。老头艰难地趴在蓝天愚背上，伸手揽住蓝天愚的脖子。蓝天愚起身，用脚将车门关上，然后背着老头穿过停车场，快步走向急诊室。

将老头安顿到急诊室的病床上，蓝天愚与上官慧在走廊上来回张望着。许久不锻炼，蓝天愚累得满脖子流汗，脸色惨白，腿下打软，一屁股坐在走廊地上，喘着粗气。上官慧回过头，一愣，忙蹲到蓝天愚身边：“怎么了？你也晕？”

蓝天愚：“是……没事，我没梗，腿抻了一下，累的，爸太沉了……”

上官慧想找纸巾，结果没找到，忙扯着袖子给蓝天愚擦汗，一边擦一边埋怨道：“逞什么能啊，你也一把岁数了。”蓝天愚嘀咕道：“我也没想到停车场离急诊室这么远……”上官慧尽显妻子的温柔：“哪条腿抻了？我给你揉揉。”蓝天愚龇牙咧嘴，下意识地拒绝：“你别管我了，我暂时死不了。”上官慧嗔怒地轻轻拍了下蓝天愚。蓝天愚打发她先去挂号，上官慧答应着起身，往挂号处走去。

望着她远去的身影，蓝天愚调整着呼吸，闭上眼睛，将头靠在墙壁上。心里的累，远远超过身体。

再累，老人还是要照顾的。一把年纪的人了，尽管挂着吊瓶，戴着呼吸面罩，意识还很清醒，四个小时了，迟迟不肯让人服侍着屙尿。护士摇头走开了，上官慧束手无策，倒是蓝天愚连哄带骗，怕老头子别扭，又让上官慧站远一点，来来回回终于说服了老头子。

他就像哄小孩子一样，轻声吹着口哨。这个场景，在场的三个人都想起了很多往事。那一刻，上官慧眼眶红了。他是多好的一个人啊。给老头子洗澡、搓头，提醒老头子不能多喝酒……都说一个女婿半个儿，但蓝天愚这样的，顶两个儿子。

“你……辛苦了。”老头子睡着以后，上官慧声音有些哽咽，轻声说道。蓝天愚摇摇头：“见外了，这是做晚辈应该做的，无论咱俩将来怎么样，老头永远是我爸。”上官慧克制着伤感，点点头。

蓝天愚转身离开，上官慧看着他的背影，眼圈又红了。有那么一瞬间，她希望回到许多年以前。那些年里，她是个什么都不懂的小女孩，受尽身边人的照顾。

“你就不能照顾你自己吗？”景雅在白志勇里屋的柜子中边翻东西边吐槽，“知道怎么用了吧？你真够可以的，电卡里没电了你还得打电话给我……哦对了，现在电卡是空的，别忘了买。”白志勇靠在沙发上，眉头微皱：“让你帮一忙，话怎么那么多。”

景雅从里屋出来，把手里拿着的几张卡一张一张递到白志勇手里：“这张蓝色的是充煤气的，煤气在物业买。以后家里没电没气没水了，要及时充，别老给我打电话，离了婚你也应该心疼心疼我……”

白志勇静静地听着景雅的嘱咐。

景雅仍在一一交代：“煤气表在厨房，水表水费不用管，会有人定时来查来收，电表在门口，网费是半年一交……”

白志勇有一丝感动，他直勾勾地看着景雅，景雅回头看到白志勇这样，纳闷道：“为什么这么看我？眼神怪怪的，看着我漂亮，起歹意了？”

白志勇掩饰着感动，换上一副无所谓的样子：“还起歹意，白送、跪求哥们儿都不要！看你一下不行吗？我看了你都快二十年了，怕看啊？”景雅轻哼一声：“怕你看到眼里拔不出来。”白志勇扔了个白眼过去：“别那么自作多情了，看你两眼是抬举你。”

景雅笑了笑：“行了，不跟你贫！”说完，她转身要走。看到对面墙上的涂鸦时，她定住了，“白志勇，你什么时候成艺术家了？抽什么疯，把墙喷成这样，我看着都眼晕！”

白志勇当即站起身来：“这是一种改变！我得尽快把你的影子从这间屋里驱逐出去。这是我们蓝、白、黄三位伪艺术家共同打造的，多么灿烂和飞扬……”

景雅仍旧笑了笑：“还挺跋扈的，就是写错一个字。”白志勇诧异道：“哪儿呢哪儿呢哪儿呢？”

“这个字念什么，白志勇？”景雅走近涂鸦墙，指着一个字问。

“撼啊！景老师。”

“这位同学，这是撼动的撼！不是捍卫的捍。”

“啊？还真是，我这敏锐犀利的洞察力，怎么就没发现呢？幸亏还没对外展览，要不然丢老人了。”

景雅白了他一眼：“就你那洞察力，能发现什么？还天天嚷嚷着敏锐犀利呢，你就是个简单粗暴的小男人，只能发现你自己的委屈，只能发现你自己的那点狭隘的小郁闷！还颠覆，喷一墙涂鸦就颠覆了？你是傻还是自己骗自己？”

白志勇忍不住吐槽：“这个没文化的黄九恒，连捍卫的捍都写不对，更可恨的是，堂堂大学中文系的蓝老师都没看出来！更可悲的是，这让你找到了一个攻击我的理由。”

景雅打断他：“行了，别说人家又可恨又可悲的了，快把这错别字给改了吧……我走了，你继续捍卫你的快乐生活吧！但愿你有新生。”白志勇感慨道：“生，容易；活，容易；生活，不容易。”景雅讽刺道：“那你就不该生，也不该活，尽快死去吧！”景雅说完便走出了家门。

白志勇还没反应过来，他盯着景雅款款走出的身影，眼中的神色分外复杂。

在水果摊上挑着水果的江小美和区晓鸥正讨论着白志勇这个绝世好男人。区晓鸥是持怀疑态度的：“白志勇只经历过一个女人？可信吗？玩帅还是撒谎？”

江小美摇摇头：“他不太像是个会撒谎的人，有可能吧。如果他说的是真的，我也不知道是该感动还是感慨，当真是稀有动物。”

区晓鸥一脸正经之色：“如果是真的，我会感动。”

在黄九恒工作的星级酒店门口，两辆车停了下来，从车上走下来的，是林大健和他的八个弟兄。他们气势汹汹地拐进后厨走廊。大愣一见，当即招呼刘二、三贵、永刚抄家伙。三人一人一把菜刀，极其不善地盯着进来的八人。

“黄九恒，国际名人啊，四次世界级厨艺比赛金奖，这么大名人，居然去欺负我一个小餐厅的小老板，是你太隆重了吧。”林大健皮笑肉不笑地说。

“酒屎酒尿，为非作歹，敢做不敢当，除了这些恶行，还颠倒黑白，信口雌黄，林大健，我去你餐厅是欺负你吗？”

林大健闻言，上前一步，逼近黄九恒：“我告诉你黄九恒，我的餐厅如果出了任何问题，哪怕死了一只苍蝇，我都会怪罪到你头上。”黄九恒倒显得气定神闲：“你会怎么怪罪我？说来听听。”林大健食指顶出，手戳黄九恒的胸膛，咬牙切齿地说：“我会把这里的后厨，当成大愣餐厅，怎么怪罪，你应该知道。”

黄九恒盯着林大健的眼睛，气势不减：“把你的手指，从我的胸前移开，否则……”

“否则怎么样？”

“否则，起码是个骨折，让你加入残联也不是没可能！”

大愣和三贵死死地盯着林大健，林大健的八个兄弟也死死地盯着三贵和大愣。林大健讪笑一声，悬在空中的食指犹豫着。黄九恒靠近林大健的耳边，悄声道：“这个台阶还行，下去吧，在你的马仔面前不丢人……”

林大健斜眼看着黄九恒，似乎在斟酌。

因为黄九恒和林大健的身体离得很近，林大健的手指摆出了一个很奇怪的姿势。黄九恒继续悄声道：“你要有胆，我随时和你单约，咱俩一对一，给你猖狂的机会，你死我活，没有证人，行吗？”林大健和黄九恒身后的人都离黄九恒有一段距离，根本听不见黄九恒的话。

对峙了一会儿，林大健气势减弱，最终还是慢慢收回手指：“给你个面子。”

九人离开后，拥挤的走廊变得空旷起来，大愣和三贵走到黄九恒身边。黄九恒看着走远的林大健，目光坚定地说：“之前我还没拿定主意，现在，他逼着我做了一个决定，是该教育教育他了。”

这样的师父，极为鲜见。大愣和三贵有些紧张：“师父，你……”黄九恒突然转过身：“大愣、三贵，问你们个问题，你们年轻人，要想high，都爱玩什么？”

大愣和三贵一愣，没明白师父的话，他们觉得，师父今天好不正常啊。可是大愣心里满是感激。若有下辈子，他还做师父的徒弟。

19.

快闪，一种放肆的招摇的不正常的行为。这是江小美的说法。她更想表达的是，以白志勇三人的年纪，不适合。但是，他们三人要颠覆，要年轻一回，要调整自我感觉，带着这份冲劲，偏偏玩出花儿来了，现场聚集了近千人，还惊动了滨海市电视台的主持人，风风光光上了一回电视。

黄小蕾在电视上看到老爸时，眼中满是好奇和兴奋。黄九恒他们三人因扰乱治安被110带走进行口头教育，刚回到家，只见黄小蕾小大人一般敬佩地拍了拍他：“爸，下次带上我。”林响则不解地问：“图什么呢？”

“偶尔适度地放纵，以便于卸掉生活中多余的沉重，从而求得更美好的生活。快闪这个游戏，可以卸掉沉重……”黄九恒侃侃而谈，林响听得一脸木然。

黄小蕾却点点头："哦……明白了，爸爸想潇洒一下，轻松一下。"黄九恒用力地点点头："对！小蕾聪明！"小蕾眼中闪着狡黠的光芒："刚才你说的这段话，不太像你的话，是背下来的吗？"黄九恒再度用力地点点头："对！小蕾聪明！"

林响显然没有相信黄九恒的话，她眼中露出了一丝担心和伤感。她只觉得，她和黄九恒之间的缝隙越来越大了。

因为上了一次电视，三人倒像是明星了。蓝天愚的电话响了。白志勇的电话也响了。曾陪在他们身边的人都看了电视，看到了电视上熟悉又陌生的脸。

俩人一个在里屋，一个在客厅，都对着电话说个不停，终于，俩人一块儿收了线，白志勇从里屋走出来，蓝天愚则木呆呆地看着白志勇。

白志勇说："我前妻说，我有病。"

蓝天愚说："我老婆说，她不信。"

两个人都有点垂头丧气。

同样垂头丧气的，还有黄九恒。三人聚在白志勇的房子里，再度复盘生活。当然，白志勇叫来了江小美和区晓鸥。他有些郁闷："进局子，被罚款，要不想见的人把自己捞出来，这日子，操蛋。"

"可不是吗！昨天女儿跟林响讲，说爸爸变了，变得让她有些不认识，有些陌生……林响说我，无论我怎么折腾怎么玩都行，只要心里舒服，可要我千万别被孩子察觉到，千万别伤害到孩子。你知道的，孩子是我的软肋，唯一的软肋。”黄九恒讷讷地说。

白志勇站起身来，一惊一乍地说：“我想起来了！我和林响在一个公司的时候，大家都知道，她的老公是一个名人啊！是你吗？黄九恒！”

晓鸥来了兴趣：“什么名人？黄九恒是名人？”

黄九恒苦笑，不说话。白志勇拍了两下脑门，啪啪作响：“没错！林响她老公，著名厨师，怎么著名来着……让我想想……”

晓鸥飞快地抄起桌上的平板电脑开始搜索。蓝天愚也来了兴趣：“你瞎想什么，这不名人就坐在这儿呢——老黄，大家光知道你是个厨子，怎么就成名人了呢？”

黄九恒叹了一口气：“行业内是有点名气，可再有名也还是个厨子，给食客们颠勺的……”

区晓鸥一拍桌子：“查到了！大家听！”她开始读搜到的内容，“黄九恒，少年成名，厨师界的神童，红案专家，25岁即成为特一级厨师，29岁成为一级高级技师，不到30岁就获得四次国际厨艺比赛金奖，曾兼任滨海市厨师学校老师，徒弟众多，遍布全国各地，38岁时已有徒孙，行业地位显赫！多次担任厨艺比赛评委……”

黄九恒夺过晓鸥手里的平板电脑：“行了，别啧了。”晓鸥激动地叫：“别啊别啊，我从小到大还没见过名人呢！我太激动了，我都快哭了！我们家邻居，一个小主持人，天天跟我装大腕，跟你一比……”

黄九恒提高了声音："闭嘴！"

晓鸥："好好好，我闭嘴。"

蓝天愚盯着黄九恒："我说吧，就觉得你身上有一种江湖老大的气质……"白志勇竖起大拇指："黄大师，你隐藏得可真够好的！我说你在我们家做的菜怎么这么好吃呢！"

江小美正要说什么，区晓鸥又一拍桌子："再读一句啊！黄九恒，是我们滨海市的十张城市名片之一！"黄九恒矜持地摇摇头。蓝天愚、白志勇、江小美、区晓鸥突然站起身，齐鞠躬，齐声道："名片好！"黄九恒终于崩溃了，猛地站起身，想说什么，但憋了半天，还是一句话也没说出口。

江小美觉得这段日子真够玄的，新交的三个朋友，一个是文化人，一个在女人的事上洁身自好，一个是其貌不扬但年薪足有八十万的著名厨师。

大厨师领衔，大愣餐馆重新开业，门口摆满了祝贺的花篮，一时间，鞭炮齐鸣，食客如云。林大健站在自己家餐馆门口，恨恨地看着这一切，大愣朝林大健看了一眼，招了招手。

一边风生水起，一边焦头烂额。女服务员一脸踌躇之色，林大健焦虑地问："发生什么事了？"女服务员怯生生地说："主厨说，咱们餐厅本来保底月薪就低，加上流水一直做不起来，没有分成，他只能辞职。"

林大健铁青着脸，暴跳如雷："为什么不跟我谈？为什么突然辞职？"

“主厨说，他怕你急，怕挨打……”

林大健怒目相视。女服务员小心翼翼地问：“老板，那还营业吗？”

“营业个屁，后厨一个人都没有了，停业！”

停业了两天，没进项，但开支一样不少，房租、水电，以及几个闲人的工资。这生意本来就不好，要不然林大健也不会如此忌惮对面的餐馆，他焦虑地走来走去，来回打了好几个电话。

林大健对着电话嚷嚷，恼羞成怒：“每月再加一万都不来？滨海市的厨子什么时候变得这么抢手了？别废话！再给我找，越快越好！”他狠狠地挂断电话，转头瞪着两个马仔——狗蛋和老骚。

狗蛋皱着眉：“大哥别琢磨了，肯定是那黄九恒搞的鬼。”林大健咬牙切齿道：“对面大愣餐厅生意怎么样？”老骚面无表情地说：“火，火得厉害。”林大健凶狠地说：“能不能让他们不火……”狗蛋摇摇头：“想都别想，我侦查了，对面餐厅新装了八个监控！”

突然，林大健停住脚步，激动地号了一嗓子：“自己干！狗蛋、老骚，我主厨，你俩副主厨，让小吕当助手，开业！挂牌子，点够两百元的菜，打五折！”

狗蛋、老骚不为所动的样子让林大健极为不解：“怎么了？叫不动你俩了？开干！”

狗蛋讪讪开口了：“老板，开不了干。就今天，送菜的、送肉的也全都终止了合作。”林大健急了：“要疯啊！有买有卖，都跟钱有仇？黄九恒真有这么大能量，连送菜送肉的都能操控？”老骚说：“那黄九恒，就是要对您赶尽杀绝啊……老大，认㞞吧，得罪错人了……”

林大健不再说话，走到门前，透过玻璃，看向对面热闹非凡的大愣餐馆。此时，大愣送客出门，抬头就看见林大健站在对面门内。

林大健恨恨地盯着大愣。大愣则礼貌地向林大健招了招手，一如往常，然后嘴角挂了一丝不为外人发觉的笑，转身走进了餐厅。

林大健站在自家冷清的餐厅门前，锁起眉头思考着。是时候做些改变了。于是，那个下午，一脸苦相的林大健出现在星级酒店的后厨走廊里。

那里不是说话的地方，黄九恒和林大健走到酒店的后花园，挑了个安静的地方，略显尴尬地面对面站着。黄九恒先开了口：“你是晚辈，我不跟你说假话。你的餐厅困难重重，开不了张，是我做的手脚。我就是想教育教育你，当师父教育人习惯了，见谅。”

林大健苦笑：“见识了，佩服。”黄九恒真诚地说：“这件事做得不太光彩。但坦诚地讲，我这么做，也是你逼的。说白了，我阴暗，你下作。你之前用这么肮脏的手段去对待和你竞争的餐厅，像是回到了旧社会，这是我绝对不允许的。我不是没给过你机会。”

林大健低下头：“黄大哥，那件事情……”黄九恒打断了他的话：“你不用解释，也不用承认，我们谈以后怎么办。你来找我，不像是来问罪的，对吗？”林大健不卑不亢地说：“我没有别的吃饭手艺，我的身家都在这家餐厅里。”

“好，我给你个建议，你参考。第一次见面，那三个条件，我还可以无偿提供给你——厨师培训、供货渠道、一套菜谱，你不用马上答复我，回去想想。”

手中没有谈判的筹码，条件还和原来一样，委实说，林大健有一丝感动，他深吸了一口气，说：“我有脑子，我会想。”黄九恒微微一笑：“那就好。”

林大健毕恭毕敬向黄九恒鞠了一躬：“抱歉，感谢。”

20.

江小美为什么要极力反对这三位苦难先生的改变呢？区晓鸥想不明白。她不知道的是，江小美曾有过跟他们相同的心理和经历。因而江小美特别清楚，这种改变，没有用，只会更加伤害自己，伤害家庭，还会让他们变得狭隘自私，斤斤计较。

可白志勇还在沾沾自喜。因为他做通了黄九恒黄大师的思想工作，黄九恒不再动摇了，还能跟他们一起玩儿，一起改变，一起奔向灿烂明亮，拥抱香喷喷的美好生活。他很开心地觉得这个世上又诞生了一个明白人。

白志勇早看出来了，黄九恒动摇过，想放弃，想回到家里假装什么事都没有发生，踏踏实实跟林响过日子。黄大师矛盾又反复。所以他劝黄九恒，就算这种折腾错了，改变不了什么，那也就是冒点傻气，损失不了什么。

也许是大家同病相怜，也许是白志勇讲得真诚，那一刻，黄九恒脸上浮现前所未有的坚定，他决定了，要用折腾和改变去证明。所以，今天，起码是今天，此时此刻，他没有动摇。

江小美撇撇嘴，白了白志勇一眼："呵，瞧你这德行，又灿烂又明亮的，小心别把人家黄九恒带到阴暗潮湿的地沟子里去，沾一身烂泥汤子、烂菜叶子。还香喷喷呢，我劝你提前准备好香水吧。"

白志勇一副嗤之以鼻的样子："哥们儿不跟你这死板的老古董一般见识。晓鸥，我们商量了，还得参加你们年轻人的聚会，越新潮越时髦越好，你给安排一下……"

区晓鸥想了想，这周末还真有一个聚会，DIY主题，即自己动手用一些散件和半成品去组装物件，强调个性。而这次的物件，是鞋。

手纳底的布鞋、翻毛皮鞋、美国大军靴，白、蓝、黄三人穿着怪异的服装走进了年轻人的世界，嗨了一晚上，又灰头土脸回来了。那些年轻人的开心与放肆，他们学不来，他们更觉得自己格格不入。

黄九恒抬头望天，讷讷地说："我觉得这次这个活动给我最大的感触就是，我们还是准中年人——年轻人那个穿着打扮都是特顺眼、特协调，咱们这打扮吧，一看就是从箱子底儿翻出来的，看都能看出樟脑球的味道来，不太自然。"

白志勇附和地点点头："总结得对，我们不但要从思想和生活的内容上跟年轻人靠拢，从外观形象上也要向他们靠拢，这样，参加年轻人活动的时候，才能不那么格格不入……"

黄九恒接口道："才能做到真正的颠覆和变化，才能从里到外地感觉到年轻！"

买！快递员频繁光顾，快递箱将客厅堆得满满当当，三人互为参谋，为彼此的搭配出谋划策。可是……当兴奋过去，又都觉得不对味。

这造型，怎么那么怪异呢？黄九恒先打了退堂鼓，蓝天愚第一个不同意，白志勇在后面舌灿莲花，总算把黄九恒第一个推了出去。他穿着个性怪服在江小美的酒吧里一亮相，江小美和区晓鸥都笑作一团，这让白志勇那叫一个郁闷。

黄九恒不自信，紧张地问："怎么了？是不是不好看啊？"区晓鸥边笑边说："不是不好看，你们打扮得很讲究！是我不太适应。"黄九恒显得有些拘谨："看你的表情，我们跟入了丐帮似的，这种衣服穿在我们身上，很丑吧？"区晓鸥说："黄大师，你是名人，穿什么都是个性！穿在他俩身上，确实丑！"

白志勇当场就不乐意了："有这么拍马屁的吗？我们要的就是这劲儿，如果丑，那也是丑得特别。"江小美话接得很紧："那就是特别的丑！你们现在的打扮，主要是搭配有问题，过于潮流了，不协调。怎么说呢，有点像西方人画的中国年画，或者中国饺子里面放黄油芝士。"

黄九恒无奈地望着蓝天愚："怎么样，怎么样！我说什么来着？穿成这样，肯定要遭人嘲笑！小美，你这儿有没有服务员的服装，先给我来一套，让我赶紧把这身换下来……晓鸥，这双肩包我送你了……”黄九恒说完，激动地站起身，被蓝天愚一把拉住。

白志勇扬起头：“任何新生事物，任何标新立异，在刚诞生的时候都会遭到风言风语、嘲弄嘲笑，就像哥白尼……白尼兄当年提出……”江小美不客气地打断了他：“问题你不是白尼兄，你是白志勇！把无知当成智慧的人，只能遭到别人的嘲笑。”

白志勇气愤得很，又不知道怎么反驳，于是把求助的目光投向蓝天愚：“蓝老师，请有理有据地反驳一下江小美，再给我们树立一下信心，要不然我该疯了。”

蓝天愚意味深长、故弄玄虚地说：“知道全球流行面积最广、流行时间最长、流行方式持续不倒的服装是什么吗？”区晓鸥马上很配合地作求知状：“不知道，说来听听。”蓝天愚仰头望天：“是T恤！T恤原来是穿在衬衣里面的，T恤外穿，是两个敢于颠覆的人，对人类做出的一种贡献。”

这边在挽回面子据理力争，黄九恒则愁眉苦脸地看着自己的奇装异服——他只有一个念想，酒吧别再进来任何人。

蓝天愚继续他最为擅长的讲课，对着在场的人传道授业解惑：“有两个演员马龙·白兰度、詹姆斯·迪恩，率先在银幕上T恤外穿，引领了时尚，现在，不分民族，不分老少，不分男女，流行全球！牛吧？既然睡觉穿的内衣都能成为长久的时尚，我们这样穿，为什么不可以呢？所以，不要讽刺打击，不要嘲弄嘲笑，那很愚昧，要用发展的眼光来看待我们身上的服装，兴许它会成为一种新的时尚，新的流行。”

区晓鸥露出一副花痴的模样，还夸张地拍拍手：“蓝老师，我好崇拜你，太能喷了！有学问。”江小美翻了个白眼：“有学问个屁！区晓鸥，你再表扬他，他该光着身子上街了。三位年轻人？我可能是没有发展的眼光，但穿衣服总得讲究个协调吧？自己穿得张牙舞爪的还说别人愚昧，是够颠覆的。”

黄九恒终于绷不住了，立即倒戈：“好，说得好！我现在完全同意江小美的观点！我们的奇装异服，确实愚昧！”白志勇对他这种行为嗤之以鼻，鼻孔朝天地拆穿黄九恒的面目：“区晓鸥，你崇拜的城市名片，墙头草随风倒啊！”

黄九恒悄悄地换了衣服，白志勇和蓝天愚还是那身潮服，白志勇翻着白眼望向黄九恒，怒其不争。

“诸位，我们三位苦难先生不是一直在寻找不常规的、跳跃的、极致的、个性鲜明的生活方式吗？我们活在钢筋水泥、车水马龙中，灰色的楼，灰色的天，灰头土脸，我们带来鲜绿和鲜红，有什么不好吗？”

听到白志勇的话，黄九恒脸色很难看：“你能不能好好说话？怎么跟背诗一样，不说人话……”白志勇急了，拍桌子：“黄九恒，你什么情况？你怎么老跟我戗着来？疯了啊！你个土鳖，榆木脑袋！”

黄九恒也怒了：“你直接说我是傻子得了，你这种伪潇洒伪现代，我见过，神经兮兮酸了吧唧的，说话主谓宾语分不清楚，我年轻那会儿，你这种人，见一次就打一次的。”

白志勇气势不减：“说话客气点啊，我不是你的徒弟，要什么大牌呢？还你年轻那会儿，跟你讲，我年轻那会儿，也不会有你这种文物一样的朋友，傻蛋！土得掉渣！老蓝，穿着潮服，明天咱去公园拍照！留给子孙后代，怀怀旧，多温暖啊……”

黄九恒白了他一眼：“还给儿孙子女看？你孙子一定说，哦，爷爷，原来你是个老不正经啊！”白志勇瞪着黄九恒：“别骂人啊！”蓝天愚断喝：“行了，再说你们真打起来了！换个话题！”

区晓鸥颇为无语地望着这三位豁得出去的大哥，陷入了沉思。

江小美觉得，他们的痛苦，是真的，也是深的。但对三人的行为，她又不苟同。勇敢地把自己的痛苦展示给别人，没皮没脸没羞没臊，疯玩疯闹，自己糟蹋自己，为了医治心理疾病，这没错，但总得有个过程吧？总不能没有个尺度吧？也许，该等他们心理上坚强了，脸皮变厚了，再面向大众；该等他们适应了这种热火朝天的生活方式，再到人多的地方去活蹦乱跳欢度人生。现在？确实有点过猛，真怕他们心脏和神经都受不了。她想，她得劝劝这三位爷，换个玩法。

而黄九恒看着白志勇，气哼哼的，越看越不顺眼。本来三人是一个战壕里的兄弟，然而白志勇那装扮，让黄九恒想起一个人来——他前妹夫。他妹妹就嫁了这么个玩意儿，说话、做派，跟这两天的白志勇一模一样，好像连长相都一样了，那孙子，骂他妹妹，打他妹妹，家暴！结婚三年就离了，财产还全被那孙子弄走了。

白志勇得知自己被怼的原因，很是无奈，目光落在了江小美身上。而营业的时间快到了，江小美正转身要去换衣服，边走边把外套脱掉，露出了短款打底衫。

白志勇盯着江小美，眼睛直勾勾的。江小美的腰臀结合部，露出了一大片漂亮的文身！

白志勇盯着看，有点傻愣。晓鸥拍拍白志勇："看哪儿呢！控制一下你的口水。"白志勇收回视线，呆呆地看着晓鸥，有些惊讶："小美……"区晓鸥好奇地问："小美怎么了？"白志勇有些结巴："她……她腰上那片刺青……"区晓鸥仍旧不解地问："刺青怎么了？挺漂亮的啊！"

白志勇愣了半天才说："我是说……小美这种类型的人，平常正经得像个……中年大嫂，她怎么会有这么一大片文身呢？"

"大惊小怪！没见过世面……"

21.

不管在外面时有多想回到年轻的岁月里去，一回到家，面对的仍旧是俗常的生活。

从小到大，黄小蕾训练的事都是林响负责的，这学期开始，需要考虑是主练短跑，还是让她兼练跳远的事了。林响和黄九恒商量，但他心里有疙瘩。他不是不想管，是不能管——不归他管，所以他管不着了。这事是很重要，但毕竟……他是一个外人。

自从他知道小蕾不是他亲生的女儿以后，就有两个身份在他心里来回转悠，一个是父亲，一个是继父，这两个身份的转变让他有点蒙，有点恍惚，他还不知道到底该怎么做。说到底，他还没习惯从父亲到继父的转变。他也知道，他说他是这个家里的外人，伤害了林响。

林响轻轻抓住黄九恒的手，示意他轻松下来，不用考虑到底怎么做才是对的："你就想你是在帮我的忙，只要你做的，一定是为我好，是为小蕾好，为这个家好。"黄九恒点点头。

他决定了，去跟教练谈一谈。

如果带着一颗八卦的心，事不关己，那闲谈起来又是另一番光景。这份闲心，黄九恒是不会有的。而白志勇与蓝天愚谈得唾沫横飞。

"至于这么惊奇吗？江小美确实是一个很传统的人，可她年纪在那儿摆着呢，80后的人，刺个青，整个容，很正常。"蓝天愚见怪不怪，看着车窗外的风景，难得放松了一些。

白志勇踩了一脚油门："我还是觉得，这个刺青在她身上特别不协调。她是个对我们穿个潮服、去个夜店都反对的人，居然有这么一大片的文身！"

"肯定是她十八九岁时干的事呗，年轻女孩耍酷嘛……谁没年轻过，谁没疯狂过啊！"

白志勇皱着眉头思考："还是不对。我老觉得这种特江湖、特叛逆的行为，不会发生在江小美身上。”

听他这么一说，蓝天愚也琢磨起来：“嗯，江小美在某些时候，确实让人感觉深不可测……”

聊天还在继续，折腾也未停止。接到黄九恒，他们三人来到一家发型设计室。

从设计室出来后，他们的头发变了样。黄九恒是黄色的，蓝天愚是蓝色的，白志勇是白色的。三个人雄赳赳气昂昂、朝气蓬勃地走着。头发的颜色炫彩夺目，在人群中醒目无比。从上空望下去，就是三颗鲜艳的圆球。

这还不够，因为怕疼，所以三人兴奋地在身上贴着刺青，左青龙右白虎，中间那个二百五。好一通折腾，造型新潮怪异又飞扬的三人齐刷刷出现在酒吧，吧台内的区晓鸥惊讶地张大了嘴，半天没说出话来。

“别惊讶，我们想干什么就干什么，只要不违法，就是为了开心。”黄九恒这一刻也想开了。大多数人，只在心里想该怎么去开心快乐，只想不做的人，绝对能占到百分之九十九。而他们三人想做那百分之一，想了就去做，抓紧一切时间去开心快乐。

为了不让女儿看见，黄九恒在回家的路上特地买了个帽子。

到家后，林响瞪大眼看着他的满头黄发，努力掩饰着自己的惊讶：“怎么想起来把头发给染了？”黄九恒苦笑道：“白志勇和蓝天愚，我们仨，都把头发染了……还是为了，改变……”林响明白了，点点头。

黄九恒把外衣脱下来，露出满胳膊的刺青时，林响又一次惊讶得合不拢嘴了。黄九恒终究是不自信的，在她面前，手都不知道要往哪里搁。林响看着黄九恒怪异的造型，笑了。黄九恒闷闷的："很难看，是吗？"

林响笑笑，表情很复杂："不难看，挺好的。"黄九恒解释说："因为我们都不开心，为了让自己……年轻起来，改变……改变心态，用白志勇的话讲，叫由外及里，强行改变。"

听到这里，林响的笑变成伤感，她低下头试图掩饰。黄九恒看着林响，意识到了什么，一时不知道要怎么继续说下去。林响慢慢抬起头，眼圈红了："对不起啊。是我当年的不小心给你带来了不开心，让你的日子过得这么憋屈，这么难，对不起。"说着说着，林响的眼泪还是流了出来。

黄九恒刚想说什么，黄小蕾的卧室门响了。黄九恒飞快地戴上帽子，披上外衣。睡得迷迷糊糊的黄小蕾走了出来，林响避开女儿的视线，擦干脸上的泪水："怎么了，小蕾？"

黄小蕾站在卧室门口："妈……我渴了，想喝水。"

"哦，回床上躺着吧，妈给你端过去。"

黄小蕾看了一眼父母："又吵架了吧？哎，真拿你们没办法。"

黄九恒看着女儿，满脸纠结。他小心翼翼地把帽子摘下来，两个人很紧张地观察着黄小蕾的反应。

黄小蕾倒是很认真地盯着爸爸，这样的爸爸，她没见过。

"好……好看吗，小蕾？给点评价，别怕打击爸爸的自尊心。"

"好漂亮的黄色啊……"

黄九恒有些心虚地说："你不喜欢，爸爸就染回来。"

"爸，我问你，为什么你要把头发染成黄色的？"

黄九恒显然已经背好了词，结结巴巴地说："中……中年危机，你懂吧，小蕾？"

小蕾点点头："懂，懂一点。"

黄九恒的话这才有点说顺了："我最近……不是老跟蓝天愚叔叔和白志勇叔叔一块儿玩吗，我们不想让自己这么快老去，想让自己年轻有活力，不想让自己遭受中年危机的折磨和痛苦，所以才……才斗胆把头发给染成黄色的。"

黄小蕾："明白，理解，可是……"

黄九恒又紧张了，问："可是什么？"

黄小蕾有些兴奋地说："可是我觉得……这个黄头发更适合我！妈，我能也把头发染成黄的吗？"林响忙说："不行不行！你年纪这么小，绝对不能染头发，染发剂会伤发根的。"黄九恒也严肃起来："绝对不行！"

黄小蕾叹了一口气："绝对明白。"

蓝天愚对着镜子，摸着自己的一头蓝发，郁闷地说："白志勇，明天学校有课啊，见学生不能这样吧？"

白志勇不同意他的看法："这我得批评你啊，蜕变得不够彻底，还有私心杂念。蓝头发怎么了？蓝头发就不能见学生了？"

蓝天愚愁眉苦脸地走出卫生间："主要是这么大岁数了，顶着一头瓦蓝瓦蓝的头发出入校园……这影响不好吧？老师……还得有个老师的样儿吧，别吓着学生。”

买染发剂是来不及了，蓝天愚倒是在抽屉里找到了白志勇几年前买的黑色皮鞋油，他犹豫了一下，往头上涂了起来。效果是不错，就是有点味道。为了盖住那鞋油味儿，他又喷了一点抽屉里的香水，两种味儿合到一块儿，他都快被熏晕了。

白志勇有些无语，那香水，起码在家放了四五年了。

无奈，蓝天愚只得抽时间在楼下买了个头套。头套一戴，他神气多了。他知道，他呀，终究还是放不开的。

黄九恒也完全绷不住了，头发太怪异太别扭，出门、工作、见孩子都有心理障碍。他逼着那两个徒弟说了实话，他们说真是挺傻的，像漫画！于是他决定了，今天就得把头发染回来。

改变是为了心情，可是现在，顶着这一脑袋黄毛，没让他心情变好，反而觉得活得更累了，老觉得自己像个老怪物、土流氓，他今天照镜子，越看越觉得自己像他爷爷原来养的那条大黄狗。

不在意别人的看法还真不行。有学生发现蓝天愚戴头套，追着问他是不是脱发严重了，还给他介绍美容院做植发手术，价格都给他问出来了，一平方厘米一千八百八。

看蓝黄二人有点退缩，区晓鸥心生一计，为了帮助他们摆脱心理阴影，决定来个集体郊游，公开示人、公开亮相！让他们的漂亮头发暴露在众人和阳光下，体验变化以后带来的效果。

江小美无奈地扶额：“坦诚地讲，你们染头发之前，我觉得你们仨这形象还过得去，蓝老师儒雅俊朗，黄九恒……酷酷的帅，白志勇……五官都在该在的位置上，还算有个人样……”

白志勇显然已经习惯了江小美的说话方式，无奈地摇了摇头："婆婆嘴，女政委！兴你有文身，就不兴我们染头发啊？"

小美："那不一样。一，文身在暗处，二，我的文身，是我年轻时候的选择。而你们这三颗花里胡哨的头，把你们的不自信和自卑给暴露出来，反而露怯了。"

蓝天愚解释道："我们染头发不光是为了好看，还是为了颠覆和改变的彻底性，用一种过激的、超前的方式，来完成心理超越。破旧立新是主要的，好看不好看是次要的。"

白志勇竖起大拇指："对！说得好！土鳖就土鳖，我就是土鳖，怎么了？只要有改变就行，染个头发都不敢，还空谈什么颠覆啊。江小美我告诉你，我们准备搞一个郊游，多请朋友，公开亮相，彻底解放我们自己，消除心理障碍。我们还准备请你和晓鸥去呢，虽然你不断对我们的改变进行讽刺打击，但是我们一定会坚强地面对。"

区晓鸥很爽快地答应了："行，我去！"

小美有些犹豫："我恐怕去不了，我带团这几天，晓鸥光顾着当你们的形象设计师了，营业额大大下降，我再考虑考虑吧……"小美说完，干脆地转身走了。

黄九恒问晓鸥："小美为什么老是不参加我们组织的活动？她真觉得我们土？嫌跟我们在一块儿玩丢人？怕给她现眼？不过，我们现在这个打扮，确实挺现眼的。"

白志勇把眼睛从小美处收回，很神秘地问晓鸥："小美结婚了吗？"黄九恒补充一句："或者说……小美结过婚吗？"

区晓鸥问："为什么突然想起问这个问题？"蓝天愚解释说："自从白志勇发现小美有一大片文身，他就魔怔了，对小美的过去，以及小美本人，产生了浓厚的兴趣。"黄九恒点点头："我也有兴趣！晓鸥，先回答，小美，结了婚，或结过婚吗？"

晓鸥不说话，一脸的神秘莫测。

22.

原以为可以标新立异改变自我，却把不自信暴露出来了。真应了那句话，外表与内心未必是统一的。

黄九恒和蓝天愚选择把头发染回去。

蓝天愚有些无奈地望着天，如果早知道有一天得染回去，就不用和系主任大吵一架了。也不知当时哪根筋不对，和系主任杠上，弄得系主任撂下狠话要停他的课。与天斗与地斗，不与领导斗，他想，得找个机会约系主任吃个饭，低个头，改善一下关系才好。人到中年，像他这样的人，工作真不好找。

上官慧看蓝天愚染回了头发，笑了笑，说："还是这样好，看着舒服。"蓝天愚叹了一口气："都是被白志勇这小子忽悠的，我也觉得这样顺眼。"上官慧点点头，坐到蓝天愚对面："我想跟你聊聊秦峰。"

蓝天愚看着上官慧，没说话，好像没听懂她的话。上官慧忙解释："秦峰，就是那个教练。"蓝天愚的口气变得有点生硬：

“我知道那个第三者叫秦峰，忘不了。今天不谈这事，行吗？我刚把自己的心情给捋顺了。”上官慧：“我想谈。”蓝天愚明显不高兴了，憋着火：“有什么话，说！”

上官慧沉吟半晌，说：“如果这事就这样过去，你……你能原谅我吗？”蓝天愚干脆地回答道：“不能。”

上官慧还想说什么，蓝天愚怒目相向：“你什么意思？后悔了？想跟我说……就当你是放假出去旅了一次游？回到家以后让我假装什么事儿都没发生？想走回头路、吃回头草？想跟我接着过？上官慧，是你在做梦还是我在做梦？”

上官慧面露痛苦之色，解释道：“蓝天愚，我们毕竟十几年的夫妻，这种事出了，我心里也苦，也烦！我想跟你聊聊，看能不能找到解决的办法，你能不能别老是一副恶狠狠的样子？”

“我们的儿子刚刚过了七岁的生日，我发现我头上有顶带颜色的帽子才不到四个月，我天天生活在一个背叛者身边，时时刻刻都感觉到这种屈辱和痛苦，上官慧，我不可能原谅。你想再活另一辈子，我尊重，但让我原谅你，难……”

“你既不想原谅我，又不和我离婚，你就想这样折磨我，对吗？”

“我的本意并不是折磨你，只是我的心眼没我想象中那么大，你也该理解我。”

“你觉得你的郁闷委屈要多于我，你想持续这种折磨，直到觉得我的痛苦和你相同了，甚至大于你，你才能心理平衡，对吗？”

“也许吧……”蓝天愚讷讷地说。

这家，真是闷得慌。他只想出去透透气。

说是透气，其实蓝天愚有一肚子的问题想问。

“老黄，我问你，自从你知道这事儿以后，你对你女儿在感情上有什么变化吗？觉得别扭吗？”蓝天愚又去了江小美的酒吧，黄九恒、白志勇、江小美、区晓鸥都在。

黄九恒郁闷地回道：“怎么能不别扭啊！”江小美喝了一口啤酒，接口道：“这两天我一直在琢磨，说到底，你蓝天愚和白志勇的这点痛苦，应该还是有解药的，都可以找到解决的办法。但黄九恒的事儿，确实是无解。”

黄九恒点点头，叹了一口气：“以前，是林响想和我聊，我不想听，昨天，我想听，所以开口问了。”

“问啥了？”白志勇好奇地问。

“小蕾的生父呗。他叫常哲，林响只知道他现在在国外，太太是外国人，有三个孩子，开了一家中国超市，其他情况她也不太了解。据林响说，她也不想让那人知道他在中国还有个女儿的事，那人自我、自私、很强硬，若是知道了，以他的性格，不会善罢甘休。想想也是，这个世上恐怕没几个比我㞞的人。”

江小美目视前方，问：“如果我不是你的好朋友，不站在你的立场上，而是从一个旁观者的角度来想，这样做是不是对你女儿的生父太不公平了？”

黄九恒点头：“有点缺德……我也这么想过，可能我老婆没有这个勇气吧，反正我是没这个勇气的。这可是天翻地覆的事，这事儿要暴露了，还不得炸了窝呀，两个家庭，两对夫妻，我们各自的父母，会涉及多少个家庭……绝对是一颗重磅炸弹。”

蓝天愚有些情感上的共鸣：“是，钝刀杀人！”

黄九恒满脸绝望：“人又不能马上死，这就是我目前的感受，无奈啊。我现在都能听到我身体里的那种绝望，噼里啪啦的，响成一片。”

黄九恒叹了一口气：“我记得小蕾第一次叫我爸爸的时候，我哭了，我哭是因为当听到那样细细的、柔柔的、好听的声音叫我爸爸的时候，我心里忽然特别特别的软，软得伤人，软得心都快碎了，软得浑身没有力气……”

区晓鸥和白志勇听着，眼中透着丝丝柔情。黄九恒接着说：“出这事之前，我一直相信，我对我老婆、我女儿的感激和爱会持续一辈子，持续到我死……我想象我的下半辈子永远不要和她们分开，我甚至还胡思乱想，女儿大了，给她招个上门女婿，这样，她就会永远在我身边，我还想，最好将来我能比她俩先死去，因为我无法面对没有她们的日子。老白、晓鸥，我对过日子的要求，很简单，很平凡，就是吃饭睡觉，家庭平安，就这八个字。”

黄九恒眼中有泪，白志勇伸手拍拍他的肩膀，感慨道：“别看我平常咬着牙，挺着胸，高喊潇洒，可我也发现，这八个字实现起来真的是很难很难。”

黄九恒说：“厨师做菜是为了给别人吃的，我天天琢磨，怎么能让我做的菜让别人觉得好吃。我从来没考虑过自己爱不爱吃，我的爱好是做菜，而我做菜是为了别人的爱好，我没有爱好，我只爱我的老婆和我的女儿，我的爱好是我的亲人，是亲人和亲情让我活得有滋味，有精神，有力气，有快活……”

区晓鸥也跟着伤感起来：“而这一切，现在都没了。亲人没了，精神也没了。”黄九恒擦了擦眼泪：“是啊。老白，晓鸥，你们知道我这几天一直在想什么吗？”区晓鸥和白志勇静静地看着黄九恒，没有回答。黄九恒眼睛看着远处，轻轻地说：“我特别希望，我现在不是我，我是另外一个人，我不叫黄九恒，我也不是黄小蕾的父亲。”

但他永远不会是另一个人。

傍晚的时候，他还要去看黄小蕾训练。今天林响有事，得他去接女儿回家。

女儿真好看。黄九恒呆呆地看着她，她继承了她妈妈的基因，眉里眼里，有他喜欢的样子。

休息的十分钟里，黄小蕾凑了过来，和他并肩坐下。他习惯性地掏出手帕，帮她擦汗，眼中充满的，是复杂的慈爱。

“爸，一百二十五天了……”

黄九恒没明白：“什么？”

“你和妈妈有矛盾都四个多月了，你还是心神不定的。”

黄九恒掩饰道：“爸爸会努力，好吗？”

小蕾点点头，伸出手。黄九恒一时间没明白，黄小蕾提醒道：“巧克力啊！动作快点，别让教练看见。”黄九恒明白了，赶紧拿出巧克力，并自然地朝教练秦峰的方向看去。

秦峰静静地坐在跑道上，看上去有些走神，有些孤独。

黄九恒问小蕾：“你们教练怎么啦？情绪不高啊。”黄小蕾嚼着巧克力：“跟你一样，心神不定，也四个多月了。”黄九恒不知道该怎么回答女儿，掩饰地笑了笑。

等训练完，黄九恒带着黄小蕾回到家，林响正在卧室里收拾东西，看见黄九恒，有些局促地捋了一下头发。谁知，刚关上门，门铃就响了。

黄九恒刚一开门，门就被外面一股很大的力量猛地推开了。他吓了一跳，下意识地往后退了两步。这时，两个检察院的工作人员和两个警察快速拥进屋内，一个工作证在黄九恒眼前晃了晃，一个口气强硬的声音响起：“福水区检察院的！你是林响的什么人？”

两个警察快速向屋里走去。黄九恒愣住了，下意识地回答道：“我是林响的爱人。”

林响从卧室门边探出头，吃惊地看着这一切，两个警察动作迅速，当即就想用手铐将林响铐住。黄九恒厉声道：“等等！”说话间，他冲了上去，推搡着警察，“怎么了？把事儿说清楚！”

两个警察手一伸，便架住了黄九恒。林响忙冲黄九恒喊道：“孩子！孩子在……”黄九恒看向一脸惊恐的黄小蕾，迅速摆脱两个架着他的警察，跑向过去把黄小蕾抱在怀里，手下意识地遮住黄小蕾的眼睛。

警察用手铐把林响铐住，并拿出搜查证给林响看：“林响，你因涉嫌经济犯罪，需要到检察院配合调查，而且要对你们家进行搜查。”

林响强忍着惊恐对警察说：“孩子……能不能让孩子先回避？”警察回头看看躲在黄九恒怀里的小蕾，点点头。林响冲黄九恒说：“让小蕾去里屋。”黄九恒赶忙把黄小蕾拉进卧室，关上了门。

“怎么回事儿，说清楚，否则，不能把人带走！”

林响抢先回答：“可能是我们公司的一笔钱……”

警察厉声打断了她：“林响，你现在什么话都不能说！”

黄九恒急了：“为什么不能说？！我是她爱人，又搜查又带人的，了解一下情况不行吗？！”

“这是规定，怕你们串供！把林响先带走，我们要执行搜查任务。”检察院工作人员说完，手一挥，一左一右两个警察架着林响就往外走去。

黄九恒无奈地跟到门口。林响回过头：“黄九恒，照顾好小蕾，照顾好咱们的女儿。”

黄九恒呆呆地点点头。

一个警察走上前来，语气有些缓和：“对不起，我们要开始搜查，你可以待在这里，需要带走的物品，我们会给你一个清单。”

黄九恒的语气强硬，说：“到底怎么了？！”

那个警察摇摇头：“我真的不能说，我只能告诉你四个字，经济犯罪。”

23.

黄小蕾不适合待在这个家里了，好在黄九恒有两个患难兄弟，大家可以帮着照看。

白志勇熟门熟路地打听情况，也大致弄清楚了，公司有个副总，姓葛，上个礼拜，人和八百万都不见了……林响是公司财务，被怀疑是共犯。

黄小蕾一个人坐在吧台的高凳上翻着漫画书，小小的人，高大的吧台，显得她格外弱小、孤单。白志勇等人就在不远处的一张桌子上讨论着，黄小蕾不放心，但又不敢走过去，只能频频张望。

白志勇交代了几句，便急匆匆出了门，他得找朱老板问问情况，然后再考虑接下来怎么办。

黄九恒给黄小蕾请了假，区晓鸥自告奋勇地来陪她。

于是两个人就这么静静地坐着。

区晓鸥努力地想让黄小蕾轻松起来，她故意轻描淡写地跟小蕾聊着："待会儿你饿了的时候，想吃什么呢？阿姨带你去吃！"

黄小蕾摇摇头。

区晓鸥又试探着问道："汉堡？汉堡加可乐加薯条，怎么样？"

黄小蕾还是摇摇头。

区晓鸥理解她，继续努力地问："烤串儿？烤串儿怎么样？"

黄小蕾摇摇头，语气低落："阿姨，谢谢，我现在什么都不想吃，我就想一个人待一会儿。"

区晓鸥叹了一口气，轻轻地摸了摸小蕾的头发："阿姨可以让你一个人待着，但是你要答应我，你不能不吃东西。因为如果你不吃东西，你爸爸会担心，他会难过，所以，不想吃也得吃，为了你爸爸，明白吗？"

黄小蕾很乖地点点头。

在朱老板的办公室里，白志勇满脸纠结地看着一脸严肃的朱老板，朱老板一拍桌子："这事儿我一直怀疑就是老葛那个王八蛋干的！他这一跑一失踪，更证明了我的怀疑，可谁能保证林响就一定没事儿呢？她毕竟管财务，谁能肯定她没责任呢？你说，老白，我对老葛不薄吧？工资工资给涨了，房子房子给买了，车也给配了，连西装我都给他配了六套！还有没有良心啊？他凭什么对我这样？"

白志勇打断他："怎么这么多废话啊！先别说老葛，说主要的，林响怎么办！"朱老板没好气地说："这不总得有个过程吗，该证明的我证明，该出材料我出材料，配合检察院的调查，怎么样，够意思吧？"

白志勇声音越说越大："够个屁意思！下属出了事儿被冤枉，这是你当老板的该做的事儿？还够意思吧……"朱老板不解地问："你跟我急什么啊？你怎么知道林响就一定是被冤枉的呢？你怎么知道林响不贪钱呢？八百万哪！我损失了八百万我还急呢！”白志勇感情涌动：“你如果看到林响她爱人那个可怜的样，你如果看到林响她女儿那无助的眼神，你也得急！”

朱老板满脸的不解：“不是，白志勇你什么毛病啊，这事跟你有毛关系？你是不是……”

白志勇情绪激动：“我是不是闲得蛋疼？我告诉你，是！我闲得有大把的时间！如果你不把这事处理好，我会隔三岔五来折腾你，让你也蛋疼！抓紧查啊！”

朱老板郁闷地看着他，不知道自己上辈子造了什么孽，认识了这么狗脾气的一个家伙。

然而他看不到的，是白志勇温柔的一面。

在白志勇往家赶的时候，蓝天愚带着黄小蕾回到了白志勇的家里。蓝天愚低下身子，把黄小蕾肩上的书包摘下来。

黄小蕾木然地站着不动。蓝天愚把黄小蕾拉到涂鸦墙前：“来，小蕾，看看你爸爸和蓝叔叔、白叔叔画的涂鸦，怎么样？漂亮吗？”

黄小蕾静静地看着涂鸦。蓝天愚指着墙上的小女孩：“看，这部分是你爸画的，你给打个分！”

黄小蕾上前走了一步，慢慢地伸出手，摸了摸墙上的小女孩。

“你爸说，他是照着你小时候的样子画的。”黄小蕾点点头，脸上露出一个极淡极淡的微笑。

蓝天愚看到了孩子脸上的微笑，继续营造轻松氛围：“小蕾，想吃什么想喝什么，跟叔叔说，叔叔做饭的手艺，不比你爸这著名厨师差。”黄小蕾转过头，看着蓝天愚。蓝天愚用鼓励的口气，“说吧！”

黄小蕾声音很小：“我……我爸爸什么时候回来？我能给他打个电话吗？”

蓝天愚刚想说什么，黄九恒开门进来了。蓝天愚松了一口气：“行了行了，你爸这不是来了吗？正好，你女儿想你了。”

黄九恒急忙走到女儿面前，用手温柔地抚着女儿的头：“想爸爸了？”黄小蕾看着爸爸点点头，脸上很忧伤。黄九恒轻轻地把女儿拥进怀中。

蓝天愚在厨房做饭，白志勇将家里的颜料盒和喷罐拿了出来。黄小蕾和黄九恒在小女孩的形象旁边，画了一棵大大的向日葵。灿黄色向日葵下的小女孩，极其动人、好看。

黄九恒边画边悄悄观察着女儿的脸色，试探着问：“怎么样，小蕾，添上这棵向日葵，好看多了吧？”

小蕾点点头。身后的白志勇夸张地评论道：“不仅仅是好看，整幅画面一下就亮起来了！因为这棵向日葵，有个词儿叫什么来着，画龙点睛，对吧小蕾！”

蓝天愚戴着围裙，端着两盘菜从厨房出来，也用夸张的声音喊着：“准备了啊，开饭啦！老白，摆碗筷！老黄，去盛饭！小蕾，去洗手！我，继续炒菜。”

三个大人都把眼睛看向黄小蕾。黄小蕾却没反应，依旧是那副沉沉的表情。白志勇继续营造气氛：“我建议，来点酒！小蕾也可以来两口，反正明天不上课，对吧，小蕾？”小蕾呆呆地不说话。黄九恒瞪了白志勇一眼，转头看向女儿："怎么啦小蕾？"

小蕾看着爸爸："妈妈……妈妈现在在哪儿呢？是在监狱里吗？"黄九恒安慰道："不在监狱里，应该是在……一个临时拘留的地方，叫看守所。"

小蕾眼睛里充盈着泪水，看着黄九恒："我想妈妈了……"她的眼泪流了下来，黄九恒看着女儿，鼻子有点堵得慌。

吃完饭，把情绪不佳的黄小蕾哄睡了，黄九恒将一杯白水放到床头柜上，抚了抚女儿的脸，然后他静静地关上门，回到客厅。白志勇关切地看着黄九恒，举起手中的白酒瓶，示意他来一杯。黄九恒摇摇头。白志勇无奈地轻叹一口气，默默地把酒瓶放到餐桌上。

餐桌上，是一桌没怎么吃的饭菜。

黄九恒默默地坐下："这样可不行啊，小蕾没怎么吃东西，得想办法帮助她调整情绪，怎么办呢？"白志勇接道："这个年纪的孩子，就得让她疯玩，玩起来，疯起来，就能暂时把妈妈的事忘掉。想！怎么带她玩！"

第二天一早，黄九恒、白志勇和蓝天愚带黄小蕾去水库边钓鱼，中午吃了农家乐，下午在健身房里挥汗如雨。用白志勇的话说，只要累了，就洗洗睡了，不会胡思乱想。结果，蓝天愚和白志勇累得够呛，而黄小蕾还在兴致勃勃地跑着。

白志勇夸张地瘫软在地，一边喘气一边说："小蕾，佩服佩服，真不愧为练田径的著名少年运动员，太能跑了！"蓝天愚也喘着气，捶着腿：“白志勇你个大傻子，你还要跟人家小蕾比，比个屁！你比得过人家吗？”白志勇会意，连声说道：“我这腿啊……好像已经脱离我的身体了，都好像不是我的腿了。小蕾，我好好崇拜你啊！”蓝天愚伸头过去看里程表：“哟哟哟，二十分钟，四千米啊！”

黄小蕾开心地笑着，跑着。坐在一边的黄九恒也很高兴，他悄悄地向蓝天愚和白志勇竖起了大拇指。

看着眼前暖心的一幕，蓝天愚忍不住走了神。他望向健身房外，想起了上官慧。这个时候，她应该执行完飞行任务，到达机场大厅了吧。

蓝天愚猜得一点也不错，身着空乘制服的上官慧正优雅地走在机场大厅里。眼前，一个熟悉的身影出现了，她慢慢地停下脚步。

对面站着的，是秦峰。他走到上官慧面前，站定。

上官慧看着秦峰：“找……找我吗？”秦峰眼中充满痛苦之色：“是，我是来专门找你的……你电话也不接，短信也不回，我只能到这里来找你。”上官慧目光有些躲闪：“有事吗？”秦峰直盯着上官慧：“咱俩的事……到底该怎么办？”上官慧无语，万般纠结，一时不知如何回答，只能沉默。

秦峰盯着上官慧：“让我再说一遍吗？我对你是认真的……”上官慧躲避着秦峰的眼神：“我不是说过吗，过去了，翻篇了。”秦峰不解地问：“过去了？你觉得过得去吗？”上官慧真诚地看着秦峰，语气坚定地说：“只要想过去，就一定能过去。对不起，我要上班了。”说完，她快步走开。

秦峰站在原地，惆怅地想，你明明刚刚下班啊！

24.

“诸位，今天来到这里的，都是我的师兄师弟，徒弟学生，以及徒弟的家属，都是家里人，我就不客气了……”黄九恒拿着麦克风，站在宴会厅最前面，语气恳切地道。

宴会厅里，站了黑压压两百五十多个人，各个年龄段的都有，杨天天、三贵、刘二、永刚也在其中。

黄九恒接着说：“我太太遭了殃，关键的环节，是要找到这个叫葛洪亮的人才能证明她的清白。情况和线索都发到你们的手机上了，利用你们的各种关系，查找此人，我恳请大家，上天入地，挖地三尺，也要尽力给我找到这个人。再次强调，有了线索，归纳到我和大愣、杨天天、三贵这四个群主手上，不能私自行动，不能违法乱纪！找人期间，尽量不要请假，不要耽误你们的工作，所有的费用，找四个群主报销……”

人群里有人喊：“师父，见外了。”

黄九恒略提音量：“闭嘴！这里的事，没有商量！辛苦了！”

说完，望着台下密密麻麻的人，他深深鞠了一躬，只希望能通过这个方式找到葛洪亮的线索。

江小美找了一个临时办公的地方，黄九恒、杨天天、大愣、区晓鸥各占了一张桌子，收集来自四面八方的消息。

白志勇走访了葛洪亮的十三个朋友，了解到葛洪亮有一个情人，三十七八岁，是胸外科大夫。大愣频频提醒各路热心朋友，千万不要游走在法律边缘，违法的事，不能干。黄九恒面前摆着六部手机，一点一点记录着消息。

“凌晨三点了，去睡吧，葛洪亮不可能这个时候出来溜达，明天再继续。”江小美适时提醒黄九恒。黄九恒闻言点点头：“白志勇呢？”小美指了指左边：“在酒吧那边的沙发上睡了，我让他早起，值早班。”黄九恒有些感动，轻声说：“打扰了，辛苦。”

这时，睡着的白志勇一激灵坐了起来，紧接着，电话铃响了。白志勇睡眼惺忪地接起电话：“喂……哦，知道了，那就接着找……困？谁不困啊？困也不能睡！找到人，再睡！”说完他挂断电话，翻了个身，接着睡。

日落月升，从日暮到清晨，广场上、公交车站、街道上……到处都是黄九恒等一干人的身影。当黄九恒满身疲惫地回到家，看着空荡荡的屋子，格外思念林响。

“砰砰砰！”有人敲门。

躺在沙发上的黄九恒惊醒过来，迅速起身打开门。门口站着气喘吁吁的大愣：“师父，找到了！”黄九恒理理头发：“确定吗？”大愣迅速举起手机里的照片：“确定，肯定是这孙子！”

早茶铺人不多，一张桌子前，坐着一个胡子拉碴、用报纸遮着半张脸的人。

“葛总，上午好。”葛洪亮一激灵，缓缓放下报纸，紧张地看着黄九恒。黄九恒直视着葛洪亮的眼：“胆子挺大啊，逃逸期间，还敢出来吃早茶。”葛洪亮呆在那儿，沉默了两秒，突然启动，想跑！大愣和徒弟一左一右配合默契，迅速架住他，又迅速将他按回凳子上！

“不认识我吧，自我介绍一下，我是林响的丈夫。”

葛洪亮掩饰着惊恐的表情：“我还以为是警察呢，你听我解释……”黄九恒冷笑一声：“不需要跟我解释，去跟检察院解释。”葛洪亮环顾四周，不解：“那怎么……”黄九恒斜睨着他：“是我动用民间力量找到了你，检察院的人在路上……”

葛洪亮似乎明白了什么，无力地闭上眼睛。黄九恒凑近他，阴冷地说：“人渣！卷钱逃逸，陷害林响，牵连无辜，还好，天罗地网，疏而不漏！倒退十年，如果我没有孩子，如果我还年轻，我不会通知警察，我不会麻烦公家，我一个人就把你法办了！”

葛洪亮脸色惨白，满脸紧张，一脸的绝望。黄九恒伸出手，做出一个七的手势：“七天了。这七天，日思夜想，就是想看到你这副表情，这个衰样，现在我看到了，知足了，过瘾了。”

两辆检察院的车缓缓停在旁边，六名警察走向葛洪亮。

林响回来的时候，黄小蕾已经睡下了。睡之前，黄小蕾朝窗外看了看，黄九恒知道她在看什么，然后，他很贴心地将卧室的门打开了。她面朝卧室门，轻轻地合上了双眼。

林响刚一进门，黄小蕾就睁开了眼睛。那是她熟悉的脚步声。她光着脚，穿着睡衣飞快地冲出来，跳着扑到妈妈怀里。

黄九恒就那样静静地看着，所有的苦和累，在这一刻，都是值得的。

他好困啊。

白志勇手里拎着罐装啤酒，哼着小曲儿，走进院子里。解决了黄九恒的事，他心情大快，正想叫黄九恒出来庆祝庆祝，一想又不合适。找蓝天愚，结果蓝天愚婉拒了，说是今天有事。

“切！”白志勇撇撇嘴。

此时，景雅低着头，手里拎着橘子，从门洞里走出来。白志勇一眼就看到了她，两眼放光，热情地打招呼：“嘿！小景儿！”景雅抬头，一愣：“瞎叫唤什么啊你！吓我一跳！”白志勇笑着说：“又来拿东西啊？不对啊，你钥匙不都还我了吗？哦，找个理由，想跟我见面，对我余情未了？”

景雅看着白志勇，不说话，脸上的表情有点尴尬。

白志勇凑上前来，说：“知道我喜欢吃橘子，特意买的吧？懂事儿！瞪着眼看着我干什么？出什么事了？”

景雅叹了一口气：“白志勇，我不是来看你的，我忙叨了一天，脑子有点晕，回来的路上又一直在琢磨事儿，走着走着，不由自主就走到了这里……这条路来来回回走了快十年，已经成习惯了。”

白志勇明白了，静静地看着景雅，脸上的表情有些复杂。景雅安静地笑了笑。白志勇不知道该说什么，一时无语。景雅感慨道："都说二十一天就能养成或者改变一个习惯，我从这个家搬走，已经七十二天了……看来我是够笨的，不好意思打扰你了……"她把橘子塞到白志勇手里，"少喝酒，多吃水果。"

景雅走了，白志勇一直看着景雅渐渐走远的背影，心里一阵苦涩，脸上的表情温柔又伤感。沉默了好一会儿，他拿出手机，拨了青子的电话："青子，我想跟你聊聊……你表姐……"

挂掉电话，白志勇美美地睡了一觉。第二天清晨，他还睡着觉，口水横流，景雅又过来了。白志勇打着呵欠开了门，把她让进屋，说："这次东西都找齐了啊，一块儿带走，别老一趟趟往这儿跑。"

景雅边收拾东西边说："你嘟囔什么啊，我在这屋子里待了快十年，我的东西可能一两次就拿得干干净净吗？"白志勇眼睛一瞪："一两次？都四五次了！您老人家不嫌累，我还嫌烦呢！再说，都离了婚了，你这还大摇大摆耀武扬威大包小包出出进进的，好像你对我或者我对你还有什么想法似的，你不怕街坊邻居议论纷纷，指着咱俩的后背说三道四？你能不能快点儿，我待会儿还有事儿呢！"

景雅继续埋头收拾，嘟囔着："没空搭理你，碎碎叨叨，跟老太太似的，讨厌。"

白志勇盯着景雅，目光犀利："景雅，我问你个问题。你……有男朋友了吗？"

"男朋友？有啊，一大堆呢！"

“少装傻！那样的男朋友！有吗？”

“哟，瞧你那满脸严肃的样子，跟审犯人似的，你管得着吗？”

敲门声响起，蓝天愚和黄九恒大摇大摆地闯进白志勇的家。一进门，蓝天愚瞪大双眼：“老白你什么情况？肉头肉脑，磨磨叽叽的，说好九点出发，你看都几点了，你不是要做绅士吗，迟到是最不绅士的行为……”

景雅从里屋走出来：“听见了吗，白志勇，要绅士。不是我一个人要求你做绅士吧？只是我怀疑你这岁数还来不来得及变成绅士。”

两人看着屋内走出来的景雅，有点尴尬。黄九恒讷讷地唤道：“嫂……嫂子……”蓝天愚提醒道：“弟妹，弟妹。白志勇比我俩都小。”

景雅很严肃地点点头，纠正道：“前弟妹。”

黄九恒有些尴尬：“对对对，叫秃噜嘴了，主要是您气场太强，像嫂子，前……前弟妹，其实白志勇特想把这‘前’给取消了，念念不忘……是吧，老蓝？”景雅矜持地说：“那他是在妄想。你们聊，我走了。”

三人目送着景雅离开。黄九恒说：“对……对不起，白志勇，你前妻这小脸一绷，我这一紧张，好像说了不该说的话吧？她好像不太高兴。”白志勇回道：“你俩添什么乱，瞎贫什么？被灭了吧，跟她斗嘴，你俩占不着便宜，人家是干翻译的，就是玩嘴的！”

蓝天愚有点不好意思："领教了，眼神儿丝毫不乱，面部表情沉着冷静，吐字归音清晰无比，跟播音员似的。"黄九恒倒吸一口凉气："哎，你这前妻也太……也太有反差了吧！上次见她，和颜悦色、通情达理的，可今天这脸吊着，严肃得吓人，也太……"

白志勇白他一眼："我早就说过，你们没见过她冷若冰霜的样子，今天让你们开眼了！"

25.

白志勇盯着小美的腰臀处发呆。江小美看着白志勇，手在他面前晃了晃："白志勇，眼睛往哪儿看呢？"白志勇收回眼睛，有些不好意思地说："我确实看了不该看的地方，对不起。小美，你能告诉我你为什么要在腰上文那么一大片文身吗？"

江小美叹了一口气："我听晓鸥说了，你老觉得我身上有文身很怪异，不合逻辑，对吗？"白志勇点点头，江小美接着说，"你认为，身上有大片文身的人都是江湖人士，都是不正经的人，对吗？"白志勇否认道："我没说你是女流氓，我就是觉得……"江小美懒得理他："你爱怎么觉得就怎么觉得吧！随便。"

"江小美，我现在对你这个人产生了浓厚的兴趣！"白志勇说。江小美不理会他，转身就走。白志勇对着江小美的背影大喊，"哎，你说我是不是爱上你了？"江小美留下一个背影，白志勇看不见她脸上的表情，只看到她伸出食指在空中优雅地左右摇晃着。

这是在告诉他答案。感情，江小美是不想碰了。

江小美开着车，拐过好几条街，来到一间房子前。这是一群老旧的居民楼，融在这喧嚣的城市中，也不知何时会开始拆迁。但江小美知道，这里面住着的那个老太太心有执念，是不想也不会搬走的。

走到门口的江小美表情有些阴郁，似是想起了无数的往事。她凝视着那扇门，许久之后，将一个微微鼓起的信封放到门口的信箱里，然后转身离去。

老人看到现金才踏实，所以江小美不嫌麻烦。其他的时候，区晓鸥会买一些生活用品和吃喝的东西送过来。

这是江小美过去欠下的心债。

梁正廷出现的时候，江小美正准备进酒吧。帅气且高大的他就悠闲地坐在台阶上，看见了江小美，他立刻起身迎上。江小美一愣，停住脚步，看着他，脸上有一丝不悦。多好的皮囊，裹着一个人渣，江小美恨恨地想。

梁正廷笑了笑："见到我，一点都不吃惊啊！"

江小美一言不发。他一出现，就没好事。果不其然，他上下打量了江小美一通，阴阳怪气地说："消失在茫茫人海中，隐姓埋名的樱桃姐，江湖无痕啊，听说现在改名叫江小美了？怎么不再整个容，争取个政府保护计划什么的？"

江小美面色沉静，从牙缝里挤出几个字："找我什么事？说。"

"一个字，钱。"

江小美毫不客气地回道："两个字，没钱。"

"当了著名酒吧的老板，租着这么好的房子，敢说没钱？"

"要钱没有，要命有一条，随时来取，奉陪！"江小美说完，大步走了。酒吧她不想进了，她得换个地方散散心。

梁正廷依然微笑，看着远去的江小美。

江小美回到家，看着家里的一切，床单、被罩、窗帘、沙发……样样都很刺眼，干脆一股脑全换了。折腾的时候，区晓鸥一路随行，她不解，但又无法询问，因为从始至终，江小美脸色阴沉，寡言少语。

在酒吧里，大家一如既往地讨论着人生哲学。说白了，就是白志勇、蓝天愚、黄九恒仨人那点屁事。大家唇枪舌剑，好不热闹。白志勇慨叹人生失败，蓝天愚开始信命，黄九恒相信踏实过日子，江小美专心攻击白志勇的痛处，区晓鸥负责和稀泥，以摇摆的立场时而支持三位男士，时而支持江小美。

梁正廷又鬼魅一般出现了。他冲江小美微笑点头，而江小美始终不动声色。"我正在和朋友们聊天，能不打扰我们吗？"她的口气很冷漠。"不能，因为我想打扰你。"梁正廷笑眯眯地回答道。"我们换个地方谈。"小美脸色沉了下来。梁正廷依然笑眯眯地说："不换，因为我想坐在这儿。"

白蓝黄三位男士不明白地看着，拼命地判断着人物关系。白志勇想说什么，被黄九恒拦住，只听梁正廷说："不把我介绍给大家？"

"有什么话，快说。"话不投机半句多。

"好，我今天就要拿到钱。"

"我没钱，也不欠你钱。"

"硬骨头。"梁正廷点点头，说完这三个字，站起身，将桌子上的一个杯子摔在地上。在众人愕然的表情中，他又摔了另一个杯子！服务员安雯上前阻拦，被梁正廷推到一边。白志勇就快坐不住了，黄九恒依然冷静地看着，区晓鸥怒目相向："你想干什么？耍什么流氓！"

梁正廷皮笑肉不笑地说："我不舒服了，我生气了，我也要让江小美不舒服。"说完，他又抓起一个杯子想摔到地上。区晓鸥突然暴怒，一拍桌子："太过分了，你再摔……你再摔我剁了你，你信吗？"江小美沉着地拦住区晓鸥："让他摔。"

于是梁正廷看了江小美一眼，很优雅地把杯子摔在了地上。

区晓鸥抄起桌上的烛台，砸向梁正廷："你个人渣，反了你了！"梁正廷敏捷地一闪，躲过了飞向自己的烛台。白志勇终于忍不住了，站起来阻拦："嗨，疯啦，撒什么癔症，在我失控以前，赶紧滚蛋！"梁正廷梗着脖子："管得着吗？裤子扣没系，把你给露出来了！"白志勇冲上前："小子，找轮椅坐呢！"

梁正廷用力地一把推开白志勇，白志勇踉跄几步，又冲上去与梁正廷扭打在一起。此时，众人才发现，与梁正廷一起来的，还有两个帮手，摆明了来闹事的。他们冲上前来要收拾白志勇，蓝天愚眼看白志勇要吃亏，也加入其中，五个男人当即厮打在一起。区晓鸥也想往上冲，被黄九恒一把拉住。他冲区晓鸥点点头，快步上前，揪开骑在白志勇身上的一个帮手。白志勇抽出身来，反手掐住想往蓝天愚身上扑的另一个帮手。梁正廷环顾四周，抄起手边的酒瓶子，砸向白志勇的头顶。

“砰！”酒瓶被砸得粉碎！

白志勇依旧掐着帮手的脖子，帮手被掐得直翻白眼，而鲜血，正从白志勇的额前流下来。江小美惊讶地捂着嘴巴，又赶紧上前捂住了白志勇的头。

白志勇推开江小美，一拳将梁正廷的帮手打倒在地。

混战还在继续，酒吧内乱成一片。被打急了的蓝天愚举起一把椅子，白志勇怕他牛脾气上来无法收拾，急忙将椅子夺下，稳稳地放到地上，冲他轻轻摇头。他刚想对白志勇说什么，一个拳头伸了过来，他惨叫一声。区晓鸥忍不住了，蹿了上来，勇猛无比地与梁正廷厮打在一起。

五对三，梁正廷最终落荒而逃。

酒吧是待不下去了，几个人一起去了白志勇家里。一番收拾后，白志勇头上顶着纱布，黄九恒手上缠着纱布，蓝天愚揉着自己的胳膊，加上江小美、区晓鸥，五人围坐在一起。

江小美静静地说：“他是我丈夫。”

白志勇、蓝天愚、黄九恒吃惊地看着江小美。区晓鸥说：“你们不是一直想知道小美结没结婚吗？我告诉你们，她现在还在婚姻内。”三个男人皆露出惊讶的神情，黄九恒嘟囔了一句：“悬案水落石出了。”

区晓鸥接着说：“但他们早已经分居了，小美想离婚，他坚决不同意。”白志勇看看江小美：“已婚妇女，逃离封建包办婚姻？”江小美神情哀伤，说：“他除了好吃懒做，总结起来还有四个字，吃喝嫖赌。我提出离婚，他同意，但要钱，三百万。”蓝天愚张大了嘴：“什么名目啊？”江小美苦笑道：“说出来我都替他脸红，他要青春损失费，不给不离，说要耗死我。”

蓝天愚瞪圆了眼：“真让我开眼了！只听说过女的要青春损失费，一男的怎么这么不要脸啊！”

“人才呗，这世上确实有这种无耻的烂人。晓鸥，你刚才骂我们自私狭隘，跟这哥们儿比起来，差远了吧。对不起啊江小美，不该当着你的面，这么说你的……丈夫。”白志勇出言奚落，说完，又觉得不合适，连忙道歉。

小美只是摇摇头：“没事儿……我没有那么多钱，他隔三岔五就来闹一次，已经僵了一年多了。”

黄九恒和事佬的劲头上来了，试探着问：“我先善良一下，有没有和好的可能？我是说……有没有什么误会在里面，是不是都是气头上的一些话？你们两个人性格又强，互相较上劲了？”

晓鸥摇摇头：“百分之零点一的可能性都没有，你不了解小美的这个……丈夫，那是一个彻头彻尾的混蛋，人渣！”

突然，门铃响了。白志勇应声开门，却看不见门外有人，他有些惊讶，接着，一个身影露了出来。

是梁正廷。

他溜达了几步，进来站定，似笑非笑地望着江小美。江小美站到他对面，不客气地说：“我说过，你怎么折磨我都行，别打扰我的朋友，这是我的底线。你想干什么？”

“我来看看你跟什么人混在一起，关心关心你。你是我老婆嘛，省得刚出虎穴，又入狼窝，被坏人占便宜。江小美，我得尽我当丈夫的责任啊。”

听到他的话，一屋子人都无奈地看着他撒泼耍无赖。只见他环顾四周：“哟，这涂鸦不错，有点毕加索、达利的意思，谁画的？”白志勇怒气冲冲地说：“管得着吗，看见她跟谁混在一起了吗？行了吧？该滚了吧？”梁正廷抬头看了白志勇一眼：“你的家？条件不错，多少钱一平方米？你算中产阶级还是资产阶级？想泡我老婆？有足够的资产吗？”

白志勇警告道：“你要是再不走，我就报警。”梁正廷笑笑：“报什么警？我来看我老婆，你用什么理由报警？”白志勇一时想不出词来了，梁正廷得意地对江小美说：“傻了吧？江小美，你想清楚，要么赶紧掏钱，要么就要尽妻子的义务，该陪吃喝陪吃喝，该陪睡觉陪睡觉。”

小美看着梁正廷不说话。梁正廷又阴阳怪气地说：“别瞪着个大眼珠子装傻，一副良家妇女的样子。你们这些新朋友，知道你以前是干什么的吗？知道你的历史吗？”

三个男人没明白这段话，拼命地思考着。区晓鸥有点紧张，忙插话：“梁正廷，侦查完了，也叨叨完了，赶紧滚吧！”梁正廷用手指指晓鸥："区晓鸥，还那么调皮，还那么二兮兮的，一点都没变。"说完，他气焰嚣张地转身走了。

白志勇有些纳闷："我还是没反应过来，他怎么找这儿来了？谁告诉他这个据点的？"

江小美头也不抬，说："谁也没告诉他，他除了吃喝嫖赌以外，还有个爱好，爱跟踪我，肯定是从酒吧跟踪过来的。"三个男人傻了眼，一时无语。江小美慢慢地坐下，依然一脸沉静，区晓鸥关心地坐到江小美的身边。

江小美轻声细语地说："瞒不住了。晓鸥，告诉他们吧，既然，他们是我的朋友……"

26.

每个人都有一段过往。

从初恋到婚纱，应该很美好。年少时的景雅对未来充满向往。

潮汐退尽，谁在裸泳，一目了然。时间是最好的现形药剂。嫁给一个爱好不同，还贪杯、贪玩的男人，让她时时刻刻体会着那种真正的寂寞。白志勇经常整夜整夜打牌、喝酒，那段时间，她整夜整夜失眠。她固执地想，她做了什么亏心事，才会得到嫁给了这么一个男人的报应。

没离婚的时候，她天天担心白志勇，担心他是不是又喝醉了，被人欺负了，或是去欺负别人了，还担心他喝多了，心脏病犯了，被车撞了，或者担心他整夜不归是不是身边有别的女人……

当一个人一次又一次睁着眼睛想事想到天亮，他只剩下两条路，要么崩溃，要么离婚。

原以为是逃离那种空空荡荡的生活，没想到是以另一种姿势，扎进依旧空荡的生活中去。她努力想要忘掉白志勇，可一个男人在她的身边待了十几年，折腾了十几年，忘掉他，是很难的，人不在她身边，影子还在。她离婚后的心情，孤单、迷茫、空荡荡。

好在生活最好的一点，是不会一直刻薄待谁。景雅能感觉到的是，现在的这点冷清孤单，与和白志勇在一起的时候所受的那种折磨相比较，根本算不了什么。两个人在一起时的互相伤害，和一个人的冷清相比，哪种日子更能让你舒服自在，她也很清楚了。这是她和白志勇的这段婚姻给她带来的收获，起码她觉得，与互相折磨相比，冷清的滋味要好受些。

她对面前的儒雅男子讲出这一切时，那个男子说，你放心，以后，我既不会让你孤独，也不会让你冷清，我会永远陪着你。本来景雅应该很感动，有这样一个男人愿意听她倾诉，愿意和她一起忘掉过去，迎接新生，可她依稀想起了那张折磨了她很久的脸。情话他说过，温暖他给过，最后还是一拍两散。

儒雅男子的示好，她懂。大家都是成年人，知进退，懂分寸。

有那么一瞬间，她想回家躲一躲。是最初的那个家，父母给她的家。

那个家，很温暖。

“如果有一个温暖的家，我就不会是现在这个样子。”江小美看着面前的白志勇，“你们不是一直想知道我的历史吗？我的历史很复杂。白志勇怀疑过我身上的刺青，他怀疑得对，那是我经历的一部分。我曾经……用我妈妈的话说，我曾经是一个不良少女，进过监狱。”

蓝白黄三个男人一脸诧异，呆呆地看着江小美。

江小美接着说：“我高中没毕业就辍学了，原因是，父母因性格问题离了婚，我痛恨父母，又在叛逆期，所以用辍学这种手段来报复他们。我开始跟社会上的一些人混在一起，抽烟酗酒，打架斗殴，穿洞刺青……我什么都干，一副女流氓的做派，多次被拘留……我当时那样折腾的理由，也是你们现在高喊着的那两个字，自由。父亲打我，母亲劝我，都没用，我这样混了六年，直到我二十三岁，父亲得了绝症。在他去世前的一个晚上，他跪在了我面前……一个父亲跪在了女儿面前……”说到这里，江小美的眼泪流了下来，区晓鸥的眼圈也红了，面前的三个男人伤感地看着小美……

白志勇将视线从江小美脸上移向窗外，努力克制着眼泪不掉下来。江小美擦擦眼泪：“父亲跪着对我说，孩子，如果我和你妈离婚伤害了你，你想报复我们，你做到了，爸爸痛苦了，爸爸难过了。爸爸向你认错，向你说对不起。可是你要学好，不能这么自己糟蹋自己。”

区晓鸥拉起江小美的手，紧紧攥在自己手里，给她一点安慰。

“父亲去世三个月以后，我当时的那个男朋友，为了抢生意，被人用刀砍死了……我身边最熟悉的、最重要的两个男人双双离我而去，这不可能不触动我，我开始怀疑我想要的那个自由是多么的自私，多么的残酷。还算幸运，当时，我只是那个团伙头目的女朋友，被判了一个知情不报罪，刑期六个月……

“妈妈把我从监狱里接出来的那天，我记得那是在下午，在阳光的照射下，我特别清楚地看到妈妈脸上的皱纹和她两鬓的白发……妈妈当时的那个年纪，不应该有那么多皱纹，那么多白发……”说到这里，江小美的眼泪又夺眶而出，“我跪在父亲的遗像前，当着妈妈的面发誓，我要变回来，变回爸爸妈妈期望中的女儿。我用了整整两年的时间，去摆脱江湖上的那些人、那些事。还好，当时的那些人大部分都进了监狱，没人纠缠我。在这期间，我认识了你们刚才见到的那个人，我现在的老公。他研究生毕业，文质彬彬，善解人意，知识渊博，他跟我之前所有的江湖朋友都不一样。那时候我觉得，他就是我的爱情，他就是我的救命稻草，他就是我的天空……于是我嫁给了他。”

江小美接过区晓鸥递过来的纸巾，双手捂面，许久后才又开口：“爱情，就是瞎了眼，什么也看不见……这句话，说的就是我。”

区晓鸥接过江小美的话：“之后的故事，很俗的一个套路。结了婚，知道了小美的过去，这个梁正廷开始猜忌，不平衡，从而变态，开始折磨小美，他文质彬彬的外表下，是一副自私自利的黑心肠，一个无耻无赖的小人。”

小美缓缓抬头，眼神凄惨，她身后的涂鸦墙壁，幽幽地闪着光。

“别担心我，到今天为止，我还是相信我是对的，我还在喘着气，心脏还在跳，阳光还照在身上，还在喝水吃饭，还有新的朋友，新的希望……”江小美喝了一口水，努力地笑了笑。

这城市夜晚灯火通明，却人心寂寥，江小美的酒吧生意爆棚，区晓鸥给客人上酒，站在远处的安雯向她招了招手。区晓鸥走了过去，安雯在她耳边紧张地低声道：“晓鸥，小美姐进卫生间好长时间了，一直没出来……”区晓鸥点点头，拍拍安雯的肩膀，朝卫生间走去。走到卫生间门口，她轻轻推门，门紧锁着，她只得贴近门，侧耳听着。

门内传来的是江小美的哭声。江小美已经很努力地控制自己了，但她悲伤涌动，越哭声音越大。门外的区晓鸥叹了一口气。此时，一个年轻姑娘走来，想进卫生间，区晓鸥一把拦住：“对不起，有人，你去二楼吧。”说完她抄起旁边的一把凳子，端坐在卫生间门口。安抚不了江小美的悲伤，她就替江小美守着门。卫生间里江小美哭得凄厉无助，像个小女孩。卫生间的门口，端坐的晓鸥眼圈也红了。

人生有人生的悲伤，人前的江小美依旧是热爱生活的江小美。她又一次来到那老旧的居民楼前，将拎着的两大包食物和生活用品放在门口。然后，她敲了敲门，转身就要走。

门很快打开了，走出来的是一位六十岁模样的阿姨。听到门开的声音，小美转过身：“阿姨您好。”阿姨客气地说：“姑娘，你怎么又来了，我们老两口生活上过得去，不用你总这么麻烦。”

“阿姨，您就别客气了，我也是受嘱咐办事，林海特意交代了，他工作太忙，实在没时间过来看您，所以让我每个月必须来一次，知道您没事，他才放心。”

“林海这孩子也是有心了，虽然他现在走了正道，但我儿子死前身边的那些人，我们不想有来往……”

江小美深吸一口气，平复了一下情绪：“修杰对林海有恩，他就让我出面来做些事情。说实话，林海不愿意露面，是担心你们的情绪，怕见到你们会想起修杰，忍不住伤感。”阿姨的脸上略显悲伤，江小美看得心里堵堵的，“阿姨，没什么事就不打扰您了，有什么需要的，您再给我打电话。”

话音刚落，阿姨的身后突然出现一个满脸倔强的老头。一见他出现，江小美略显紧张，硬着头皮主动打招呼：“叔叔您好。”

老头依然板着脸，江小美一时间不知道该说些什么。老头率先开口了，语调很不友好：“说了多少遍了，不是不让你送东西吗？你脸皮怎么那么厚？”江小美不急也不恼，耐心地解释道：“我也是受人之托……”老头蛮横地一挥手：“你告诉林海，我嫌他的东西不干净，他要再送，我就扔垃圾箱里去！把东西拿走！”

江小美尴尬地站在原地。老太太刚想说什么，被老头一把拉进了屋里。

“砰！”门关了。江小美只好拎起东西往回走，区晓鸥见状，急忙把车开了过来。

看着江小美手中的东西，区晓鸥眉头微蹙：“这送钱送物都六年了，以前老头儿反应没这么强烈吧？”江小美声音低低的，看得出来她心情很是不好：“阿姨悄悄告诉我了，这两年老头儿的脾气变得越来越古怪了。”区晓鸥思考半晌：“是不是……老人家知道咱们是假借林海的名义，给他送钱送东西，才这么蛮横？”

“有可能。以前送钱送东西，好像老头也不怎么知道，应该是老太太怕老头伤心，刻意瞒着他。”

“那怎么办？换个人送？或者让林海打个电话，解释一下。”

小美摇摇头：“毕竟当年的林海也不是什么好鸟，况且，我和修杰的那帮弟兄早就没了来往，我也不想跟他们来往。还有，那些人要是知道了这件事，肯定会大张旗鼓、热热闹闹地给老两口送钱，老头老太太看见他们，想起死去的儿子，会更难受。”

“是，再把老头儿给气死……”

“滚！这事必须保密！”

晓鸥抬眼，无奈地点点头。

江小美叹了一口气，说：“老两口现在是低保，两个人都有病，不帮还真不行。”

区晓鸥像是想起了什么，问：“还有一个悬念，这老两口到底知不知道你和修杰是什么关系啊？”

“修杰死之前，我见过老头老太太两次。不过，毕竟六年了，我也不确定他们知不知道我是谁。”江小美伤感地说。

“六年前谁都知道杰哥和樱桃姐的故事，杰哥的父母，不可能被屏蔽吧？”

江小美长长地呼出一口气：“就算他们知道我和修杰的关系，也要想办法帮。”

27.

江小美早想明白了，她是坚决要和那个人离婚的。但想要他同意，就必须掏这三百万，所以她的憋屈不是认识上的，而是钱上的。她就是一个普通人，每天早晨醒来都在想，怎么办，怎么办，怎么办。这件烦心的事都快把她折磨疯了。砸了锅卖了铁，她也不可能凑够这三百万。三百万啊。

与君子斗，不与小人斗。梁正廷威胁过她，如果上法院，他会一辈子折磨、纠缠她，而且他绝对说到做到。悲哀的是她也相信他能做到，她了解他。

他俩的事，说简单也简单，说复杂也复杂。梁正廷喜欢江小美，是因为她气质和性格上的与众不同，用梁正廷的话讲，她身上的那种坦诚和江湖气深深地吸引了他。当时江小美爱上梁正廷，则是因为他是她没有接触过的知识分子类型，温文尔雅，风度翩翩。而且那时候，他对她确实好。被捧在手里的感觉，真好。有时候她想，人生的追求，就是这么简单。

可结了婚，时间久了，他内心里的那种贪婪、狭隘、小心眼，慢慢暴露了出来。有一段时间，他甚至很变态地拷问她和第一个男朋友交往时的种种细节，让她觉得恶心。他的这些恶习，恰恰是她最厌恶、最不能容忍的。

爱情，就是瞎了眼。那时的江小美急需一场爱情，太着急，所以看错了这个人，她被自己的眼睛给欺骗了。热恋中的女人，完全可能被眼睛欺骗，应该用脑子去看。问题是，那时候的她没脑子，智商为零。叹人生不能重来，后悔就成了人生的主旋律。

而她再怎么后悔，也还是有人关心她的。比如林海。如今他是生意人。此时。吧台边，林海正跟区晓鸥聊着天。

林海问：“酒吧收入怎么样？”区晓鸥面带愁容：“收入一般，百分之九十付了房租和员工工资，加上水电气和税，剩不下多少……”

正聊着天，有人走了过来，主动和林海打招呼：“海哥，您吉祥。好久不见。”林海斜眼看着这个人，他正恭敬地看着林海。林海才不管对方的态度，依旧斜着眼，声音里透着蛮横：“以后见了我，别叫海哥，叫林先生，懂吗？”那人语气极为尊重：“明白，林先生。”林海皱了皱眉：“听说你还在混？小子，干点正经事，别再混回监狱。闪吧。”

那人快速走开了。林海收起斜眼，面向区晓鸥：“经营上，需不需要我帮帮你们……”此时，江小美正快步走向吧台。林海听见脚步声，缓缓回头。小美停下了脚步。林海上下打量着江小美。江小美则平静地盯着林海，也不说话。

最后，是林海主动打破了沉默，他笑着说：“晓鸥姑娘刚告诉我，你改名了。江小美？好俗的名字。”小美缓缓坐到吧凳上，一脸凛然之色。林海还是笑了笑，“名字变了，表情没变，还爱板着张脸。”

江小美转头看着林海：“林海，别嫌我不礼貌，我不想和六年前那个圈子里的人再有任何来往，请你尊重我。”林海点头：“明白，我要是你，我也这样想。但打扰三分钟，听说你在暗中帮助杰哥的父母……”江小美冷峻地盯向区晓鸥，区晓鸥连忙举手做投降状：“不是我说的。我保证。”林海主动打圆场：“我是听老太太说的，六年来，你一直假借我的名义，给老两口送钱送东西。感动，仗义！”

江小美有些惊讶：“修杰的妈妈知道我是谁？”林海点点头，道：“当然。”小美微微点头：“对不住了，借用了你的名字。”林海大咧咧一挥手：“放心，随便用，我早就退出江湖，改邪归正了。现在做点小生意，娶妻生子，喝喝酒，看看球，旅旅游……”

小美打断他的话：“我不想跟你聊家常，三分钟快到了。”林海叹了一口气，声音有些无奈：“我每年给老头老太太送过去的钱，无一例外都被扔了出来。我想在你这里加个磅。”

小美冷眼看着林海，不说话。林海从包里掏出二十万现金，放到吧台上，说：“算我一份，这钱是干净的。”

区晓鸥很感兴趣地看着现金，又看向江小美。

林海轻声说：“二十万，不多。”江小美眼皮也不抬，说：“如果你不拿走，我替你做慈善，三公里外，有个工地，我会站在楼顶，把钱给你扬下去。”林海苦笑一声，讷讷地说：“我信……”

江小美极为真诚地说：“林海，谢谢你，但你已经让我感觉到痛苦了。求你了，我的过去，我真的不想再去回顾。希望你以后不要来见我，不要打电话，不要关注我，也不要去关注老头老太太……这样做，才是对死去的杰哥最好的报答。”

林海冷着脸，不说话。江小美转向区晓鸥，说：“晓鸥，也不要让他在你这里拐弯抹角，让我知道了，你马上给我滚蛋。”

区晓鸥轻声应道：“知道了。”

江小美又看向林海，声音柔和，却有着不容拒绝的力量：“对不起，三分钟到了。”

有些人点到即止知进退，而有些人不请自来死乞白赖。对，后者说的就是江小美的丈夫梁正廷。正如江小美所说，梁正廷极擅长盯梢，总能出现在她经过的地方。

“有事吗？”江小美面容冷峻。

“有事儿。就是来问问你，你是不是还坚定不移地想要和我离婚？”梁正廷问。江小美给了他肯定的回答：“这个想法，到死我都不会动摇。”

正巧拎着菜的区晓鸥从远处走来，站在旁边，听到梁正廷说：“好，给我三百万，否则我不会离，这个前提我到死也不会动摇。”区晓鸥按捺不住了，走上前去，正对着梁正廷：“你耳朵聋吗？她告诉过你多少遍了，她没钱！她有多少钱你应该知道。”

梁正廷冷笑一声：“我不是给你出过主意吗，你姑姑和姑父是做生意的，大款，三百万洒洒水，去跟他们借。”江小美怒气冲冲地说：“我对你的无耻，从来没有判断错。告诉你，不可能！”梁正廷摆摆手：“那就别想离婚，耗着，看谁耗得过谁……耗得你青春不再，耗得你成为一个中年妇女，满脸皱纹，满脸沧桑，我绝对会替你伤心的。”

小美已经习惯了梁正廷的无耻，脸上是无动于衷的表情。倒是区晓鸥，气得咬牙切齿。梁正廷依旧不急也不恼，似乎成竹在胸，警告道：“再说一次，这婚，不给钱，我是不会跟你离的。”说完，他转过身，边走边说，“侠女区晓鸥，帮我劝劝我老婆，让她想明白一点。”

区晓鸥把手里的青菜砸向梁正廷的背影。梁正廷似乎早料到她会有这么一手，灵活地躲开了。区晓鸥朝他吼道：“早想明白了！就是砸死你！为民除害！”

梁正廷笑嘻嘻地捡起地上的一根黄瓜，咬了一口，美滋滋地离开了。而江小美和区晓鸥极为郁闷地站在原地，一筹莫展。

区晓鸥说：“咱俩刚认识的时候，你老跟我说，一个女人的品位，体现在她身边站着一个品位怎样的男人……”江小美苦笑一声：“我记得这句话。可现在，我身边站着的这个男人，是个一个连假装有品位都嫌累的流氓。”

区晓鸥郁闷地看着江小美，一时不知道能说些什么。

江小美叹了一口气："有时候我在想，我算是一个有正常智商的女人吗？还老觉得自己机灵、聪明，我连选一个老公都能选错。"区晓鸥点点头："一个女人一辈子当中，最重要的事情之一，就是选对一个男人。可是，你选错了。"

江小美看着远方，眼睛里充满哀伤："也许，这是对我以前那种乱七八糟生活的一种报应，我活该。"说到这里，她又郁闷了，"当年我确实是被他的外表欺骗了，他就像一个标本，肮脏的内心外面贴了一张漂亮的面具；长着一张男人的脸，却藏了一副龌龊的小肚鸡肠。"

"看来老话永远有道理，男怕入错行，女怕嫁错郎。"区晓鸥目视着前方。江小美说："还好我们早就已经分居了，我现在要做的事情就是快刀斩乱麻，赶紧把这婚给离掉。"

区晓鸥看着江小美："这事儿要是摊在我身上，我愁都愁死了，早不知道崩溃了多少回……至少，我得找几个人把他暴捶一顿！"江小美笑了："以前的我会这么做，但现在，我不会。一个人伤害了你，去报复他，结果往往是伤害了自己。"区晓鸥感慨道："江小美，照顾着前男友的父母，忍受着现老公的凌辱，还没垮掉，我真羡慕你的冷静，还有……坚强。"

江小美的表情很平静："这不是坚强，这是无奈。因为我没有别的出路，没有别的办法，我只能这样。我不想做一个怨妇，喋喋不休，痛哭流涕地向别人诉说自己的不幸和苦难，去获得别人的同情和怜悯，那样还不如我自己扛着呢。"

28.

无论日子怎么样颠覆，生活总要继续。

蓝天愚看着身边的两位苦难兄弟，说：“我冥思苦想了好久，咱们几个的颠覆方案中，最容易实现的，还就是白志勇的了。”

白志勇愁眉苦脸地说：“容易个屁，我觉得我的这个目标是最难的。”黄九恒同意他的看法：“是啊，白志勇的想法是要在他心里真正忘掉他前妻。但她是他唯一有过深入关系的女人，哪有那么容易！哎，白志勇，你这堂堂形象，亏不亏？”

蓝天愚摆摆手，说：“黄大师，先别贫，我说你们俩轴啊！俩杠子头吗！咱们一直在谈强迫自己改变，那白志勇能不能也强迫自己一下呢？”白志勇很好奇：“怎么强迫？”

蓝天愚提议：“强迫自己再谈一次新的恋爱？强迫自己改变的理论不是你也同意吗？万一这个新的恋爱、新的女人，能让你怦然心动，那不正好顺理成章吗！”

黄九恒眼睛一亮，微微点头：“有理。”白志勇则看着蓝天愚，没说话。蓝天愚接着激昂：“忘掉前妻，最好的办法就是认识一个新的人。两口子在一起时间长了，会形成一种平衡，其中一个人离开，则定会让支撑这个平衡的支点也消失，人就会晃悠，会晕。”白志勇有些懂了：“明白，所以我必须寻找到一个新的支点来顶上，形成新的平衡……”

黄九恒看着白志勇，把手掌举起放在白志勇脖子上方："这是一把刀，说心里话，你排斥新的女人吗？你如果说假话，这把刀让你头断血流。"白志勇还在思考，黄九恒收起手掌，白了他一眼，"还天天说我面，瞧你那㞞样……"

白志勇想了想，真诚地说："这种事，不得不面，不得不㞞。"

"你跟人家景雅离了婚，还到处鬼鬼祟祟侦查人家，我怕你这样下去，心理上会变态，极容易滑向犯罪的边缘。"黄九恒提醒他。蓝天愚眼睛一亮："所以，让他迅速谈一场恋爱，也许是个好的选择。"

白志勇犹豫着："那就……试试？"

既然白志勇松口，就得找个秀色可餐的地方。三人相视而笑，一拍即合。

交了费，六只眼睛在健美操班里的成员身上打量来打量去，入得法眼的，只有健身教练伍倩了。等跳健美操的学员都走了，三人还在磨磨蹭蹭。伍倩忍不住催促道："你们三个，快点收拾东西，要锁门了。"

蓝天愚边收拾边说："老师，我们三个动作慢，麻烦您再等等。"伍倩笑了笑："叫教练，现如今把老师这个称呼都叫烂了。老师是燃烧自己照亮别人的蜡烛，我可不敢当。"

黄九恒一边往外走，一边指着蓝天愚说："好，好……教练……我们三个人当中啊，主要是这位同志慢，他是一根真正的蜡烛，大学中文系老师，干什么都慢条斯理四平八稳的。而最嘎嘣利落脆的，就是这位白先生了。”

白志勇小声对蓝天愚说：“先不要这么急吧，慢慢来，这老黄上来就表扬我，太心急了，跟推销似的！不好，不妥。是不是？”

伍倩站在门口，低着头边刷手机边等他们。

蓝天愚也小声说：“不急怎么行呢？机会就在转瞬间！这么优秀的人，万一被别人抢了先呢？得急！得大急！”说着，蓝天愚和白志勇两人也开始往外走。蓝天愚走近女教练，“教练，咱晚上……一起吃顿饭吧？你看，让你在这儿等着我们仨，怪不好意思的，算是给你赔个罪。”

伍倩当然明白几个人的意思：“哟，你们真够不认生的啊，经常这么直眉瞪眼地请女人吃饭吗？白志勇急忙贫嘴：“不不，不经常，偶尔为之。经常的话，那不是太轻浮了吗？”

伍倩一边锁门一边说：“我今天晚上有事，不能跟你们吃饭，但不是你们想的那样半推半就玩矜持。还有，好心告诉你们一声，以后千万别再用这种没有智慧含量的方法搭讪女性，实际上女人是不喜欢这一套的，弄巧成拙了。明白了吗？”

蓝天愚和白志勇丧眉耷眼，黄九恒硬着头皮说：“行，谢谢高人指点。”伍倩利落地打断：“不用谢我，还有第三点，你们还用这么烂的招儿邀请女人吃饭，不太像你们这个岁数的人干的事儿……”说完，伍倩袅袅地走了。

三人站在门口，有些沮丧，看上去傻乎乎的。蓝天愚叹了一口气：“记住，泡妞是很艰难的，这种失败是很正常的，一见钟情、水到渠成什么的都是瞎掰，骗骗小孩还行。怎么着，白志勇，咱还要不要再下一程？哥们儿听你的！”

白志勇皱皱眉：“这个再下一程……可以！但是……必须讲究点正确的方式方法了！今天下午主要是没有思想准备和实践准备，为了保证下一程的顺利，开始研讨！”

三人在白志勇的家里研讨到深夜，然后满意地点点头。继续行动！

伍倩背着斜跨运动包，英姿飒爽地走进健身房，意外地发现健身房里只有白志勇、蓝天愚、黄九恒三个人。三个人见伍倩进来，马上起身一起迎上前去。

伍倩边走边说：“哟，三位，够早的呀！”黄九恒跟在一旁：“昨天我们这位白志勇同学，在家里刻苦复习您教的动作，从中发现以及觉悟出一些灵感和真谛，他想向您汇报一下。”

伍倩站定，好笑地看着白志勇：“你真复习了动作来着？骗谁呢？”白志勇信誓旦旦地保证：“不敢骗，这种事咱不玩虚的，复习了就是复习了，黄九恒同学可以作证！”黄九恒满脸真诚地点头：“我确实可以作证，他真练了！尽管很难看……”

伍倩放下背包，笑着说：“行，那你就跳给我看看。”白志勇为难地左右打量：“我现在还真没有单独跳的胆量，一堆人在一起混混还行，其实……我想说实话……”

伍倩接上他的话：“我也想听实话。”

白志勇咬咬牙，说：“我们就是想认识你。你看，我们仨都不像那种招摇撞骗的土流氓吧？我们确实……想跟你交流。从行为逻辑来讲呢，确实像泡妞，也确实不太礼貌，可是我们确实不知道能用什么更好的方式去……泡妞。”

伍倩笑笑：“像是实话。”

蓝天愚补充道：“那我接着说实话。昨天晚上我们商量了来着，用什么办法能把你约出来，吵了两个多小时，最后确立了这个方式——实话实说。教练，就给个机会吧。”

白志勇观察着伍倩，黄九恒继续说：“喝咖啡，吃饭，喝酒，您挑！”

伍倩突然来了点兴趣，毕竟，见过耍流氓的，没见过耍得这么理直气壮的。“别贫了……”她白了他一眼，“你们三个人在健美操班里，一看就是这个环境当中的异类，太不像诚心要练健美操的。所以，想知道你们是有目的而来的，不用那么高的智商。行了，说吧，你们到底想干什么？”

黄九恒上前一步：“我来吧，我说！来健美操班的目的呢，就是——给我们这位白志勇同志找女朋友。”

伍倩沉着地看看白志勇，白志勇倒有些不好意思了：“对对，为了给我找女朋友。我们仨在整个健美操班的学员里看了一圈儿，真的，不带忽悠人的，最让人心动的，就是您了，有气质有格调，霞光！”伍倩笑了笑：“我听我小姨说过霞光的意思，我不敢当。但是你们很坦诚，我喜欢！”蓝天愚夸张地松了一口气：“哎哟，您说喜欢，我就松了口气，这几天可把我们紧张死了。”

“我还真没看出你们的紧张来，倒是看出来你们很熟练，年轻的时候一定是经常有这样的行为吧？”

白志勇真诚地说："教练，我继续说实话，不经常……只是偶尔。还有一个想法，你要是觉得吃饭、喝咖啡俗，我们可以请你去钓鱼。一女的，拿根鱼竿，坐在水边，多酷啊！"伍倩好奇地问："喝咖啡、吃饭、再钓鱼？这也是你们设计好的？"

"对，设计好的，也是我们在两个多小时的讨论里琢磨出来的……"白志勇大方承认了。伍倩眼睛亮亮地看着白志勇："喜欢你的实话实说。——我叫伍倩。"

说钓鱼就钓鱼了。也说不清是在钓水库里的鱼，还是岸上的鱼。伍倩看着水面，静静地说："你们是不是特想知道我有没有老公？我因为婚姻生活很不幸福，离婚了。"

黄九恒不好意思地摸摸头："是，是。是这样，首先呢，我代表我们仨，为这种生扑的方式道歉……主要是我们觉得你和白志勇挺合适，有夫妻相……"

伍倩笑了笑，没说话。蓝天愚见势赶紧补充道："我简单介绍一下白志勇的情况啊，四十一岁不到，品德尚可，身体健康，没有传染病。"

白志勇紧张地看看伍倩："对，三代以内，平均寿命71.5岁，没有癌症史，没有遗传病史，没有犯罪史……"

"有房有车，没有老人，没有孩子，经济上没有负担……"

听了蓝天愚的话，伍倩还是笑。白志勇纳闷了："你为什么老笑啊？是不是觉得我们这种方式特别不靠谱？"

"当然不靠谱了。先别说咱俩交朋友的事，咱们先一块儿交个朋友，相互了解一下再说，怎么样？”伍倩大方地答道。

29.

人一上了年纪，身体就容易出毛病。修杰父亲患心脏病好多年了，全靠几款廉价的药死撑着。他能感觉到自己的身体一天不如一天，心脏老化的速度快过别的器官。人终究是有一点恐惧的。但一想到那高昂的药费，他又觉得自己死得太慢了。

无论家庭状况怎么样，人一倒下来，家属还是会手忙脚乱送医院。

修杰母亲正在厨房择菜，听到客厅传来重物撞到地上的声音，循声望去，倒地的，是老头子。常年相伴于侧，她自然是知道老头子身体的情况。她冲过去的时候，老头子正手捂胸口，浑身颤抖，脸色发白，嘴唇直打哆嗦。这不是第一次了，然而她还是很慌。摸了半天，才把手机掏出来，拨打了急救电话。

两个医务人员推着担架车从小区大门走出来的时候，江小美恰好在外面的广场边停好车。她看到了一张熟悉的脸。

她开车跟着救护车，中途闯红灯也顾不上。到了医院，江小美又忙前忙后，交费，办住院手续，询问医生后得到老头子无大碍的回答，心里的一颗石头才落了地。然而她的事情还没有忙完。她到医院门口的小超市买了生活用品，给修杰母亲送了过去。

老头醒着，看到她，仍旧一副坏脸色。她习惯了。倒是老太太一脸歉意，碍于老头子的倔脾气，又不敢表现得太明显，只能底气不足地说住院费会还给江小美，让她以后别再管他们的事了。

老头子倒是一点也不留情面，戴着氧气面罩，受着别人的好，仍旧摆一张臭脸："你要还想让我再多活几年，就别再让我看见你！"

这是江小美的软肋。她尽心尽力，不就是为了俩老人活得舒心、长久一些吗？她暗自叹着气走了，也不知身后留给她的，是怎样的目光。

第二天，放不下心的江小美又来到医院，向护士长询问老头的情况。

提到这两个老人，护士长一脸痛心。她可是亲眼看到的，老两口为了省钱，只喝粥吃青菜，也不请护工，这样下去，怕老太太身体也会垮掉。这样的事情，现在见得少了，反倒看得人心里一抽一抽的。

"我是15床病人已逝儿子的朋友，老人对我有点排斥……"江小美有些伤感地看着护士长，"因为两位老人没有直系亲属，又不愿接受我的照顾，所以，我想请你帮个忙。"

护士长心善，知道江小美无恶意，便点点头。

"能不能让老人多吃点补养身体的东西，就说是医生要求的，餐费由我来结。"护士长点点头。江小美接着说，"还有，能不能以医院规定为由，说老太太不能长期陪护，由医院指派一个护工，护工的价格，只跟老人说每个时间段只需五十块钱，剩下的钱，由我来补。”

护士长一一同意：“善意的谎言，没问题，我马上请示领导。”江小美长长舒了一口气：“谢谢了。”

然而，仅仅两天时间，江小美所做的一切就被修杰母亲看穿了。她妹妹是市立三院的老护士长，她知道这两天的餐费和医院派给他们的护工，费用都不是目前的价格，便把江小美约了出来，直白地问江小美：“是不是你在背后帮我们？”

不承认是不行了，但江小美还想以沉默表达最后的挣扎。

“姑娘，我还没有老糊涂。”修杰母亲定定地望着江小美。

江小美叹了一口气，只得承认：“阿姨，我怕你们舍不得花钱，对叔叔的身体恢复不利。而且您的年纪，您的身体，也经不起这么折腾。”

“首先，我向你表示感谢，但是，如果让老头子知道了这件事，他又该着急上火，反而对他的恢复更不利。”

小美走上前一步，握住修杰母亲的手：“那您为了叔叔的病，先不要告诉他这件事，行吗？”

老太太在犹豫。倔老头的脾气，她最清楚不过。小美继续劝慰道：“阿姨，千八百块的事，不用在意，到时候您再还给我不就完了吗？”

老太太拗不过江小美，只好点点头。千八百块，说多不多，但她早就掏空了积蓄，日子过得紧巴巴。

“值得吗？”区晓鸥问江小美。

这三个字，江小美也曾问过自己。每次看到老头子死倔死倔的眼神，她就很难过，就会怀疑自己的付出。她的心是热，但也需要有人来给她暖一暖，总拿冰块来冷却，她也会心凉的吧。委屈归委屈，她也能理解，当初一行人混迹江湖，老头子的儿子死了，他们老两口怎么可能和一个跟儿子混在一起的不良女青年其乐融融呢？但至少她还活着。再难受，再委屈，她也不能放弃。

人心都是肉长的，老头子也有一颗豆腐心。江小美的好，他怎么可能看不到。她越忍受他的刻薄，他就越谴责自己。他总问自己，自己是不是太不近人情了？但是，他心里苦。失去儿子的这种痛苦，不是有一个毫不相干的姑娘来照顾就可以化解的。多么可爱的儿子，他孝顺，懂事，只是翅膀硬了，飞得高了，摔了一跤。若是儿子飞低一点，也许就不会这样。

是不是自己前世造了太多的孽，今生还到儿子身上来了？越这样想，他就越把悔意与恨意挂在脸上。当他的恨意盖过悔意，露出来的，就是一副连他自己都觉得可恶的嘴脸。一看到江小美，他就会不停地想，如果儿子修杰还活着，现在的日子会是什么样子？

他想不出来。

恨也恨了，悔也悔了，拒也拒了，老头子后半辈子坚持的事，躺在床上这几天好像有点想明白了。但又好像没想透，缺了点啥。有一层窗户纸，可能真需要借助点外力将它捅破。

他想试一试。给自己机会，也是给别人机会，放过彼此。

“给江小美打个电话吧。”老头子对老太太轻声说。

他坐起来，穿了一身新衣服，然后摇摇摆摆地坐到轮椅上。他本来是不想让老太太扶的，可心思再强，也拧不过病态的身体。他认命了。

江小美很快就到了，老头子依旧板着脸，倔强如初。她有点忐忑，怕惹老头子不高兴。

“你第一次送钱来，我们就知道你是谁了。你和修杰什么关系，我们也一清二楚。”老太太先开口了，没等江小美说话，她又接着说，“委屈你了，姑娘。”

一股酸酸的感觉直冲江小美的鼻梁，她的眼里起了雾。她不缺这一声软话，可那软话依然如同一把小锤子，敲打着她佯装坚强的心脏。她得憋住，不能让失控的情绪扰乱自己的思维。

“你假冒林海的名义，我们也都知道。六年了，你替死去的儿子照顾我们，我们也早知道。”今天的老太太竹筒倒豆一般跟她讲出了心里话。小美只能点点头，一时不知要说些什么。

这时，老头子终于开口了，他问：“你当年天天和修杰混在一起，他死了，我又怎么能接受你出现在我们面前呢？这不是一种新的折磨吗？”

“所以我们才要改变。我也不想一直保留修杰前女友的身份，我想成为你们的朋友。”江小美的眼中，满是真诚。

老头子本是想好好说话的，可一看到她，心就硬了，话也不能好好说了，他依旧蛮横地说：“如果你一直出现，我们就一直忘不掉死去的儿子。这是朋友应该做的事情吗？”江小美努力保持语气柔和，望着老头子的双眼，轻声问：“如果我不出现，你们就能忘记吗？”老头老太太想说什么，终究是没说。

江小美接着说：“我有三个好朋友，都遭受了家庭上的无解之痛。他们的行为和感受告诉了我一个道理，苦难，是不可能靠回避去忘掉的，只有勇敢面对，换个活法，才能忘掉过去，不再郁闷。”

老头和老太太看着江小美，像是在思考，一时沉默无语。

“我这三个朋友，使用了一个词，颠覆。我斗胆跟你们有这次谈话，也是想到了这个词。”江小美诚恳地说。

老头子有些愕然：“我们这个岁数，颠覆？

江小美上前一步，深情地望着两位老人：“叔叔，阿姨，你们的年纪并没有那么大，六十几岁的人，不能算老。如果你们忘不掉死去的儿子，一直沉浸在修杰的阴影中，就不可能有新的生活，也不划算。我自己也是熬过很长时间才摆脱了修杰的折磨，有了新的生活，这种改变，这种忘掉，是天堂里的修杰希望看到的。他虽然做事不计后果，但他是个孝顺的儿子……”

想到儿子，老太太哭了。老头子依然板着脸，他想，他可不能像老伴儿那样没出息地掉眼泪。可是，他也快忍不住了。

看着老头子，江小美忽然生出他就是一个老年版白志勇的感觉，急忙咬了咬嘴唇，提醒自己赶紧从胡思乱想中跳出来。她知道，老头子的心结快开了，只差临门一脚。这一脚，急不得的，得他自己踹。她愿意等。哪怕，再来一个六年。

30.

黄九恒做梦都想要一个孩子。可这终究是梦，只能在午夜时分想一想。白志勇懂他，曾经很严肃地问过他："我再问你，你是不是真的特别想要一个自己亲生的孩子？"

黄九恒没否认。但拿他的做人原则来说，梦想也是有原则的，那就是责任。他还没离婚呢，跟谁生孩子去？无论林响对他隐瞒了怎样的过去，在他心中，她仍旧是个好妻子。他也知道，这个错误也不是她愿意、故意犯的。可是啊，他就是想要一个自己的亲生骨肉，这种想法在他脑子里挥之不去。

梦想远去，梦魇至。他害怕万一。万一女儿这事真包不住了，真的认了她那个生父，他肯定会撕心裂肺，痛苦万分，心里难以平衡。所以，他应该趁早找到一个支点，找到一个能让他解脱的办法。他现在身强力壮，再晚一点，就来不及了。

他理解当父亲的责任。所谓父亲，就在是孩子长大成人的过程中，有力气替孩子遮风挡雨。孩子病了，能背着孩子去医院；孩子受欺负了、受委屈了，可以为孩子去伸张正义。从他的年龄来算，他现在要一个孩子，还有力气去保护孩子。他可不想成为一个白发苍苍的老父亲，被人从背后指指点点说，这是孩子的爷爷……

"如果你真的想，我有一个计划。"白志勇意味深长地拍拍他的肩膀，“如果这事很难，有曲折有坎坷，你愿不愿意干？”

愿意。这是黄九恒心底的声音。他为什么不去争取一下呢？

但当白志勇透露出他的妙招时，黄九恒傻眼了。

代孕？黄九恒有些为难，犹犹豫豫地说：“这属于偷偷摸摸的违法行为啊，我接受不了这种方式。”白志勇便大手一挥，说：“老蓝，说说你找到的资料。”

不得不说，蓝天愚找到了不少资料。从国外到国内，从地上到地下，一一罗列给黄九恒听。黄九恒听着听着，反对的决心竟渐渐小了。

“老黄，对不敢尝试的人来说，任何事情都是不可能的。要想知道梨子的滋味，就得亲口尝一尝，糖分、水分、软硬，看看这梨的条件怎么样。”蓝天愚趁热打铁，一指资料：“我给你选了个合适的捐献者，离这儿还不远，六十三公里。”

见黄九恒还苦着脸犹豫着，白志勇兴奋地拍了下他的肩膀：“对对，去郊区散个步总不犯法，你不能辜负了我们这俩麒麟的苦心吧？明天就去！”

第二天一早，白、蓝两人便带着心神不宁的黄九恒去了郊外的镇子，引路的人就在这里。又走了很远的路，才见到一个二十八九岁的健硕女子，小玉。

白志勇与蓝天愚花起钱来一点也不含糊，为了黄九恒的心愿，他俩可算是操碎了心——只是和小玉单独谈谈，就得付费三千。黄九恒一听就不乐意了，但蓝天愚才不理会他的不乐意，在得到小玉一个自觉自愿的回答后，掏钱掏得特起劲。

但这种灰色活动还没开始，镇上的警察就出现了。原来他们早就盯上了这家代孕机构，正准备收拾这伙人，三人正撞上了枪口。在警察局解释了半天，又交了三千罚款，三人才灰溜溜走了。

算起来，这是他们几个自颠覆行动实施以来第三次遇到警察了。黄九恒有些郁闷，何必要试管婴儿呢？何必要代孕呢？林响不过三十六周岁，三十五岁以上的高龄产妇多的是。只要他想，林响是愿意的吧。他想回家了。

回到家，吃完饭，黄九恒下意识地安排林响看电视，小蕾写作业，而他自己刷碗、削水果。林响和小蕾惊奇地看着黄九恒，黄九恒则纳闷地看着母女俩："怎么都用这种眼神看着我？"黄小蕾笑着指指他："你今天回家又主动做饭又主动刷碗的，爸，书上写了，过于热情，过于讨好人，往往是因为干了什么亏心事。"

黄九恒看看老婆，又看看女儿，嘴硬道："你这都看的什么书啊？告诉你黄小蕾，以后不许看那些乱七八糟的书！既然这样，那我歇着，你妈刷碗，你去擦地擦桌子，都给我洗干净、擦干净啊！完了以后，一个给我揉腿，一个给我捶肩！"

黄小蕾撇撇嘴，郁闷地吐槽一句："恶霸！"

林响看着黄九恒，笑了。

景雅问过白志勇，他真是一个无后的信徒吗？他真的不喜欢孩子吗？答应是肯定的。他选择自由潇洒的生活，不想在时间和经济上受孩子的拖累，不想因为孩子受到委屈而让父母痛苦。

而景雅有这样的问题，只是因为她发现自己身边的人全变了。很多原本是丁克一族的朋友，过了四十岁，甚至五十岁，丁腻了，又改变了看法，急三火四地要孩子。

但孩子哪是一蹴而就的产物。

白志勇还是那副浑不吝的样子，笑嘻嘻地望着她，不依不饶地问："不对，你不是会自己想到这种问题的脑子，你是不是有什么想法？如果有想法，我可以帮忙。"景雅浅笑："滚一边去。"

在白志勇看来，景雅是不喜欢小孩的，可前些日子，她母性初绽。她在广场上看到了一个小孩子。那孩子小小的，萌萌的，皮肤吹弹可破，睁着一双水汪汪的大眼睛，懵懂地看着这个世界。

他的世界里有她。而她，早些年因为白志勇而将孩子排斥在她的世界外。受了白志勇的影响，她也觉得有孩子挺麻烦的。可如果家里有个孩子，或许这家就不是今天这个样子了。

征询了孩子母亲的同意，景雅上去抱了抱他。孩子入怀的那种温暖感觉，她从未体验过，那一刻，竟有些贪恋。从那一刻起，只有景雅知道，她有多想要一个孩子。

她有一个心理医生，姓仝。从三年前起，她每个月都会去他的诊所。他知道她所有的秘密。从最初的那个意外，到她为什么要打掉和白志勇的孩子，以及她后来为什么要和白志勇离婚。当家里出现山崩地裂的声音，唯有那个诊所给她安宁。

她对仝医生说，她想要个孩子。心理医生是个很好的倾听者，然后因势利导给出方案。他能听到景雅内心的渴望，懂她深夜时的寂寥。他问她有没有想好，她点了点头。

她去问过很多机构，要孩子倒是有很多方法。但看到具体方案时，她又犹豫了。比如人工授精，虽然对方有一套严格的保密措施，可她以后该如何向孩子解释连她也不知道孩子的父亲是谁？那会让她纠结半生。

思来想去，也只有白志勇最合适了。

于她而言，人生的无奈，莫过于分开后还靠近，扯不断理还乱。那么，当初何苦在一起？又何苦分开？

31.

狼狈。这是和伍倩聊天的直观感觉。

蓝老师撰稿，白志勇主背，一路发挥行云流水，结果，仍然被伍倩无情地看破了。聊天的过程中，白志勇顾盼生辉，伍倩却总把热情的眼神投向蓝天愚，这让白志勇有些郁闷。

情况好像有点不对。“蓝天愚，你有点抢戏了啊。”黄九恒悄悄警告他。

警告也无用。有些事，得两头热乎。蓝天愚、黄九恒特别想促成伍倩和白志勇，可伍倩的双眼也没闲着，她看到了一个为朋友上蹿下跳、两肋插刀的男人，一个眼神坦荡、干净的男人，她一眼就能看清他想的是什么，又想干什么。

而白志勇心怀鬼胎。他总是不经意地拿伍倩和景雅来比较，习惯了和景雅温水煮青蛙式的恋爱，这种速食的爱情，他有点吃不消，始终感觉噎得慌。他有点想后退。

然而他的退堂鼓被黄九恒一脚踹得稀碎。男人之间的友谊很是奇特，稍一撺掇，便有了再战的勇气。他决定约她看电影。年轻人拍拖都是这么干的。

“四个人一起吧。”她回复他。白志勇有些别扭，这是答应，也是拒绝。但他不可不去，于是穿得光鲜亮丽赴约，还硬着头皮解释，那两个家伙有事，暂时来不了啦。

伍倩哪里会不懂。他俩未必有事，明明是不想当电灯泡，好仗义。如此一来，倒显得蓝天愚是真可爱了。

这电影看得那叫一个窝火，演的什么，不知道，整个过程里两人总共说了二十几句话，十几句都是在问蓝天愚的情况，七八句问在黄九恒的情况。白志勇丧丧地觉得，这伍倩，肯定是看上蓝天愚了。真郁闷！真丢人！

他上下打量了一番蓝天愚，自尊心都快毁了！他哪里不如这个书呆子了！优柔寡断，磨磨叽叽，偏偏有人瞎了眼！他真是越看越来气。而蓝天愚没做亏心事，自然什么都不怕。相反，他还有点沾沾自喜，个人魅力啊，挡都挡不住，看来，他得重新认识一下自己了。

“是金子总会发光的。”蓝天愚一语双关，倒激起了白志勇的豪情：“我想好了，不再遮遮掩掩，挑明了说，大胆示爱！”

向死而生，求生机。白志勇豁出去了！怕啥，他不出手，便宜了下一位。大不了不做朋友，再说，他也不缺朋友。

坦诚局！白志勇勇敢坦诚了，还是感觉这一刻无比漫长。伍倩认真地听着，倒觉得他更可爱了几分。不遮遮掩掩，这是她喜欢的方式。

遗憾的是，白志勇真不是她中意的类型。他的外貌形象，作为一个男人，太美丽端庄，太清新俊逸，太气宇轩昂了。

白志勇认命。但凡男人成熟一点，都接受得了失去，也知道强扭的瓜不甜，遗憾的事像极了生命里的调味料。

伍倩也不是一无所获，至少，这三个男人里，有一个人是她想象当中未来的男朋友或爱人的类型。但蓝天愚可没有背着老婆交女朋友的立场，说白了，他有老婆有孩子，老实人一个。

可能这个世界留给成年人的，只有遗憾了。白志勇恨恨地想：他蓝天愚没戏，伍倩也是空欢喜。出门在外混，看苍天饶过谁。可谁能想到，伍倩看上的，竟是黄九恒！呵，坦诚局，惊喜连连。黄九恒惊慌失措，蓝天愚和白志勇一脸崩溃，伍倩淡定以对。

她看上他哪一点呢？她喜欢黄九恒的有涵养，透亮透亮，一看就特别沉稳，而且，还有大哥的气场。这种男人给她踏实、安全的感觉，而且，他在撮合她和白志勇这事上的固执和善良，确实让她感动。

只是，这种好男人是抢手货，紧缺得很，哪里轮得到她。早成了家，生了崽，她再喜欢，亦是空欢喜。那么，大家只能做朋友。四人同行，埋藏起千丝万缕的情绪。

有人欣赏，黄九恒自是欣喜的，可欣喜之后，他又有些烦，他该怎么证明他没有背着蓝、白单独撩拨伍倩呢？其实完全是他多虑了。猎物跑掉了，猎人才不会管是谁在边上偷偷放了枪。他们关心的，永远是打猎。白志勇的事，终究是要解决的。几人眼珠子滴溜一转，把目光落到了江小美身上。

江小美离婚的事，指日可待。但这一目标能实现，却又不那么容易实现。为什么她老是跟白志勇说话不客气？原因太简单了，打是亲骂是爱，急了用脚踹。

白志勇却犹豫了。

这世上，每天都有人想恋爱，每天也都有人在分手。比如上官慧和秦峰。

秦峰说："你说，我们分开一段时间，都冷静地考虑考虑。但在考虑的这段时间里，我作为一个第三者的痛苦和煎熬，并没有减轻，好像反而加重了。"

上官慧说："我也一样。在蓝天愚面前，我的愧疚一直存在。在儿子面前，还要演戏，太辛苦了。我心里很压抑，很疲惫，就像得了一场大病，经常四肢发软，浑身无力……道德这两个字，可太难扔掉了。"

但是，难，也得扔掉。她做好了打算，要和秦峰彻底分手，再不往来。秦峰很难过："可是我不想放弃，还是想争取……我忘不掉你……爱上一个人，没有错。"

上官慧是感动的，可是，她不想给自己别的选择："对不起，我现在只能考虑我自己怎么想，只能自私，我现在，只能照顾我自己。秦峰，结束吧……"

想起和他的相遇，是在去年的同学会上，上官慧和胡靓靓被安排来买布置现场的东西，胡靓靓临时有事，叫她表弟来代替她。

那是上官慧第一次见到秦峰。

上官慧向来爱逛商场，这一次，她也逛足了瘾。整整六个小时，他特别耐心地跟在她后面，大包小包地拎着，一声不吭。中间，他消失了二十分钟，替她买回来一双布鞋，把她的高跟鞋换了下来。

第二天，他又陪她一起布置同学聚会的现场，中间一起去吃了一次快餐，聊得……很自然，很舒服。他说，他从她的眼睛里看到了她不开心。

听到他的话，她的心里咯噔一下。好俗套啊。家庭生活不幸福的女人，善解人意的未婚男人……故事就这样开始了。

之后，他约她吃饭，为了还情，她约他喝咖啡，话题越聊越多，越聊越深入。聊到了她的不开心，聊到了她为什么不开心……再之后见面时，他就先挑开了，他说他喜欢她。

她从来没有想过，喜欢一个人能这么简单。六个小时的采买，一双助攻的布鞋。

白志勇家明天一大早有工人来修卫生间，蓝天愚想了想，今天应该是上官慧飞海口的日子，干脆回家住一宿吧，免得明天一早被勤劳的工人搅了睡眠。

谁承想，上官慧的航班临时取消了。

他真是不想见她。最近一见到上官慧，不知道为什么，总有种特陌生的感觉。不见她呢，挺轻松，见到她，则压抑、沉重、心里堵，堵得他甚至有点……变态了。

上官慧直直地看着他："蓝天愚，你打算一直这么在白志勇家住着？"蓝天愚背对着上官慧："住呗，能住多久住多久，住着看呗……"

"你就这么烦我、恨我吗？连见都不想见我？"上官慧脸上浮现出一丝伤感，"我也努力地想把那段和秦峰的遭遇变成过去，而且，那个人，那件事，已经成为过去了。"

蓝天愚脸色沉重："聪明的人把扔掉过去当成一种前进，你是在背诵这些格言警句……上官慧啊，空谈理论，真的没用。"

上官慧的脸色变得很难看。蓝天愚凝视着她，一脸纠结："如果你不总是在想，你是不是快乐了，你是不是舒坦了，那你肯定就快乐舒坦了。我现在天天都在想着快乐，应该就是不快乐。"上官慧探询道："你是说，我们，还是得做点什么？"蓝天愚看着上官慧："对，否则我们会永远痛苦。你不觉得我们是该做点什么了吗？"

上官慧一副很痛苦的样子："我在拼命理解，你说的那个做点什么，和我说的这个做点什么，是不是一回事……"蓝天愚的语气变得很艰难："上官慧，人之所以活得累，活得不开心，是因为放不下架子，撇不开面子，抛不下存折，扔不下家产。"

"那你觉得，把这一切都抛开、撇开、解开管用吗？能管用吗？能让你的心情好起来吗？"说话时，上官慧在努力克制自己。

蓝天愚把目光移向别处，眼神有些凛然：“我不知道什么方式管用，但我知道什么方式不管用。”

上官慧意识到了什么，哀怨地看着蓝天愚。她懂了。

等夜再深一点。给她一点准备的时间。

32.

上官慧洗漱完毕，从浴室里走出来，靠在浴室门口。她静静地看着蓝天愚。看得出，她有些紧张、犹豫。

蓝天愚感觉到了上官慧对他的凝视，从书上抬起头，也看着上官慧。他看得出，她的眼睛里有一种迷离和期待。

蓝天愚似乎明白了什么。上官慧轻声说：“我想……”

蓝天愚点点头：“我明白。”上官慧走到床前，躺进蓝天愚的被子里。蓝天愚顺手关了灯。他搂过上官慧，开始亲吻。上官慧也紧紧地抱着他，努力配合着。窗外，无风，树在摇。

然而，片刻后，两个人突然停止了动作，僵硬了几秒，又同时松开手，分别躺回各自的枕头上。

上官慧有些挣扎：“对不起，我……不行。”

蓝天愚郁闷地看着天花板：“我也不行……”

上官慧点点头，叹了一口气。蓝天愚又把台灯打开，灯光照射在夫妻俩的脸上，两人的脸都很苦涩。

“记得咱俩出现这个矛盾之后，想过夫妻生活，有……”蓝天愚的话没说完，上官慧接口说："有三次。"蓝天愚点点头："对，可都没……成功。"他的眼神茫然。上官慧很怅然："死了？"蓝天愚露出不解的表情，上官慧又说，"难道……我们的婚姻，真的死了？"

蓝天愚满面沉重之色。那么，离婚吧。结婚是为了幸福，离婚，也是为了幸福。只能这么想了。

不能让儿子知道，不能让双方的爸妈知道，离了婚还要当影帝，这人生好艰难。他又能瞒多久呢？

抱着得过且过的心，能瞒多久，就瞒多久吧。不离，他会崩溃。他曾问过自己，和上官慧接着过下去吗？但是每天夜里，他都睡不着，一闭眼全是那个教练和上官慧的画面，折磨人哪，他只能瞪着眼睛盼天亮。天亮了，他就出门，跟白志勇、黄九恒一起玩，一起折腾，甚至只想住在白志勇家里。

他不敢在家待着。上官慧跟他说话的时候，经常要看他的脸色。她呆呆地望着他，眼神里有讨好，有惊慌，就像害怕随时被遗弃的某种小动物。那种眼神真让他难受，也揪心。他怕。他怕这么长期下去，上官慧会崩溃。这婚，也算是为她而离。

江小美真有点羡慕蓝天愚。她回望自己的婚姻，还真没那么好离。人与人，终究是不一样的。无论是她的那个丈夫，还是蓝天愚的妻子，无论是她，还是蓝天愚。若是梁正廷有上官慧一半通情达理，那该有多好。

人生没有假设。据说在离婚的人群中，有百分之二十是隐离的。分房而睡，各有苦衷。蓝天愚和上官慧就过着这样的生活。蓝天愚的书房里，从此多了一张单人床。

路是自己走的，没有后悔的权利。上官慧唯一放心不下的，是能隐离多久。

夜深了，蓝天愚和上官慧各自做着睡前的准备。

蓝天愚苦笑："这叫什么事儿啊，离了婚还怕人家知道，跟地下工作者似的，欺上瞒下，偷偷摸摸的。"

上官慧抱歉地看着他："这不都是为了孩子吗，孩子还小，不能让他知道这么残酷的事儿。我现在担心的是上面这三个老人，时间久了，他们一定会有所察觉的。"

蓝天愚停下手中的动作，望着上官慧："瞒吧，先瞒着再说。也对，这种折磨，就应该让我们俩来受着，别人也没有受这种折磨的义务。"

上官慧有些伤感。蓝天愚接着说："快睡吧，你明天不是还要飞三亚吗，安眠药和水都给你放到床头柜上了，你喜欢的杂志，已经给你放到箱子里了。"

上官慧看着蓝天愚，眼圈红了。蓝天愚忙说："别，千万别哭，咱不是说好了吗，离婚，不哭不闹，不分家不分账，不伤心不郁闷，友好分手，和谐相处。"

上官慧点点头，强忍着，眼泪还是流了下来。蓝天愚叹了一口气，拿起纸巾递给上官慧："怎么办呢？我只能说，可能是刚离婚，这些痛苦暂时化不掉，时间长了……"

上官慧一边哭泣一边说："时间长了，就化得掉吗？蓝天愚，我们有那么好的一个孩子，孩子身上各有一半我和你的血肉，皮肉相连啊蓝天愚，你说，这化得掉吗？”

蓝天愚轻轻地帮上官慧擦擦泪，屋里的气氛有些凄凉。

“侠女区晓鸥，江小美在吗？”在酒吧外，梁正廷晃晃悠悠地走过来，嬉皮笑脸地问区晓鸥。

区晓鸥一脸厌恶之色，斜眼看着梁正廷：“你这个不要脸的又来要钱？”梁正廷故意皱皱眉：“瞎紧张什么啊，你又不欠我的钱。”他这样子，区晓鸥怎么看怎么觉得无耻，没好气地辱骂道：“奇了怪了，你怎么还没出车祸，还这么健康啊？”

梁正廷懒得同她争，兀自朝酒吧走去，顺势举起了中指。区晓鸥急忙叮嘱正在打扫卫生的服务员：“安雯，进去盯着点，他要是闹事，就报警！”

梁正廷一进酒吧，看到了聊得正欢的白志勇和江小美。他凑上去，似笑非笑地望着白志勇：“来得挺勤啊，我跟她还没离婚呢！老鸟，想飞进别人的笼子里偷食吃，小心你的嘴，我给你丫掰折了你信吗？”

火药味一起，三句话都嫌多。男人的较量，向来爱以拳头较长短。梁正廷先出手，白志勇也没闲着，两个人打成一团。安雯慌忙报警，梁正廷余光瞥见安雯的动作，停了手，骂骂咧咧走了。

两人都没留手，都挂了彩。白志勇鼻子里塞着棉球，棉球上血迹连连，斗志昂扬地迈进家门，还不忘问江小美：“他的血流得比我多吧？！”江小美配合地点点头：“多得多，血流成海。”

白志勇发现有些不对劲，因为屋里的灯亮着，他自顾自地嘀咕着：“我没关灯吗？”江小美再度当起捧哏：“我也经常忘关灯。”谁知，这时，卫生间走出来一个人。是景雅。白志勇惊呼一声：“靠，吓死我了，你怎么来了？”

这是景雅第一次看到江小美，白志勇当即介绍起来：“这是我前妻景雅，这是我朋友，江小美。”

江小美大方地向景雅打招呼，景雅客气地说：“我听白志勇说过你，不过，你比我想象中要漂亮。我马上走，不会打扰你们。”

江小美有点别扭，忙解释：“白志勇帮我……和人打架……不过没事，我送他回来，都是皮外伤……我也马上走……”白志勇解释道：“是她丈夫先动的手，他也没少流血，没占什么便宜。”景雅听得云里雾里，也忙着解释：“我来取东西，顺便帮白志勇把衣服洗了。”

她话音刚落，白志勇急忙再度解释起来：“你别误会，我跟她丈夫打架不是……被抓现行、捉奸之类的……”景雅挥挥手，笑了笑：“不用解释，我走了，你们聊。”

“别，我走了，你们聊，你们聊。”江小美一听景雅这话，赶紧抢了个先，有些慌张地出了门。

屋里只剩下白志勇和景雅。沉默片刻，白志勇率先打破沉默：“我知道，遇到事，深呼吸，数十秒，再做决定，可我没数到十秒，对方拳头就过来了，我鼻子就出血了。”景雅哭笑不得：“不是，我是想说……”话还没说完，又被白志勇打断了：“这个江小美，是我喜欢的菜，不过我跟她没有男女私情，干干净净，手都没拉过。”

景雅低下头，叹了一口气：“紧张什么，解释什么呀？你跟她怎么样，我管不着，没权利管，也不想管。我是想说，我看到厨房里的空酒瓶了，我数了，三十几个……我不是不让你喝酒，也没有权利管你喝酒……可是，少喝，好吗？”

白志勇赶紧拿起一瓶牛奶，边喝边说道：“好好好，我以后多喝奶，少喝酒。”

景雅又被逗笑了。白志勇看着她，眼中划过一丝温情和少有的感激：“再说了，是我们三个人喝的。”景雅点点头：“知道了。一个人，更要学会照顾自己。”

景雅看着白志勇，带着一丝温柔和心疼。许久之后，她的目光从白志勇脸上移开，看向满墙的涂鸦，朝墙边走了几步：“又加新内容了。”白志勇也看着涂鸦墙：“是，黄九恒的女儿加了一棵向日葵……”景雅轻轻地说：“很漂亮。”

两个人都沉默了。整面墙的涂鸦下，两人就这样静静地站立着。景雅想的是，有个孩子真好，不管是儿子还是女儿。至少，心不那么空，不会被这么简单的温暖打动。

33.

老头子前两天过了六十五岁生日，好像突然活明白了。他想起了江小美在医院说过的话，六十五岁不算老，要有新的日子。

儿子没有了，但老天赐给他一个善良的人。

六年了，他慢慢发现了江小美的实诚、善良。人心都是肉长的，不是铁的，他跟她别扭着，还有一层意思，是希望她能过好自己的日子，别把精力过多地放在两个老人身上。

他是一个倔老头。可那也是一个倔姑娘。那么，他就低一次头，退一步吧。这么大岁数了，没理由老和一个小姑娘较劲。

六年来，她每个月给他送钱，每月三千，一共是二十一万六千元，他一分钱没花，全存在一张卡里。他没有老糊涂，打心眼里感激她，只是觉得，接受她的照顾，任由她和他们再继续纠缠下去，会让他们都永远忘不掉修杰那个浑小子，大家都受折磨。何苦呢，她还年轻，应该有轻松的日子。

说到底，他们两口子和江小美都想忘掉那段过去，忘掉那段不堪的经历。然而于江小美而言，她没有那么高尚，帮助二老，也是在帮助她自己，就是这么一个简单的道理。她希望的，只是二老能接受她，把她当成一个晚辈，尽一点孝心，这样，她心里才会踏实。

老头子怎会不懂。所以他决定，这份孝敬，他们照收，继续存起来，将来她结了婚，有了孩子，这就算他们的份子钱，也算是替死去的混蛋儿子，给她一个补偿。

且让恩怨，随风去。

江小美想离婚的心是认真的。

她早年的文身上，有三个烟头烫伤的痕迹，那是梁正廷的作品。无论他清醒时如何会伪装，喝醉了就会现形。若真爱一个人，必不会有这样的举动吧。这伤，她忘不了。这痛，她永远记得。对他的希望，她不会有了。这婚，再难，也要离。

咬着后槽牙把婚离了，就是想强迫自己忘掉过去。他蓝天愚可以堂堂正正、名正言顺地找女朋友了！

瞌睡天遇着大枕头，蓝天愚听到了久违的消息。余丽萍，大学师妹，比他小三届。当时他追过她，没追上，还小痛苦了一段。前几天同学会上，他打听到了，她也离了，没孩子，现在在江城市。据说，她已经是江城著名企业家了，女富豪。

蓝天愚满心兴奋。他兴奋的不是因为要去见这个女同学了，而主要是因为他终于从离婚的愁眉苦脸中走出来了。还因为，他可以光明正大、坦坦荡荡地谈恋爱了，可以敞开胸怀、无所顾忌地去拥抱新生活了。三个字，涅槃了。

没离婚时，夫妻二人，他甘为孺子牛；离了婚，光棍一条，他可以做自己的主人。两个人时，善待对方，一个人时，善待自己。所以，他得去见见这个学妹，善待一下。

蓝、白、黄三人到达江城酒店停车场的时候，一个年轻的秘书和四个穿黑色西装的工作人员已经远远地在等他们了。

这让白志勇啧啧个不停。

今天余丽萍一天的会，便安排了秘书带他们参观，吃农家饭，会议一结束，她就会过来。但和秘书没什么好聊的，三人只不过是换了个地点凑在一起侃大山。农家乐也没什么新鲜的，各地的农家乐大同小异。当然，有人请客，白志勇与黄九恒自然还是心情大好。对着一桌子飞禽走兽，黄九恒从他专业的角度竟挑不出太多的毛病来，余丽萍着实有心了。倒是蓝天愚，自顾自发起呆来。

好扫兴——他想到的，是他的前妻。白志勇马上翻了个白眼，义正词严地提醒他，离婚后的思念不叫思念，叫犯贱！

夜幕降临时，神秘嘉宾终于在宾馆的咖啡馆里现身了。看着她远远走过来，白志勇和黄九恒窃窃私语："性感大方，还透着一股子野性与热情，长得不赖，又有点干练，亿万富婆里，算好看的。"

正说话间，余丽萍已经来到他们面前。

余丽萍与一众人打了招呼，之后便直奔主题。她的意思是，蓝天愚和她结婚，然后把工作辞了，到江城大学任教，落户江城。

太生猛了！三人一听，当即目瞪口呆。

"很难理解吗？"余丽萍看着三人一副不可思议的样子，"大家岁数都不小了，还花前月下学小年轻？多假！不如现实点。"现实情况就是，两人都缺伴儿，知根知底，不如一气呵成。再说，学校她都安排好了。她常年混迹商界，这点办事能力还是有的。替客户多考虑一分，事情就更容易成功一分。此刻，蓝天愚与她的客户无异，都需要"搞掂"。

晚上的风味餐她也安排好了，一切都有条不紊地进行着。不出意外，白志勇和黄九恒会借故离开，为两人营造二人世界。但果不其然，蓝天愚适时表达了敷衍的犹豫。成年人的世界里，犹豫等同于拒绝。当偌大的空间只剩蓝天愚和余丽萍，蓝天愚表现出的，仍旧是他的犹豫与无所适从。她得再添一把猛火。言语上的，以及其他方面的。

“最好的东西，往往是意料之外，偶然得来的，它刺激，让人兴奋。你突然出现在我面前，有种意外之喜和期待之甜蜜，你对我还有这份冲动，我很感动……”余丽萍温存地拉起蓝天愚的手，他想躲，但被她握紧，“要替别人想，但为自己活，这道理，你懂吧？”

蓝天愚扭扭捏捏的，像个面瓜。

那么……

“脸色不好，一看就是身体发虚，得吃补药。”余丽萍将一粒药递到蓝天愚的面前。

许久没有异性这样关心他了。他心头一暖，当即吞下。

结果，蓝天愚好像心脏病犯了。他手捂着胸口，额头沁出大颗大颗的汗珠。医生拿着检测单，眉头微皱。在蓝天愚的血液里，检测出了有壮阳作用的西药成分。

白志勇跟黄九恒傻了，眼睛瞟向余丽萍。她有点难堪，但也只得承认，她给了他一种叫“坚持住”的药。她也是今天才知道，这种药对心脏不好。

黄九恒长舒一口气，也就是说，蓝天愚没有心脏病，现在呈现出的是副作用引发的症状。输点液，休养一段时间就好了。

大夫走了，黄九恒跟白志勇尴尬地盯着余丽萍。

她呀，弄巧成拙，看老蓝这人有点腼腆，磨不开，想让他敞开心扉，让他勇敢一点。黄九恒和白志勇想笑又不敢笑，只得齐齐点头表示理解。理解万岁。

蓝天愚从医院出来，刚休息了一夜，又被叫去参加余丽萍安排的晚宴了。好家伙，足有三四十人到场，都是余丽萍的家人及公司部分高层。她大方地介绍蓝天愚，说这是她新交的男朋友。她侃侃而谈，关于她今后的安排，生活的重点，家庭的宏伟规划……包括了全球旅游、生孩子、移民等。听得蓝天愚频频出汗，如坐针毡。太猛了，太快了，这是什么情况啊，好像他俩已经是两口子了，而且，她还单方面安排了他的后半生。

凡事，得有个节奏吧！可不好意思，这就是余丽萍的节奏。她望着眼前的男人，十八岁认识，如今二十多年了，虽然中间缺失了好多年，但她觉得，他从未远离过，像一直都在她身边一样。只是她太忙了，浑然不觉。

蓝天愚欲哭无泪。本想通过一次新的恋爱来摆脱心理阴影，让感情生活重新飞起来，现在，阴影变成了重影，还捎带毁了初恋的梦。他分明记得，刚吃上药那会儿，他眼神发虚，有重影，看到的，是两个余丽萍。

不行，他得逃。

如果我和林响离了，我会像蓝天愚一样很快再找一个女朋友吗？黄九恒想。很快，他给了自己否定的答案：不会，我不会马上去找女朋友，不是因为我有良心，有道德，为别人考虑，而是我没胆，没有那么好的心理素质，我还是在为了自己。我在感情上，是个慢热型，我会缓一缓，考虑清楚了再说。

但未来的事，谁也说不准。黄九恒所在的集团要分别在八个国家开若干家高档中餐厅，每个国家设一位首席行政主厨，以他的资历，自然是人选之一。待遇也不错，工资上调百分之五十，可以带四个助手，助手工资涨百分之三十。

黄九恒心无波澜，倒是几个徒弟激动极了。

细想想，黄九恒又觉得这是个机会。现在的日子，他人在家里，心不在家里，煎熬。这个日子过得，有点像走进了一片戈壁滩，迷路了，走得很难，很苦，无尽无头。而这个出国的机会，像是在茫茫戈壁上，终于看见了一片绿洲，他想躲进去，歇会儿。

当然，还是得同林响商量商量。不算出乎意料，林响坚决不同意。在她看来，这就是要离婚的前兆了。但黄九恒不和她争。说是商量，其实，是通知无异。他给了自己抛开一切的胆量。

那就阿德莱德吧，澳大利亚南部的一个城市，他交上那两个难兄难弟的城市。他带上了大愣和三贵。

黄小蕾一脸兴奋，她反过来安慰妈妈，老爸出了国，她一年就有四次公费旅行的优待，而且，阿德莱德她都没有去过呢！

34.

只要一见到白志勇，景雅准能和他杠上。这似乎是定律了。可事情明明可以不这样发展的。白志勇没脸没皮，还要调侃她是他的美丽前妻，还会礼貌寒暄，以及适当进攻一下，图个口舌之快。可是后来呢，就变样了。她总气他这副吊儿郎当的样子，总想关心他过得好不好。比如现在，她想知道这个江小美是不是他的女朋友，更重要的是，她是来给他介绍工作的。她同事的弟弟继承了家里的企业，总公司缺部门经理，只要白志勇表达出一丝兴趣，她就可以引荐！

她明明好心，可白志勇狗脾气上来了，嫌她事儿妈。她上哪里说理去？

黄九恒透露了他决定要走的消息时，白志勇心里空落落的，像丢了什么东西似的。

他走进江小美的酒吧，这里依旧充斥着一群摇头晃脑的小青年，生意特别好。看江小美在忙东忙西，他决定跟区晓鸥闲扯两句，结果区晓鸥在后厨帮忙，没空。他打电话给蓝天愚，结果蓝天愚有教学总结会，没空。他笑嘻嘻地凑近江小美，江小美当即给了他一个闲人勿近的手势。

他有些郁闷了，只能没脸没皮地跟在江小美身后："小美，这几天似乎大家都很忙，就我游手好闲，无所事事。这么热闹的环境里，我怎么感觉这么孤单呢？"

小美抬起头，露出一个鄙视的小眼神："你才发现？反应也太慢了吧！还天天说别人弱智呢，别人扇了你一巴掌，两小时后你才高喊，刚才谁打我？"白志勇还想说什么，江小美已经端起酒匆匆走了，她有一大拨客人要应付呢！留下一个环顾四周的白志勇，一脸愁苦相。

这一夜，他辗转反侧，思考良多。思考过后，闲云野鹤般的白志勇打算找工作了。他想起了景雅。

对于白志勇的突然出现与转变，景雅很是惊讶，她瞪大双眼望着他，如同看着一个怪物："今天什么日子啊，自由的灵魂要找工作了？刚地震了，还是你吃错药了？"

"你记得黄九恒吧，著名厨师，我朋友，我们混得特好。但是吧，他要去国外工作了，他一走，我就少了个朋友，少了份热闹，突然觉得这心窝子里空落落的，有点慌。再加上蓝天愚也离婚了，开始找女朋友了。我怎么觉得，我玩不下去了呢……"白志勇愁眉苦脸地说。

"你终于明白了，那说明你不是一个彻头彻尾的弱智，还有救……"她话才说了一半，就被白志勇打断了："别废话了，那你赶紧救救我吧！"

救！肯定得救！她喜欢这样一个上进的白志勇。看他今天把自己的模样收拾得还不错，择日不如撞日，就今天了。

白志勇在景雅的陪同下一起来到公司楼下。看着高高的写字楼，他有些恍神："好久没有这种感觉了，去一个陌生的公司，见一个陌生的人，根据人家从上到下打量你的眼神，来判断他会不会录取你，跟掰着牙口挑牲口似的，还真有点紧张，好像回到大学刚毕业那会儿了。"

景雅努力打消他的顾虑与不平衡："听我同事说，她弟弟对朋友很仗义，人也有能力，你不用紧张，正常跟他交流就行。你要做好当牛做马的准备，记住，别犯拧，别犯狗脾气。白志勇，你现在就是百万失业大军当中一个普普通通的傻帽似的中年男人。”

白志勇点点头：“明白，别教育我了，我懂！为了挣钱糊口，我坚决不耍牛叉。”

走进公司后，白志勇见到了公司的总经理。

办公室挺时尚，或者说，叫花里胡哨。总经理陈江波二十五六岁，瘦且帅气，身穿印花衬衣，外加修身西服，挺像那么回事的，生生杵在大老板桌前，颇有点居高临下的派头，望着坐在对面的景雅和白志勇。

“景姐，你让我姐放心，我一定会重用这个白……”白志勇接口：“白志勇。”陈江波摸摸头：“……白志勇……景姐您要是忙……就可以先走了，我跟白志勇单独谈谈工作安排的问题。”

景雅识趣地站起身，说：“行，那你们聊，我先走了，谢谢啊，小陈。”陈江波起身相送：“那我就不送了，再见，景姐。”

景雅走了。陈江波回到原来的位子上，盯着白志勇看了又看。白志勇有些尴尬：“那个……是这样啊，小陈……”陈江波打断了他：“陈总。”白志勇一愣。陈江波严肃地纠正他，“叫我陈总。你作为来应聘的职员，应该称呼我为陈总。”

白志勇态度很诚恳：“好，好。不好意思，陈总……我的情况是这样，我已经有半年多没有工作了，但是我之前……”陈江波粗暴地打断他的话：“不要跟我说之前！到我这里来工作，我不希望你总拿之前说事儿。在我这里，只有现在，有没有以后还是个事儿呢，那得看你的表现。”白志勇有些尴尬，但努力维持着自己的好态度："好的，好的。"

陈江波很牛气地继续训话："在我的公司里做事，就要努力努力再努力，你要把自己的一切都奉献给公司，明白吗？"白志勇连连点点，尽力当个捧哏："明白，精神和肉体都奉献给公司，陈总，我……您……安排我在哪个部门奉献呢？我在之前的公司一直是市场部经理。"陈江波脸一板："不要给我说之前！你没有脑子吗？一分钟前我说的话都记不住？"白志勇连忙道歉："对不起，陈总……"

"以后，我说的每句话，你都要给我记得牢牢的，死死的！再出现这种情况，立马给我走人！我才不管是谁把你介绍来的！"

白志勇忍气吞声："是，是……明白。"

"基于你的素质，暂时还不能让你去市场部，你先给我当秘书，了解公司的大概情况后，再进入正常工作。"

"陈总……我……我当秘书？"

"怎么了？不想当？"

"不是，陈总，我这岁数……"

"我可是看在我姐的面子上才同意让你进公司的。说实在的，我真的不想招年龄大的职员。"

白志勇看着陈江波，没说话，满脸尴尬。陈江波还没尽兴："你们这些人啊，都自负、自私，总觉得自己有经验有能力，其实呢，全是早该被社会淘汰的废物！"白志勇强压着一股气，努力把笑堆到脸上："我会努力的，早日爬出垃圾箱，争取不当废物。"

走出办公室，白志勇知道，遇上了一个不好侍候的主儿，他的苦日子啊，在后头呢。反正选择了投降，他决定向现实小低一下骄傲的大脑袋了。那么，淡定面对一切吧。

第二天一早，陈江波躺坐在老板椅上，盯着白志勇。白志勇一头雾水地站在老板桌前面。

“理由。我给你解释的机会。告诉你，我不是不通情达理的老板。”说话时，陈江波板着脸。白志勇疑惑极了：“陈总，我犯什么错误了吗？我不知道要解释什么……”

“为什么你没有提前一小时到公司里来？为什么我桌上没有摆着已经煮好的咖啡？为什么你没有把办公桌和办公室擦干净？解释吧。”

“这些都是清洁员做的事吧，你让我做秘书，了解公司的业务，做这些杂活儿我了解不了公司的业务啊。”

陈江波脸色大变：“给你机会解释，不是让你跟我顶嘴！什么臭毛病！”

一听这话，白志勇牛脾气当时就上来了，但那个瞬间，他想到了景雅的叮嘱，又强行让自己冷静了下来：“对不起，陈总，明天我会做到你刚才说的那些事。”

陈江波没理他，只把一摞文件扔到他面前：“我没空看这些东西，你帮我看看吧，然后给我个意见。”

白志勇把文件整理好，拿起来，才一转身，就又被陈江波叫了回来。白志勇整个人都是蒙的。只见陈江波眉头一皱：“做事太没有责任感了，你不问问我期限吗？”

"对不起，陈总，我什么时候……"

"下班以前，下班以前把意见给我！"

白志勇无奈地点点头，走了出去。这一天，他看文件看得焦头烂额，到下班才勉强搞定。但当他把文件递给陈江波的时候，这厮居然全然忘了这件事。他吩咐道："嗨，行，你放在那儿吧！对了，你现在去东海路金海城小区，接一下我女朋友，然后送到滨海饭店。快去吧，别让我女朋友等时间长了！"

白志勇有些纠结："陈总，我下了班还有事，我一个特好的哥们儿，他女朋友请我们吃饭。"陈江波当即就怒了："神经病啊？他女朋友重要，还是我女朋友重要？分不清？你那哥们儿给你发工资吗？"

"不是，您不是有司机吗？让司机去接您女朋友不就行了。"

"我的司机不用你来安排，我让你去你就去，废什么话？！我女朋友不喜欢等人，快去！"说完，陈江波把钥匙扔到了桌上。

白志勇看着钥匙，又抬头看看陈江波。陈江波似乎正陶醉在要见到女朋友的喜悦中，继续哼着小曲儿，打着领带。白志勇无奈，只得忍气吞声地拿起钥匙，走出了办公室。

35.

余丽萍突然到访的时候，蓝天愚和上官慧正在家里做饭。她吩咐身后的四个保镖把东西放下，似笑非笑地看了一眼上官慧。

她的直觉告诉她，这就是蓝天愚的前妻。

但她仍旧脸上挂笑，尽管，她能感觉到上官慧在观察她。而她，尽好一个到访者的本分就可以了。东西送到，她就走了。走之前，她留下了她在这个城市的酒店地址。

人来了不能不招呼，蓝天愚吃完饭就去找余丽萍了。老实说，他有点慌，这也表现在两个人的聊天过程中了。他假装松弛假装幽默，结果前言不搭后语。

“你都离婚了，怎么还跟前妻住一起？是没房住吗？我给你买一套？”

听了余丽萍的话，蓝天愚连忙拒绝：“不用不用。够住，够住。”余丽萍笑笑，说：“我明白，自尊心嘛，让女人买房你接受不了。那我先给你租一套吧，毕竟老跟前妻住一块儿也不是个事，万一出了事故，就更尴尬了。”蓝天愚有些不悦：“出什么事故啊？当董事长的都这样吗？居高临下，咄咄逼人，不留情面，爱替别人做决定？领导，汇报一下，我跟我前妻住一块儿，不是因为房子的问题。”

余丽萍习惯了被人捧着，说话时带着连她自己都发觉不了的冲劲儿，说：“那就是感情问题？藕断丝连，还是想吃回头草？”这下蓝天愚的不高兴摆到脸上去了：“你说话别那么难听行吗？我俩离婚这事，孩子和双方的老人都不知道，怕他们受刺激，还没想好怎么跟他们说，暂时还得瞒着，等找到合适的机会再说。所以，我们暂时不能分居。”

原来是这样，余丽萍笑了笑，豪爽地说：“能理解，但不能这么做。我做生意久了，思路可能跟你不一样，说说我的意见供你参考。其实家庭婚姻跟做生意一样，要抓住机会，但机会转瞬即逝，老天爷不会天天给你机会，如果你犹犹豫豫、瞻前顾后，损失掉一个机会，那你可能会失去一笔钱或者失去一段感情。”

蓝天愚被余丽萍彻底侃蒙了，眨巴着眼，只有听的份。

回到家后，他同样只有听的份。女人的第六感，真可怕。上官慧甚至知道了他去江城相亲的事，忍不住一通唠叨。她相信一个巴掌拍不响，他跑到外地去见余丽萍，若没有热情的态度，人家怎么会大包小包地跑上门来看他？这个男人太逊了，什么事都往女人身上推，还说对方太快速，摆明了就是敢做不敢当的不厚道做法。

她真瞧不起他。蓝天愚一声叹息。真命苦，离了婚，还要解释一通。太累了，爱谁谁，上官慧愿意怎么想，那就怎么想吧。

好像有点乱了套了，黄九恒想出国，白志勇找了工作，蓝天愚又被一个余丽萍纠缠着。人生的轨迹分了岔，形同天下大乱！之前三人一直想过颠覆过去的日子，兴许，颠覆来了。

更颠覆的是，余丽萍约吃饭，除了蓝天愚的两个好友，还让欧晓鸥和江小美也参加。

爱情攻势的标准模式，把他身边这帮朋友的工作做通了，让大家帮着吹吹风，拉拉票。这是余丽萍做生意的标准模式，外围突破，中间攻坚，限期完成。成年人嘛，大家都很忙。她不愿意等。这些年，她就是这么风风火火过来的。在她看来，浪费时间等于浪费生命，她生意做得好，正因为在时间上她从来都是以一当十。召集他的朋友，就是在宣示她的态度，同时，她只给蓝天愚三天时间考虑。

“这余老板，怎么有点像女白志勇啊……”晓鸥用手挡着嘴，小声对黄九恒嘟囔。

余丽萍定了定神：“蓝天愚，你别太小心眼，我说话是有点不好听，可我的出发点是好的。我只是说，你一个大男人别老说等等啊、考虑考虑啊这种话。”区晓鸥补充道：“余姐的意思是说，那会让人觉得你特别不真诚，躲躲闪闪的。”余丽萍点头：“对，这种男人，特别小气。”

蓝天愚有点急了，当即反驳道：“这跟小气有什么关系啊？你还说你不尖刻！”黄九恒急忙打圆场：“尖刻的动机，有时候是一种爱。我同意余丽萍的说法，等待、待会儿再说、让我想想……这些话，一般都是没有信心的人或者不够自信的人的借口。”

江小美觉得不对劲，说话也冲了起来：“这跟自信有什么关系？黄九恒你逻辑混乱了吧？这种事儿，总要先判断判断两个人合适不合适，性格、习惯、双方的要求都得想想，想明白了才能做决定吧？”黄九恒接口道：“我觉得还是性格问题。老蓝性子比较慢，比较面，严重的四平八稳。余丽萍呢，性子比较急，比较冲，所以在这个问题上，他们步调和看法不一致。”

“问题就在于余老板这个人浑身赤胆雄赳赳，吓着蓝天愚了。我也觉得，谈恋爱总归应该是遮遮掩掩、朦朦胧胧、隐隐约约的吧？”江小美有些郁闷。黄九恒不接茬，继续打圆场：“对不起，余老板，当着你的面说这些话有点不礼貌。”余丽萍挥挥手：“没关系！我就喜欢直言不讳。”江小美来劲了，表明立场：“本来我是支持蓝天愚谈这场恋爱的，可是我现在觉得……这样跟谈生意一样，拿着计算器谈恋爱，一点期待和美感都没有了！”

蓝天愚迅速做了决断：“你们先别争，也别讨论了，既然余丽萍想让我迅速拿一个主意，那咱们回到最根本的问题上来，刨根儿，我们俩为什么要结婚？为什么不能……等待？两个人好多年没见面，一见面，在几十分钟内就提出要结婚，这听起来确实是有点……狂野，所以我必须考虑。余丽萍，听你的，三天，三天后我给你答复。”

余丽萍一拍手：“好，痛快！”

三天后，余丽萍来到江小美的酒吧，看到了正在等她的蓝天愚。规定的期限，约定的地点，大家都是守信之人。看他的表情，一脸痛苦加无奈，她已经知道答案了。

那么，再见。再见亦是朋友。

这工作还要坚持吗？白志勇有些无奈。大家各有各的事，他一个人待着太无聊了。所以，这份工作，再委屈，再烦那个陈江波，心里再不舒服，他也要坚持。从现在起，他人生的口号从“舒服一天是一天”变成了“坚持一天是一天”！

那个老嫌他不长进的景雅来到公司，看到了正被使唤去冲咖啡的小白秘书。他没有办公室，他任人差遣，却还说着不着边的话让她宽心，一时间，她鼻子有点堵。以前那个颐指气使的白志勇，怎么就突然受得了这种委屈了呢？“如果你想辞职，我投赞成票。”景雅认真地对白志勇说。

本来是可以忍下去的，景雅一句话，让他感觉到许久未有过的温暖。大家都在不经意间有了改变。

这天，白志勇没敲门就进了陈江波的办公室，被陈江波指责，接着，他想进入市场部做一个普通职员的想法也被否了，陈江波甚至拿他靠女人面子找工作的事羞辱他。

“去给我女朋友买几包卫生巾送到她家，就是昨天你接她的那个地方。”陈江波似乎是故意的，他就不信他治不了一个小秘书。

但小秘书也有大脾气。白志勇不干了！

陈江波继续出言羞辱，还动了手。白志勇手快，一把抓住陈江波的手，两个人当即扭打在一起。白志勇把陈江波压在办公桌上，扯紧陈江波的衣服领子，恶狠狠地说：“我告诉你，小子，你要再跟我动手，我就真抽你，让你知道什么叫文武双全！”

陈江波被扯得横卧在办公桌上，边挣扎着边大喊：“你放开我，你放开我！保安！”白志勇手上用力，压制住陈江波的挣扎，然后，他将一份文件轻轻地平放在陈江波的嘴上，语调平缓地教育道：“小子，学会说人话，再张嘴！”

景雅是在日落时分来到白志勇家的，四十多岁的愤怒中年跟一个二十多岁的小伙子单挑，她真怕他会受伤。

“对不起。”白志勇说。“说对不起的人应该是我，你为了顾及我的面子，受了这么多委屈……”景雅有些纠结，她感觉自己这次真的是做错了。

“什么委屈不委屈的，就是让那小子使唤了我两个星期，心里有点堵。没想到现在的年轻小老板都是这个做派……我真是好久没在生意场上混了，这小资本家也太猖狂了！”白志勇说得有点激动，说着说着，又想起来关键的问题，“对了，景雅，姓陈的那小子……最后说不惊动派出所，直接私了，是不是你找了她姐……”

景雅没说话，看着白志勇，点了点头。白志勇叹了一口气：“哎，陈江波有一句话说得对，我还是靠了女人的脸面。真丢人！”

景雅坐到白志勇身边，安慰他说：“其实，也不全是因为我让她姐出面，他才不报警的，他自己也理亏啊。他做了这么多伤害员工心理和自尊的事情，这件事要是闹大了，让他爸知道了，他这刚坐了没两天的总经理位置，应该就保不住了。还有，如果闹得再大点，他们公司的名誉也会受损，所以，不是你靠女人，而是这件事本身就是他的错。”

“你劝我的这些话，我听着……心里挺舒服，那点堵，有点通开了。你这不是挺会说话的吗，以前我怎么没发现呢，我的美丽前妻？”

景雅叹了一口气：“那是你耳聋眼瞎。”

36.

关于出国这事，黄九恒心知肚明，他犯拧了。

领导告诉他有出国机会的时候，他没感觉，后来，想了想，又有一点动心。再后来，白志勇、江小美等人反对他出去，他开始动摇。而林响一反对他出去，他便滋生了逆反情绪，要走的决心空前强烈起来。

离开的那一天，他心里的难过无从言说。林响和黄小蕾送他到机场，落地窗外，飞机轰鸣，他心里的鼓擂得震天响。他好想留下来，好想抱一抱林响。他委屈，但无论他做什么，都像是在和自己抬杠。林响为她当年的侥幸心理买单，他为他过去的浓情蜜意唱葬歌。

他抱了抱黄小蕾，在心里垒起沉酽如酒的悲伤。他不能抱林响，一抱，可能就走不了了。因为心底有个声音对他说，不闹了，回去吧。然而机票在手，大愣和三贵立在一边。另一个声音说，你是个成年人了，要对自己的选择负责。

才到阿德莱德，黄九恒就收到了蓝天愚和白志勇的微信语音，据说他俩已经在公园相亲了。这寻求改变的心竟是如此坚决。

调侃完他俩，黄九恒才点开林响的微信消息。是黄小蕾发的。她说，她刚到家，楼下的花就开了，一树一树，特别好看。她还说，那些花呀，最好等到爸爸回来再开，现在，它开早了。

黄九恒鼻子一酸，眼前一片模糊。

“师父怎么哭了？”大愣愣愣地问。啪！三贵一巴掌拍在他头上：“多嘴！把头转过去！”

在阿德莱德安顿好，黄九恒师徒三人就投入到紧张的工作中去了。这里风景如画，但他无暇欣赏。白天被工作填满，晚上他就胡思乱想。大愣和三贵早就睡了，而他独自走到赌场，木然地打着老虎机。屏幕上的彩色光斑投射到他的脸上，他的手只是机械地押着分。一直到晨曦微露，熬了一夜的他缓缓走出赌场，在路边的邮筒旁，他神情寂寥，掏出手机，给林响发了一条语音消息。

“林响，起床以后，让小蕾语音我。别紧张，没什么事，就是想她了。”

很想很想的那种。

听着电话的黄小蕾觉得爸爸变了。他说话越来越像姥姥，碎碎叨叨，没完没了。听着听着，她把电话拿到了离耳朵有一段距离的地方，话筒里传来嗡嗡的含混不清的声音——她不想听下去了。林响站在黄小蕾不远处，天知道她多想从女儿手里抢过电话，和对面那个人聊上几句。可人家没说想她，她不想讨这份没趣。

“爸，你怎么了，为什么这么肉麻？”

“没事没事，爸就是想你了，说话有点颠三倒四。好好，不说了。再见。”黄九恒挂了电话。而另一端，黄小蕾的话还没有说完。她继续说：“爸爸，我想你。妈妈也是。”说完，她很懂事地朝妈妈比了个心。

黄九恒有些想哭。在阿德莱德的这些天里，他过得不快乐。他常常一个人站在栈桥上，凝望着远处的海。海的那边，有黄小蕾。他长期失眠，睡不好，胡须未刮，显现出来的，是病态的沧桑。他絮叨，患得患失，总是想听听黄小蕾的声音。

黄小蕾问他是不是后悔出国了，他承认了。黄小蕾在电话里说，那就回来吧。

一句“回来”，黄九恒泪如雨下。这里来来回回都是陌生的人，他扶着廊桥的栏杆，把头扭向河的一面。没有人看到他流泪，所以他恣意放纵着自己的情绪。他绷不住了。

饶是如此，他还是彻夜难眠。

据说这些天蓝天愚倒是走了桃花运，通过相亲角认识了一个叫高淑雅的女人，落落大方、朴实自然、善解人意，贤淑又温暖，连饭钱都知道替蓝天愚省。蓝天愚很是满意。失意三人组，总算有一个春风得意的。

大愣和三贵把师父的糟糕状态看在眼里，心疼极了。大愣咬了咬牙，生平第一次主动打电话给老板。大意是，再不把师父弄回国内，估计人都会撂在异国他乡。

他是在事后才告诉三贵的，这一回，三贵没有数落他，反倒拍拍大愣的肩膀：“兄弟，都是为师父好，有什么后果，或者惹师父不高兴了，我帮你一起扛。”

梁正廷坐在吧台上，对着吧台内的小美侃侃而言：“什么叫两口子？什么叫夫妻？从法律上说，财产共有，从道义上说，相濡以沫。我现在没钱了，怎么就不能给我点钱呢？说我老跟你要钱，不跟你要钱跟谁要啊？我跟别的女人要钱人家也不会给我……”

“梁正廷，我们俩已经分居那么久了，从法律上说，从道义上说，我都没有责任再给你钱了。”江小美不胜其烦，但又无可奈何，只得耐着性子跟他讲道理。区晓鸥怕江小美吃亏，当即走了过来，横在他们中间："听明白了吗？赶紧走，别跟条狗一样赖在这儿了。"

梁正廷依旧是滚刀肉的姿态："我今天拿不到钱，是不会走的。我现在身无分文，也是没办法，你起码给我点饭钱，总不能让我饿死吧。"说完，他笑嘻嘻地看着江小美。

对付江小美，梁正廷有的是招。区晓鸥生气地说："那你就在这儿赖着吧！江小美，你回家休息，我陪着他，看他能在这儿耗多久。"

小美无奈地沉默着。梁正廷换了脸色："耍无赖是吧？那哥们儿也会！"还没等江小美和区晓鸥反应过来，梁正廷突然进到吧台内，直奔钱箱而去，"我自个儿拿！耍赖谁不会啊！"说话间，他已经打开了收款箱。

区晓鸥急了，从吧台下面抄起墩布棍，兜头抡向梁正廷。"砰！"梁正廷一躲，墩布棍打在柜台上！区晓鸥再次将墩布棍抡得高高的："你拿！你拿一个试试！我夯死你，你信吗？"

江小美怕出大事，急忙上前拦住晓鸥："晓鸥，你干吗？这儿还有客人呢！"梁正廷似乎早知道会这样，不急也不惊，就这样笑眯眯地看着。果不其然，听到江小美的话，区晓鸥强忍着愤怒，一把将墩布扔在地上。

梁正廷拿起钱箱里的两千多块钱，嬉皮笑脸地说："谢谢啊。"说完，便晃着膀子走了。

今天又白干了。江小美痛苦地叹了一口气，这个王八蛋，一身的毛病，但有一个特长，就是特别会折磨她。这一年来，他平均一个月来一次，和领月薪没什么差别。若不是答应了父亲，她不再回到过去，不再伤害别人，她也不会如此忍让。感情的倒刺，专伤用情至极的人。她有什么办法。

黄九恒回到家的时候，黄小蕾正在睡梦中。她应该做了一个甜美的梦，嘴角弯弯的，像刚笑过。

黄九恒轻轻掖了掖女儿的毯子，一回头，看到了站在门口的林响，他起身，轻轻走出黄小蕾的卧室，掩上门。林响顺势抱住黄九恒，这一刻，万籁俱寂，没有声响，没有言语，只有紧紧的拥抱。不一会儿，他的脖子湿了。

“别哭了，你一哭，两个眼睛肿得像灯泡一样，就不好看了，白天还得上班呢。”黄九恒轻轻地拍着林响的背。

怕吵着黄小蕾，他扶着林响走到院子里坐下。“黄九恒，你不再走了，我特别特别的高兴，真的，好久没有这么开心过了，感觉就像……像是自己的钱包丢了，又找回来一样。”林响脸上挂着泪。

黄九恒忍不住笑了笑：“你这什么比喻啊！其实我也一样，决定出国的时候，心里沉重，回来了，心里反而轻松，那说明这个决定是对的，还说明，没有这十二天的国外生活，我不会有这种感受。”

“我知道，你是因为舍不得孩子，你心疼小蕾，你还是为了孩子……”

“不全是。我没有那么高尚，也没有那么善良，我做这个决定，也是为了我自己。我是怕孤独，怕失去你、失去孩子，成为一个没着没落的人，那多惨啊！希望你能理解我这种自私。”

“我现在特别恨我自己。跟常哲分手的时候，我就不该去喝那顿酒，也不该喝醉，更不该……不该出那种事。我真的悔死了！你对我越好，越为我着想，我就越后悔，越恨我自己，我在心里骂自己，骂得特别特别狠，可是骂完了恨完了，这个事实还在，还是改变不了。”

黄九恒伸手替她擦了擦脸上的泪：“不说了，都过去了，不提那件事了，好吗？再纠缠那些让自己不舒服的过去，也没意义，不如咱把以后的日子过得平平安安、高高兴兴的，好吗？”

林响点点头。

清晨，黄小蕾醒了过来，走到餐桌旁，忽然觉得家里有些不对劲。她蹑手蹑脚走到厨房，看到了一个熟悉的背影！她开心地问：“你是故意不通知我，要给我一个惊喜，对吗？”

黄九恒转过头：“当然。”

“你成功了，我惊喜了！你真的不再回阿德莱德了吗？”

“当然，酒店领导已经同意了。”

“就因为你水土不服、失眠？就因为你想我和妈妈？你真的想好了，不走了？”

“我当然想好了！过日子，就是要个踏实，能三天两头地看看小蕾跑跑步，能喝到林响女士炖的汤，能睡前看着中文的电视节目泡泡脚，这种日子，才是最舒服的！”

37.

并排坐在公园的长椅上，高淑雅能感觉到蓝天愚的不自在。

选在这样的地点，也是为了降低约会的成本。按理说，他应该请她去家里坐坐。可他虽然离了婚，仍和前妻住在一起，当然，只有一套房是一个原因，最主要的，还是不想让儿子知道他们离婚的事。他向她坦诚，她也理解，因为她也和前夫住在一起。

在白志勇家里，她像女主人一样在厨房忙里忙外，做了一桌子丰盛的菜，这让黄九恒和白志勇都很满意，还时不时起起哄，弄得蓝天愚很不好意思。

谁都知道，蓝天愚心里是欢喜的。

恋人间，礼物表真心，蓝天愚懂。她送他三千八百块的钱包，他送她一万八千块的钻石项链，考虑到没有约会地点，又以她的名字租了一套房，花了四万块。花钱的时候，他一点也不心痛，就为了给她个惊喜，让她高兴高兴。甚至，他选择单独行动，都没有和白志勇、蓝天愚商量一二。

然而蓝天愚正处在对未来美好生活的憧憬中，在努力寻找着幸福的感觉，却意外发现，高淑雅连给婚介中心的资料都是假的。区晓鸥看了那钱包，A货，估计就值38块。而蓝天愚的项链是不是货真价实，银行的交易短信最清楚。

这朦胧的色诱骗局，官司是打不赢的，因为一切都是蓝天愚自愿。高淑雅先在他面前表现得温柔善良，然后再说没钱，让他给她租房，之后的桥段，都是经典骗局里的故事。二十年代的北京城，三十年代的上海滩，四十年代的天津码头，都是一个套路。若是有所防备，开一个头，就知道结尾是什么样的了。

但现在，说什么都晚了。曾以为高淑雅看他就像是崔莺莺看张生，朱丽叶看罗密欧，真由美看高仓健，其实呢，到现在他才明白，她是孙二娘看包子馅。

可是，生活不能退缩，还得继续往前闯。

江小美在回家的路上，又遇到了她的扫把星丈夫。

梁正廷笑眯眯地走上前来："早上好啊，敬爱的江小美同志。"江小美一脸无奈："找我什么事？有事能不能打电话，不是说好了吗，别到我的住处来。"梁正廷嬉皮笑脸地说："咱俩还没离婚，你还是我的法定老婆，为什么你的住处我不能来？有新男友了？怕打扰？"

江小美气愤地说："我和你分居，就是不想见到你，你也答应尽量少见面。你说你没钱吃饭，钱我也给你了，为什么还要缠着我？离我远一点，我看到你不顺眼，不顺心，明白了吗？你真的是想把不要脸进行到底吗？"

梁正廷夸张地摆摆手："别在这儿吵，让人看笑话！我来当然是找你有事，三百万离婚补偿费什么时候给？三百万！"

一提到这钱，江小美气不打一处来："我告诉你三百万次了，我现在没钱，我的收入是多少你也知道！”

“那我管不着，我现在又没钱了，连物业、水电费都交不起，我准备把我的房子租出去，然后……”梁正廷才不想听她哭穷，他是来要钱的，得使点大招。

江小美警惕地问道：“然后什么？”梁正廷将脸贴近江小美：“然后我住到你这儿来！你好香啊，洗发水的牌子换了吧？”江小美气得直发抖：“你怎么……你怎么能这么无耻！”梁正廷气定神闲地说：“你骂我无耻也不是一天两天了，我习惯了，不跟你计较。钱，快给我，等我真没钱了，我肯定会搬到你这儿来住，你还别不信。”

信，她信。她托人查了一下，终于知道了他狮子大开口的原因。他赌博输了钱，已无处能借钱，只能死磕她。他所倚仗的，就是恋爱时期的一些亲密照。他扬言会把这些照片贴到网上去，如果她不给三百万的话。而她江小美怕的是对家人与亲戚的伤害。若非这个原因，她大可置之不理。

可是，她已不是过去那个江湖上如雷贯耳的樱桃姐了。

得知景雅有心理医生的时候，白志勇整个人都惊呆了。那个和他斗嘴斗得不可开交的人，那个有时候损得他都结巴的人，居然要看心理医生？

质疑归质疑，可景雅一站到他面前，他就心疼了。

不过，这次他还没来得及心疼，景雅就提出了借他的身体生个孩子的事。他当即愣住了，本能地想问她为什么不去找别人偏偏找上他，一冷静下来又觉得不对，这种事他怎么可以把她推给别人呢？但是，他又怎么可以揽到自己身上呢？

这种感觉太奇怪了。白志勇给了自己十分钟再度冷静思考的时间，终于，头脑清醒了一些："这次，你跟我提要生孩子，我以为你只是任性，只是大小姐的脾气犯了……我可不可以这么理解，咱俩离了婚，你很压抑，有崩溃的感觉？"

景雅没说话，眼神幽深，神情痛苦。白志勇叹了一口气："怎么了？能跟心理医生痛说家史，就不能跟我聊？"

景雅缓缓抬起头："有一段时间，我很少见人，很少见朋友，时间久了，压抑、孤单，整天都昏昏沉沉的，想找人聊聊，正好朋友介绍，就认识了这个心理医生。"

白志勇理解地点点头："明白，其实一个人闷在屋子里想东想西的，是特别容易伤感。"

景雅闷闷地说："人在沮丧的时候，确实是需要交流，需要对别人说，需要别人听。这跟你找一堆哥们儿去狂喝狂饮，去颠覆折腾本质上是一样的，只不过我采取的是另外一种形式。"

白志勇问："那……你跟心理医生聊过要孩子的事吗？他是什么意见？"

"聊过，他说，他尊重我的选择。"

而她的选择，是他。

"当初是你坚持要离婚的，可是离了婚，你并不开心，起码，不像你预料的那么开心，对吗？"白志勇问。景雅自顾自笑了笑，她笑得很无奈："傻子都知道，离了婚，不可能开心，至少不可能马上就轻松自在。”

白志勇满脸严肃：“那我问你，我们离了有一段时间了，你后悔吗？”景雅目光清澈地回他：“不后悔，我一点都不后悔。”白志勇有点失望：“你回答得很快，很坚决，是真心话吗？我是说，你是不是还在嘴硬，说赌气的话？”

“我对心理医生说过，离婚前，两个人在一起，应该相互温暖，相濡以沫，可为什么我反而感到孤独冷清呢？这不正常，我想不通。而离婚后，一个人的孤独冷清，是正常的，是看得见、摸得着的，是我能想得通的。仅从这一点上说，对我们的离婚，我就不后悔。”

白志勇无言以对，郁闷地叹了口气：“唉。骂人不带脏字，吃人不吐骨头啊。”

“我只是说了实话而已……”

白志勇点点头：“再给我一段时间。”

景雅安静地看着白志勇，眼中带着疑惑。白志勇补充说：“我是说，当你孩子父亲的事，再给我一段时间，让我考虑考虑……因为，我不想再次伤害你。”

“谢谢。”景雅轻声说。

有一件事牵扯着，见面的机会就变多了。才过了两天，白志勇又在去超市的路上遇到了景雅。反正他无所事事，便主动凑了上去，逮着景雅一顿神侃。景雅无奈，只得停下手上的事，和他找了个露天咖啡馆坐了下来。

白志勇还想跟她聊聊两年前的事，景雅却并不想谈。

白志勇言辞恳切：“我想谈，因为这件事儿我一直在琢磨，我脑子里一直有疑问。”

景雅问：“是你的一块心病，快憋死你了，对吗？”

“是。从两年零五个月前开始，你就突然改变了对我的态度。我一直想把这事跟你聊清楚，可每次一聊，你总是躲躲闪闪、遮遮掩掩，我心里就一直疙疙瘩瘩的。到底发生了什么事儿，让你突然对我们的婚姻放弃希望了呢？！”

景雅头也不抬：“我的答案就是，当你对一件事情有疑问、有怀疑、不明不白的时候，先沉下心来自己想，慢慢地想，仔细地琢磨，琢磨久了，答案自然而然就出来了。”

白志勇眉头一皱，说：“你看你看你看，你还是在绕来绕去、躲躲闪闪啊。闲下来的时候我就老回忆那一段时间我到底怎么得罪你了，但除了我经常夜不归宿打个麻将扑克什么的，你做了个人流，再也没有其他事了啊。我告诉你，我想得脑仁都疼了，还是想不明白，所以才问你嘛！”

景雅用手指敲了敲桌子：“你没想明白，就证明你想得还不够细致，不够透彻，想的角度还不够多，不够广。继续努力。”

白志勇怀疑地看着她：“……你的确在回避什么，对吗？”她冲白志勇微笑了一下：“加油想吧，白志勇同志。”

白志勇顿了一顿：“好，换个话题，怀孕生子的梦想还在吗？”

“在，从来没有动摇过。”景雅坚定地说。

38.

天蒙蒙亮，蓝天愚坐起身来。他一扭头，直勾勾地看着自己的枕头，一脸惊恐。那上面，有一大片头发。

他郁闷地悄悄去看了医生。医生说，是心理问题，压力太大、长时间不快乐造成的神经性脱发。

听到这个结果，区晓鸥哈哈大笑，但白志勇关心的是，蓝天愚的心理出了哪方面的问题。要获得答案，自然还是得问他。

白志勇望着蓝天愚：“你现在用最质朴、最简单的一句话，字越少越好，来说明一下你的心理障碍在哪里。”蓝天愚略微思考了一下，说：“谈恋爱。”区晓鸥恍然大悟：“明白了，想谈恋爱，又没谈成恋爱，还遭受恋爱的折磨，所以，开始掉头发。这个因果关系怎么听上去这么凄惨呢？”

白志勇点点头：“我也觉得他特凄惨。”黄九恒附和道：“凄惨到家了。蓝天愚跟我说，他都想谈个假恋爱了，纯形式的那种恋爱，哪怕是一个女人假装对他好也好。”

江小美笑了：“老蓝啊，我看你是被自己的凄惨折磨得有点不太正常了，怎么你对恋爱的要求越来越低了？连假的都行？”白志勇一脸正色：“不能因为受了几次打击，就心灰意冷、破罐破摔，什么叫假装对你好？恋爱怎么能是假的啊，谈就得往真里谈，要争取谈得惊心动魄，热火朝天！”

蓝天愚叹了一口气，摇摇头："我没那么高的要求，哪怕是一段假恋情，只要能让我产生恋爱的感觉。当然，不能违法乱纪，我只想找个人……哪怕她假装对我好，我也能假装相信，过过谈恋爱的瘾，或许就能驱散我挥之不去的阴影，能在我前老婆面前找到心理平衡。"

"你要这么说，我多少有点理解了，精神疾病，需要治疗。"江小美说。蓝天愚满脸认真："诸位，我承认我有心理疾病，这也不是什么丢人的事。"黄九恒也明白了，说："你必须通过和另一个女人的交流来减少自己的痛苦。"蓝天愚坦白道："对，我明知道不靠谱，可我就是管不住自己的这种胡思乱想，按不住自己的这种蠢蠢欲动。"

区晓鸥见缝插针地说："我来领会领会蓝老师的意思啊。你现在需要建立一个新的围城，让自己充实起来，让你的痛苦尽量减轻，让你重新获得情感上的乐趣，而且还得快，不能等，你想尽快享受、体验这个过程。"

白志勇接过晓鸥的话头："哪怕是一个虚拟的过程，只是简单地去感受这个过程中的温暖、善良、呵护，他就心理平衡了，心理障碍就解脱了，头发也许就不掉了，是这意思吧？"

蓝天愚点点头："晓鸥和志勇总结得靠谱。要快，越快越好。我现在离了婚，有了谈恋爱的资格，不谈？这就好比当你饿得前心贴后背的时候，一桌子可口的饭菜做好了摆在你的面前，却只让闻，不让吃，多残酷啊。"

"他现在需要的是一个，伸手就能够着，直接能往嘴里塞的，热乎乎的香喷喷的饼，是什么饼，可以商量，肉饼、葱花饼、甜饼、咸饼……但不能是画在画里的纸饼。”谈到吃的，黄九恒举一反三，特别拿手。

江小美思索了一下：“哦，明白，饥不择食，慌不择路。”白志勇一听就不高兴了：“江小美，如果你再是这种嘲弄的态度，我请你离开本次会议现场。”江小美连连讨饶：“行行行，我离开，算你驱逐我也行。”她起身，趁机去上了个厕所。

白志勇很是得意：“晓鸥，捣乱的滚蛋了，你接着说。”

区晓鸥煞有介事地分析道：“你需要谈一个纯形式的恋爱。可以请人跟你假装谈恋爱，网上现在有这种业务，叫合同制恋爱，各种类型、各种形象气质、各种性格的都有，这种女人，叫爱情模特。蓝老师，你先说说，你到底想找个什么样的？”

黄九恒又拿他擅长的东西举例子：“对，先把你喜欢的类型说出来，大家才能帮你找啊！你喜欢丝瓜、冬瓜还是南瓜？西葫芦行不行？柠檬还是西红柿？你想要哪样的？具体点。”

蓝天愚思考了半晌，说：“只要岁数别太小，至少得二十七八岁……”黄九恒咧咧嘴：“二十七八还不小啊？”白志勇手一指黄九恒，黄九恒当场会意，连连道歉，“抱歉，顺嘴溜出来了。”

蓝天愚继续说：“我不想让人家说我是老牛吃嫩草，要不然我不自信。形象嘛……别太难看，五官端正，落落大方即可，但性格要开朗，要善解人意，在一起能轻松愉快，最好没孩子。这就行。”

区晓鸥抓住了关键信息，说：“不是最好没孩子，是必须没孩子，因为这里面有个责任的问题，你不能当着孩子的面跟孩子他妈谈一个虚假的恋爱，这不道德。”

蓝天愚点头。黄九恒又问：“经济方面有什么要求吗？”蓝天愚说：“没房没工作不重要，没存款也不重要，只要人好。”

白志勇看着蓝天愚，又看看区晓鸥：“你这些要求……怎么越说越像晓鸥？成心的啊？”蓝天愚吓了一跳：“别胡说八道！”说完，他急忙看向区晓鸥，生怕她会误会。却见区晓鸥笑眯眯、直勾勾地看着他，这让他有点心虚，“晓鸥，你，你别这么看我，这……是老白说的，我可没说啊。”

白志勇趁机使坏：“我们晓鸥只有一点不太符合你的条件，你说别太难看，可晓鸥是霞光一道啊。”蓝天愚结巴了：“是……是啊……霞光、霞光……”晓鸥依然笑眯眯地看着蓝天愚：“行啊。”

蓝天愚惊住了：“什……什么行啊？”白志勇和黄九恒也一愣。区晓鸥把句子补齐了，认真地说：“我跟你谈恋爱啊，帮你治病。”蓝天愚长长地盯了区晓鸥一眼：“别闹。”区晓鸥的脸板得很平，很认真：“我没闹。”

蓝天愚觉得太不可思议了。这个区晓鸥到底是什么意思呢？她年纪这么轻，二八妙龄，青春逼人，朝气蓬勃，大好年华，长得嘛，虽不算倾国倾城、风华绝代，也还算如花似玉、面容姣好，却成天跟他们这些中年男人混在一起，也没男朋友，还撸胳膊挽袖子地说要跟他谈恋爱？不会是有什么特殊癖好吧？或者说……恶作剧？把他的春心撩拨起来，然后站在一边假装安慰呵护，实则在他的痛苦中得到快感，看热闹、起哄？

一时间，蓝天愚心乱如麻。

江小美吓了一跳，她不过去了趟洗手间的工夫，就发生了这么大的事！她私下劝晓鸥："这事要想清楚，我知道你是好心，想帮助蓝天愚，可你也别否认，你有一点点喜欢蓝天愚，对吗？"

区晓鸥点点头，说："我是喜欢他，可绝对不是恋爱或情人间的那种喜欢，我只是觉得他人特别好，稳重、善良。能配得上这两个词儿的男人，已经是很优秀的男人了，我真的不想看着他这么痛苦下去。"

江小美有些担心地望着她："你不怕这假恋爱万一要是真谈起来，万一谈着谈着谈成真的了，怎么办？万一他喜欢上了你，那他不会更痛苦吗？"区晓鸥笑了："三个万一，那就是三万分之一了！放心吧，我会控制好，不让它成真的。"

江小美的神情有些痛苦："我还真不放心，你现在这种情况，能不能挺过来还不一定呢，你正是脆弱、伤感的时期，还要在大家面前掩饰你的这个秘密，能行吗？"

晓鸥目光坚定："没问题，我挺得过来……"

小美抚了抚晓鸥的肩膀："我是说，做这个假恋爱的决定，是不是有点太鲁莽了……"

晓鸥伤感地说："我还有什么资格谈真恋爱吗？如果这场假恋爱能让蓝天愚开心，我自己也会开心。其实，如果能和蓝天愚谈一次假恋爱，我应该感谢他，感谢他给了我恋爱的感受，带给我轻松、快乐。我特别想对蓝天愚说，我不是在帮助他，我是在帮助我自己……只是，这种话现在我还不能说。"

“女人需要什么呢？最简单的家长里短。”区晓鸥自问自答起来，接着说，“我现在这种情况，谈一次恋爱，可能是最直接、最快的获得幸福的一种方式。小美，我太需要这种朴朴素素、平凡干净的幸福了。虽然在这段难熬的日子里，你给了我那么多帮助，那么多安慰，那么多友情，可我也不想老待在你身边，缠着你，我怕你会烦。”

江小美摇头：“不会，只要你需要我，我会永远陪着你，你可以一辈子住在我那里、吃在我那里。只要我有一间房，绝对有你一张床，只要我的锅里有吃的，绝对少不了你的一碗，不用考虑别的，好吗？”

晓鸥眼里满是泪水：“我们不可能永远这样下去，你将来还会有自己的新生活，自己的新感情，你已经给了我很多很多，就算是亲姐妹，也总有一天要分开。也许吧，也许我是想用这次假恋爱去适应一下未来的、没有你在身边的日子……”

说到这里，区晓鸥的眼泪流了下来，江小美轻轻地替她擦了去。区晓鸥深吸一口气，抹了抹眼泪，打起精神，说：“我的事儿，还是要保密。”

39.

天很晚了，客人已经走得差不多了。吧台外，蓝天愚、黄九恒和区晓鸥围坐桌边，江小美则在吧台内忙着。

蓝天愚有些闷闷不乐，举着空杯子："晓鸥……再来一杯。"区晓鸥把酒瓶子拿到一边："别喝了，都喝九杯了。"蓝天愚头一歪，像是在思考："有……九杯吗？"区晓鸥看了他一眼："我给你数着呢，整九杯，没有半杯的，而且只用了三十几分钟的时间。太快了，你就不能慢点喝吗？我怕你再喝下去，又该拉我的手了。黄大师，跟我换个位子，我离他远点。"

黄九恒起身和区晓鸥换座位，看看蓝天愚："你看你看，你听你听，多像一对和美的恋人在调情说话啊。"区晓鸥立马制止他："别起哄！"然后她看着蓝天愚，认真地问，"蓝老师，你是不是真想谈假恋爱？"蓝天愚本已涣散无光的目光坚定起来："不谈不足以平民愤，我不谈，大家也不答应啊！你们现在有点集体意淫的意思，也不知道是真关心我，还是想看热闹。"

区晓鸥看了在座的人一眼："白志勇和黄九恒，最多有百分之十是在看热闹，有百分之九十是在关心你。"黄九恒头点得很夸张："我代表白志勇深深地点头。"

蓝天愚认真地说："我发过毒誓的，颠覆过去不愉快的日子，追求新的舒坦的日子，最重要的原则就是不说假话、虚话和套话，我是真的想谈！"晓鸥笑眯眯地看着蓝天愚："我不是说了吗，如果你觉得我行，我可以跟你试试，当然，如果你觉得我不行，就当面拒绝，别考虑我的自尊心。"

黄九恒有点兴奋："晓鸥，你说这话脸上老是笑眯眯的，搞不清楚你是开玩笑还是说心里话，到底真的假的？"区晓鸥说："行，那我努力严肃起来。"蓝天愚看着晓鸥，有点紧张。这时，江小美走了过来，好奇地问道：“什么事你要严肃起来？”黄九恒兴致极高，一拍吧台站了起来：“晓鸥同意跟老蓝谈恋爱！小美，你说这是真的假的？”

江小美目光复杂地看看区晓鸥，叹了一口气：“晓鸥是我最好的朋友，我了解她，她是认真的。”

蓝天愚惊讶极了：“为什么？可怜我？怜悯我？这种方式的恋爱我可不谈，搞得我跟个要饭的似的。”

江小美白了他一眼：“蓝天愚你为什么那么没信心呢？你知道你的优点吗？你真诚细心，善良闷骚，时常还有一些幽默，长相既委婉又帅气，气质柔和，对女性是有绝对吸引力的。”蓝天愚倒不好意思了：“别……别这么当面表扬我，我有点不自在。”区晓鸥接口道：“我不否认，我决定这样做是有想帮助你的成分，帮你解脱郁闷，让你能轻轻松松地度过离婚之后的这段艰难岁月。但可怜，是绝对没有的，我以我父母的生命起誓。”

黄九恒兴奋地说：“等等，发生什么事儿了？突飞猛进啊。这事不是开玩笑？真的成真的了吗？”区晓鸥肯定道：“如果蓝老师同意，就算是真的。作为女人，我也没什么资本，你们虽然老夸我是一道漂亮的霞光，但我听得出来，有客气和礼貌的成分在里面，刚好我也很久没有谈过恋爱了，如果你给我这个机会，我谢谢你。”

蓝天愚认真了：“可……可年龄……”黄九恒急了：“年龄算什么？就差十几岁！多合适啊，男的岁数大点会疼人，女的岁数小点会撒娇，和谐！”

江小美追问道："老蓝，表态吧。"蓝天愚有点蒙。江小美步步紧逼，"不说话可就是默认了。"蓝天愚咬了咬牙："行！行……反正，是假的。"

黄九恒兴奋极了："好好好好好，我们都算是月下老人，最美好的一天就是今天，要好好庆祝一下！小美，上酒！"区晓鸥对江小美笑了笑，两人转身去吧台调酒。黄九恒兴奋不减，"给白志勇打电话，让他赶紧过来，出了这么大的事，得让他过来庆祝一下啊！"

在一片狂欢的氛围中，只有区晓鸥知道，是江小美临门一脚的助攻，击穿了蓝天愚犹豫的心理防线。

蓝天愚下班了，拎着包走出教学楼，看到一身清纯装束的区晓鸥站在门口，她脸上挂着静静的笑。

蓝天愚走近，四处紧张地张望一番："你真来接我下班啊？"区晓鸥笑了笑："我们不是恋人嘛，我得让你感觉到温暖，假的也得像真的。"蓝天愚小声地说："以后换个地方等吧，单位里影响不好，主要是……咱俩反差太大，你长得太像个学生了。"区晓鸥还是浅浅一笑："好，以后我在大门口等。"

蓝天愚问："好好，今天什么安排？"区晓鸥说："买菜！我和小美住处的菜没了。"

在菜市场，蓝天愚很紧张地拎着一袋子菜，东张西望。正挑着菜的区晓鸥一转身，看着蓝天愚："怎么样，蓝老师，跟我谈上恋爱以后，不怎么掉头发了吧？"蓝天愚的紧张程度丝毫不减：“是，好多了……还……还买吗？”

区晓鸥笑了：“你一进菜市场就东张西望紧张兮兮的，怕什么啊？跟我出来买菜很丢人是吗？”蓝天愚小声地说：“不是不是……主要是咱俩这个样子，我拎着一大堆菜，你笑眯眯的，满脸幸福安详地拎着钱包，一看就……”区晓鸥接口说：“一看就像恋人，或两口子。这不正合适我们俩的人物关系吗？”

蓝天愚在心底叹了一口气：“那样就好了！可我想说的是像我在泡小蜜。还有，我是个老师，我可能不认识别人，可认识我的别人很多。”

晓鸥大方地搀起蓝天愚的胳膊：“我知道你学生多，但那怎么啦，你不都离婚了吗！走，亲爱的，买鱼去！买鲈鱼还是买带鱼？”

蓝天愚一手拎着菜，一手被晓鸥搀着，很别扭地边走边说：“你声音小点，声音小点。”

蓝天愚晚上回到家的时候，上官慧还替他热着汤，就在厨房里。蓝天愚走向厨房，关上煤气：“我不喝了，留着你明天喝吧，我今天喝了四五碗汤了，撑死我了。”

上官慧随口问道：“哦，又跟白志勇、黄九恒出去吃饭了？”

“没有没有，今天是跟另外的一个朋友吃的饭。”接着，蓝天愚主动交代，“一个……一个女的。”

上官慧看了看蓝天愚，又把眼神转向了别处：“哦。”

蓝天愚仍旧紧张地看着上官慧，上官慧转过头，看着蓝天愚：“你看我干什么？你觉得我听说你跟一个女的吃饭，反应应该强烈一点？咱俩离婚以后，你大张旗鼓地到处跟人家谈恋爱都两回了，我都已经适应了，你跟一个女的吃饭，作为一个前妻，我不应该，也没资格反应强烈吧？”

蓝天愚讷讷地说：“哦，也对，你是不该瞎反应。”

和区晓鸥假拍拖以来，蓝天愚真是感觉到了年龄的差距。

只玩了一次海盗船，蓝天愚就累得够呛。那晃得呀，他的肠子都快蹿出来了。

但区晓鸥知道，蓝天愚的这个累，绝对不是玩累的！是因为他跟她在一起太紧张，不放松。蓝天愚心情复杂，感慨道：“幸福好不容易来到身边了，要充分享受，可我老觉得这约会就跟上战场似的，硝烟弥漫，子弹乱飞。”

晓鸥还是笑眯眯的，突然亲了蓝天愚腮帮子一下，蓝天愚一愣。晓鸥打趣地问道：“还有硝烟子弹吗？”蓝天愚摇头：“没了，蓝天白云了。”

这一刻，他心跳加快了，好像，有了一丝恋爱的感觉。

而秦峰，也在为找回恋爱的感觉而努力着。

上官慧和她摊牌后，他纠缠过。可上官慧警告过他，如果他再这么频繁地给她打电话或发短信，她就把手机号换掉。

他相信上官慧做得到。可他就是想再约约她。他想，她刚离婚，现在也许还陷在一种失落的情绪中，心情压抑，这些情绪影响了她的判断，导致她做出的决定和很多想法都不客观。比如，和他分手。

但试探了好多回，上官慧总是不搭理的样子。他在她下班的路上堵了好几回，可她一句话也不想和他多说。

最后一次见面，是在路边。秦峰神情哀伤：“从你脸上的表情我就能看出，你已经考虑好了，已经完全把我扔到一边去了。”

上官慧冷冷地说：“是，这就是我考虑的结果。”秦峰叹了一口气：“我们……不可能再重新开始了。我知道。”

当他服了软，伤了心，上官慧反倒有些伤感了，对他的态度也好了一点：“我是一个相信感觉、相信感情的人，为了感情，我可以不顾一切。可现在，我们俩之间，已经很难找回我刚认识你时，那种疯狂的感觉……”

秦峰哀怨地看着上官慧。上官慧接着说：“对不起，不是我对你没有感觉，是因为我的家庭、我的孩子，给我带来太多的压力，我一个已婚有子妇女，不能随心所欲地去触碰那种感觉和感情。秦峰，人不可能活在真空里。”

秦峰无力地点点头：“我明白。”

上官慧有一些感激：“谢谢理解。”

40.

眼看蓝力成就要十岁了，按照蓝奶奶的习惯，十岁生日是大事，得操办。蓝天愚如临大敌，他在紧张什么，上官慧心里有数。

老太太眼睛毒，看什么一看一个准，上官慧从不敢在她面前撒谎。先前蓝天愚对老太太没什么畏惧之心，毕竟是亲妈，恃宠而骄。可这回不一样，若是被老太太知道他离了婚，他一定吃不了兜着走。

生日会办得很成功。蓝力成开心，他的同学尽兴，蓝天愚也尽力表演好一个合格丈夫的形象。然而等亲友散尽，把蓝力成赶到另一个房间里关上门练字，蓝奶奶还是把蓝天愚和上官慧叫到了房里。她盯着儿子和媳妇："你俩是不是有矛盾了？闹分居呢？"

蓝天愚强撑着假装镇定："没有啊！你怎么想到我俩有矛盾了呢？我们挺好的。"上官慧也配合地点点头。

蓝奶奶："你俩有没有矛盾，只有你们自己知道，你们不承认，我只当你们没事儿。可我想说的是，过日子，磕磕碰碰、摔摔打打的，很正常……不打不闹，那不叫夫妻。"

蓝天愚和上官慧不知道该说什么，只能点头。

蓝奶奶一脸正气："蓝天愚，你是男的，不管家里出了什么事儿，要让着上官慧，你也那么大人了，别犯你那倔脾气，听见没？"蓝天愚点点头，假装轻松："听见了，敬爱的妈。"

第二天，蓝奶奶戴着老花镜看报纸，上官慧端了一杯茶出来："妈，您喝点茶……"蓝奶奶放下报纸，接过茶，却说："上官啊，坐，妈跟你聊聊。"上官慧紧张地坐下。

蓝奶奶问上官慧："你说实话，你跟蓝天愚是不是出了什么问题？"上官慧硬着头皮否认："没有啊，您怎么又问这个问题呢？”蓝奶奶说：“昨天我一进你们家，看到书房里多了一张床，我这心里就一激灵。知道我为什么激灵吗？”上官慧摇摇头。

蓝奶奶说：“这个场面，我在别人家见过，当时我是去做调解工作。上官啊，你知道，我是妇联干部出身，那家人开始也是说丈夫神经衰弱，要分开睡，嘴硬，撒谎，可实际上他们已经闹得打得天翻地覆了。那个年代，房子紧张，分居了，只能一间屋子摆两张床，两口子一人睡一床，中间拉一帘。”

上官慧快崩溃了，她强忍着紧张，不说话。蓝奶奶接着说：“今天，我在你们家里又见到了两张床。”说话时，她盯着上官慧，“你告诉我，你是不是跟蓝天愚分居了？”上官慧不知道该说什么，愣愣地看着蓝奶奶。

“瞪着我干什么？看皮影呢，还是想编瞎话？说吧！”

上官慧只好编瞎话，前言不搭后语：“前几天蓝天愚确实是神经衰弱……睡眠不好……您要是觉得不好……我们就再搬回一间屋。”蓝奶奶显然没信，她把视线从上官慧的脸上收起来，端起茶，轻饮。

上官慧有些慌乱：“妈，那我去买菜了。”

上官慧拎着菜回来，看见蓝奶奶仍坐在那儿，有点慌，问：“妈，您怎么还坐在院里，蓝天愚和小成还没回来？”

蓝奶奶盯着上官慧：“我给你妈打了电话。”上官慧有点傻，呆愣愣地看着蓝奶奶。蓝奶奶口气很硬：“你妈说，她也感觉到你和蓝天愚有矛盾了，而且还说，这些日子，你隔三岔五就到她那儿去住。”

上官慧彻底蒙了，一脸的恐惧。蓝奶奶软硬结合：“上官啊，你不是个会撒谎的孩子，一撒谎就全写在脸上和眼睛里。我呢，又是个老人精，不幸的是，还长了一双火眼金睛，我看得真真的，你和蓝天愚肯定有事！百分之一千的肯定！你是现在告诉我呢，还是我把蓝天愚这小子揪回来，咱们一块儿谈？”

上官慧没说话，眼睛不敢看蓝奶奶。蓝奶奶道：“我从不护犊子，这你是知道的，如果是他欺负了你，我绝饶不了他！”

上官慧还是不说话。蓝奶奶接着说：“你不说话是瞒不过去的。你也知道我年轻时候是干什么的，专搞妇女工作的，我是我们区妇联著名的调解员。我告诉你上官慧，跟我斗心眼的人还没生出来呢！我经过的事，比你听过的都多。孩子，我还可以提前告诉你，你们俩肯定出事了，而且出的是男女方面的事，而且……肯定是你出事了！”

蓝奶奶目光犀利地看着他，上官慧迟迟不敢抬起头来，在强大的心理攻势下，她只能缓缓地说：“我和他……离婚了。”

听完上官慧接下来的一席话，蓝奶奶也傻了，盯着上官慧，半天没说出话。上官慧眼中有泪：“妈，出了这种事儿，是我的不对，离婚也是没有办法的事情……”

蓝奶奶盯着上官慧说：“上官，要不是你给我们蓝家生了这么一个儿子，要不是看在你是我孙子他妈的面子上，我大嘴巴抽你你信吗！你这叫欺负人你知道吗？”

上官慧低着头擦泪，不敢说话。蓝奶奶情绪有些激动，大骂起来："你怎么能这么不要脸呢？我这个当婆婆的都替你脸红！我的脸都没了！你知道在过去你这种行为叫什么吗？叫生活作风问题！生活作风有问题的女人，在过去，是连门都不敢出的，你还振振有词？"

上官慧哭泣着，蓝奶奶情绪不减："我也是女人，我也经历过你这岁数，我就不明白，什么叫你想在感情上再活一辈子？这叫什么话？一辈子的命，想过成两辈子？说白了，这叫什么？这叫贪婪，无耻！好听的，叫多吃多占，吃着盆里的看着锅里的，难听的，这叫……叫搞破鞋！这要在我们年轻那会儿，得判刑！得进监狱！"

上官慧哭得很伤心，蓝奶奶叹口气，还是于心不忍，抽了几张纸巾递给上官慧："你有胆量干这种事，就应该有胆量扛着。哭又是什么意思？我告诉你，我最看不上你这种一出了事儿就哭哭啼啼的女人！你哭我就能原谅你吗？"

上官慧拿纸巾擦着脸上的泪，不说话。

突然蓝奶奶和上官慧感觉到了什么，两人几乎同时转头往门口看。门口，站着的是蓝力成，他看到妈妈在哭，一时间愣住了。蓝奶奶忙说："小成，傻站那儿干什么，快进来。"

蓝力成关上门，慢慢地坐到妈妈身边。上官慧拼命掩饰着情绪："小成，你爸呢？"蓝力成怯怯地说："爸爸把我送到家门口，就去上班了。妈，你怎么啦？"

上官慧刚想说什么，蓝奶奶接过话："哦，没事儿，你爸和你妈闹别扭了，我正批评你妈呢！"蓝力成看看奶奶，又看看妈妈。上官慧看着儿子，红着眼睛点点头。

蓝奶奶挤出一丝笑容："行啦，玩了半天了，喝点水，上个厕所，去里屋写作业吧。"

蓝天愚一回家，蓝力成就神秘兮兮地叫住了他，用手示意爸爸低低头。蓝天愚弓下腰，蓝力成把嘴凑到蓝天愚耳边："爸，我今天看见妈妈哭了。奶奶说是因为你和妈闹矛盾，她批评妈妈了，所以妈妈就哭了。"

蓝天愚小声对儿子："没事，奶奶批评妈妈，这不正常吗？我小时候，你奶奶经常骂我，急了还打过我呢，我十八岁那年她还打我呢！当然了，奶奶打人是不对的！"

蓝奶奶从厨房出来，好奇地问道："爷儿俩说什么呢，还这么神神秘秘的？"蓝天愚看着蓝奶奶身后的上官慧："哦，小成跟我说，他看见他妈哭来着……"上官慧不自然地低下头，然后转身走回厨房。蓝奶奶笑了笑："嗨，小孩子家家的，别操心大人的事！"

蓝天愚看着儿子，目光柔和："小成，爸爸和妈妈是有矛盾。大人之间有不开心的事情，是很正常的，你不用担心，奶奶说妈妈，也是为了爸爸和妈妈好，而且现在我和妈妈的矛盾已经没有了，晚上你和妈妈一起去夜市玩，好吗？"蓝力成点点头。

等蓝力成和上官慧去夜市后，蓝天愚和蓝奶奶各自端坐在沙发上。蓝奶奶问："昨天夜里两点多，出门了吧？"

蓝天愚点点头："睡不着，烦，找朋友喝酒聊天去了。"

蓝奶奶变得很慈爱、伤感："妈能理解。遇到这种事，苦啊，你心里一定苦死了。委屈你了，儿子。"

蓝天愚努力克制着自己的伤感。蓝奶奶说："你不告诉我，我能明白你心里是怎么想的，妈脾气不好，你怕我着急、上火。可离婚这事，是大事，你总该跟我商量商量吧，妈还能把你吃了吗？"蓝天愚点点头，不说话。

蓝奶奶柔声说："儿子，你呢，也不要去钻这个牛角尖，人活着这长长的一辈子，总是要遇到点沟沟坎坎，甭管你是跳过去，还是爬过去，甭管跳得有多难，爬得有多苦，总得过去，你不可能一辈子都待在那个沟底下。"

蓝天愚满脸凄惨："妈，这事出了以后，我也一直在想，我该不该恨上官慧，我该不该去惩罚她。可我真不知道怎么去恨她，也不知道该用什么方法用什么手段去惩罚她，我做不到……甚至，在某些问题上，我还能理解她。"

蓝奶奶有些伤心，说："天愚，你是妈身上掉下来的肉，妈怎么能不了解你呢，你善良，你是个善人哪孩子。"

蓝天愚满脸怆然："我也知道为了儿子，为了您，为了这个家，我不该离婚，我也努力地想让这事赶紧过去，让日子再继续下去。可我过不下去，我一看见上官慧，脑子里就总会出现我想象出来的画面，想象她跟那个教练在一起的画面，白天想晚上想，家里想单位想。我努力不去想，可她在的时候想，不在的时候也想，跟朋友喝酒聊天的时候还在想。那可煎熬得我真过不去了，我才离了婚。"

蓝天愚哭了，他用力用手抹了抹脸上的泪。蓝奶奶也哭了。蓝天愚把纸巾递给老母亲，她一边擦着泪，一边疼爱地摸着蓝天愚的头发。

蓝天愚的声音极其痛苦："这个屋子，就像是你说的那个沟底下，经常让我喘不过气来，憋闷，憋屈，缺氧的感觉。"

蓝奶奶怜惜地看着儿子："我现在就是这种感觉。陪妈出去坐会儿吧。"

41.

蓝天愚呆呆地坐在院子里，蓝奶奶伤感地坐在一边。蓝天愚指着面前的一棵树，说："妈，您看这棵树。"母子俩看着前方的树，它迎风摇曳，沙沙作响。

蓝天愚苦涩地说："你能想象这棵漂亮的树，如果没有树皮，会是什么样吗？我现在就是一棵没有树皮、光着身子的树，我就好像一个没穿衣服的人，春天迎着风沙，冬天顶着寒风，夏天忍着酷热，秋天受着落叶后的孤独……死，死不了，活，活得难受！人要脸，树要皮……我现在充分理解了这句老话的分量。"

蓝奶奶叹了一口气，说："你这是还在沟底里啊。你说过，出了事以后，你想把原来的日子给颠覆了，用这个颠覆，来让你的心情好起来。妈理解的这个颠覆呢，就是看见南墙，别往上撞，撞个头破血流，还是自个儿疼，得回头，找新的路。别轴，破罐子别破摔，得换新罐子。当然你这样想也没错，可是妈还知道，这不是那么容易的事。”

蓝天愚说：“谢谢你能理解我，你也想开一点，反正婚都已经离了，这事总有一天会过去的。”

蓝奶奶说：“我也正想跟你谈谈这个离婚的事。昨天知道这件事的时候，我骂了上官慧一顿，骂得很难听，可这火发完了以后，我也想了一宿。你出去找朋友喝酒，整宿没睡，妈也整宿没睡，一直想到天亮……妈想说，作为女人，我能理解上官慧。”

蓝天愚看着蓝奶奶，伤感无语。蓝奶奶说：“这个上官慧，从嫁给你那一天开始，就踏踏实实，孝敬老人，家务活也都愿意干，还算是个老实人，边工作边带孩子，小成上了学才送到我那儿去的。一个能干的漂亮女人，马上人到中年了，不甘心，不想寂寞，犯了错误，我们是不是也该厚道点，宽容宽容她？”

蓝天愚说：“我不是跟您说过了吗，我能理解她的某些做法，这也是我想恨她又恨不起来的原因。”

蓝奶奶看着蓝天愚：“孩子啊，妈想跟你说的是，你也许不该跟她离婚。你跟她离婚，说明你心里还是有恨。我特别不想你心里头有恨，人要是心里藏着恨，那会很累，自个儿也活不痛快。”

蓝天愚苦笑着：“婚都已经离了，还说这些干什么啊。”

蓝奶奶看着他，目光慢慢变得祥和：“离了，还可以复！”

蓝天愚惊讶地看着母亲，却见蓝奶奶的脸上满是宽容之色：

“儿子，人这辈子都得遇上点沟坎，受点难受遭点罪，没有哪个大活人会是一帆风顺、不疼不痒、顺顺利利过一辈子的，那叫想日子，不叫过日子。上官慧是以前对不起你过，如果她真能悔改，你能不能再给她一次机会？形容男人有一个词儿，叫大丈夫，这词不能白给你们男人，男人就要大，心胸大，气量大，大男人就是要拿得起，放得下。”

蓝天愚听得感慨万千。

第二天清晨，蓝天愚、上官慧在收拾着吃完的碗筷，蓝奶奶搂着蓝力成：“小成要开学了，明天我们就要回去了。”

蓝天愚和上官慧双双停下来，看着蓝奶奶。

蓝力成撒娇：“奶奶，我不想走。”蓝奶奶蹲下来，说：“奶奶也不想走，可开学了，要回去上课了。”

蓝力成只能噘噘嘴：“好吧，郁闷。”

蓝天愚笑了笑：“妈，那……您走之前，还有什么事要办吗？”蓝奶奶说：“回去前呢，我想请你的朋友们吃个饭。那天在生日会上，没好好跟大家聊，我这天天在家里闷着，还真想见见你这些朋友，聊聊天，散散心！”

蓝天愚一愣。上官慧却似乎明白了什么，点点头。

蓝力成童音清脆：“我也去，我也去！我想去吃比萨！”蓝奶奶说：“小成啊，你就别去了，好好在家里陪陪你妈，这一走啊，没准又好几个月见不到面。”

蓝力成很乖地点了点头。

地点约在小美酒吧的一个安静的区域，白志勇、黄九恒、蓝天愚、江小美、区晓鸥这些知情者都在，气氛极为肃穆。

蓝奶奶说："蓝天愚和上官慧这事的知情者都在这儿，谢谢你们在我儿子最难过最难熬的日子里给他的关心。蓝天愚都说给我听了，我还真希望我这个老太婆也有你们这样的朋友，用你们年轻人的话讲，多爽啊。"

大家心情复杂地笑了笑，蓝天愚默默地给母亲夹着菜。

蓝奶奶说："孙子要开学了，我要走了，走之前，我想跟大家掏一下我心窝子里的话。上官慧是做得不对在先……"蓝天愚故作轻松地打断了她："妈，这话你就别说了，不利于安定团结。"蓝奶奶白了他一眼："怎么不能说？我儿子受了委屈，我还不能骂骂街？要憋死我吗！"

白志勇忙说："对对对。蓝天愚你别插嘴，让阿姨说。"黄九恒也跟着附和："是，阿姨，您随便骂！怎么骂都是应该的！"

蓝天愚默默地不说话了。蓝奶奶有一丝伤感："孩子，我知道你说这话是想让我心里舒坦，可是……这个上官慧呢，也不能说她是个坏人。我们年轻的时候呢，很多事儿都叫坏事，可年头变了，男女之间这事呢，有了新词，叫情感转移，得宽容理解。甭管怎么变，我看人的标准没有变，怎么看，我都不能说我的这个前儿媳妇是个坏人。我是想说，你们别恨她。"

一席话说完，安静得吓人，白志勇忙接过话来："不会不会，我们哪恨得着啊，我们跟上官慧都不怎么熟，我们都是蓝天愚的朋友。”蓝奶奶点点头：“嗯……白大勇说得对……”江小美轻声提醒：“阿姨，是白志勇。”蓝奶奶说：“哦，白志勇说得对。出了这种事，朋友是最重要的，没有你们这些朋友，蓝天愚也许就支撑不下去，说不准就垮了。”

蓝天愚低着头不说话。晓鸥关切地看着他。蓝奶奶有些动情：“你们都是我儿子的朋友。朋友是干什么的？朋友不是你好、你顺的时候，在你面前晃来晃去吃吃喝喝的人，朋友是在你难、你苦的时候，在你的半个身子已经吊在悬崖边上的时候，能伸手拉你一把的人；朋友就是出了事、有了难以后站出来担待的人。”

大家静静地听着，蓝天愚的眼圈红了。蓝奶奶端起一杯酒，也红了眼圈：“这事瞒我们老两口和我孙子瞒了这么久，我知道，蓝天愚心里肯定不好受，我也知道，这段日子他给大家也添了不少堵。可怎么办呢？继续辛苦，继续瞒吧！让我这老太太也加入你们这隐瞒的大队伍里，多一个人分担这种揪心的折磨，多一个人帮蓝天愚出出主意，多一个陪我儿子说说话的人，兴许我儿子心里的堵就能减轻一点……你们继续帮他吧，可千万别嫌烦……”蓝奶奶说得老泪纵横，然后，她站起身来，给大家鞠了一个躬，“辛苦大家了。”

蓝天愚哭了。小美和晓鸥也哭了。黄九恒和白志勇眼圈也红了。

蓝奶奶和蓝力成走了，屋里一下显得清静、空荡了许多。上官慧收拾房间的时候，蓝天愚在读报。虽然有各自要忙的事，但两个人的注意力都没在各自的事情上。

蓝天愚像是在自言自语，又像是在说给妻子听："儿子长大了，懂事了，也知道哄父母高兴了。"

看着蓝天愚一脸的祥和，上官慧说："是啊，长大了。咱俩离婚的事儿，就这么一直瞒着他？妈是……你妈是什么意见？"蓝天愚看了一眼上官慧："没事儿，你还叫她妈，我不会在意。"上官慧笑了笑："对不起啊，我一时改不过口来。"

蓝天愚说："我和我妈的意见都是，瞒！瞒到瞒不住为止！这种事儿太残酷，等他再大点，有承受能力了，懂得理解父母了再说，也许……离婚的理由，可以让他一辈子不知道吧？"

上官慧感动地点点头，看着丈夫："秦峰的事，对不起。"蓝天愚看着前妻，眼神很温柔："以后别说这三个字了，毕竟老夫老妻过，见外。"上官慧点点头。

蓝天愚说："饿了吧，我来做饭。"上官慧想了想说："算了吧，我想一个人待会儿……你去跟区晓鸥谈你的恋爱去吧，你妈和儿子来的这些日子，你一直窝在家里，事情又被你妈知道了，你心情肯定好不了，出去散散心吧。"蓝天愚说："可今天……"上官慧说："我知道今天是什么日子，我没忘，可我就想一个人待会儿……"蓝天愚看着她，点了点头。上官慧轻声说："谢谢……"

这一刻，蓝天愚心情舒坦了很多。假恋爱的治疗效果，远不如老太太这一剂猛药来得有效。

42.

白志勇做了个梦，梦见自己银行卡里的钱没了。醒来后，他迅速查了一下余额，果然没钱。这生活啊，浪不起来了。想想也是，离婚时近乎净身出户，浪了这大半年，胡吃海喝，坐吃山空，没丝毫进项，不穷才怪。

穷则思变，他变的方式是，找景雅借钱。

但吃饭可以，借钱？算了。这是景雅的态度。

其实她于心不忍，可白志勇主动给出的账单上明明白白显示着，去阿德莱德那天，他坐的可是头等舱。她的心，当即硬了。不过，硬得不够。怕他饿死，她还是让了步，规定他可以领报销款。比如，每天固定开支，一周一次两百元以内的大餐，凭票报销，可预支一周。

白志勇受不了这份耻辱，扭头便去，愤而买了一箱泡面放在涂鸦墙下。

尽管景雅这么对他，他仍旧大仁大义有大德，应了她要个小孩的要求。不是去医院借助科技的力量，而是在隐藏离婚的状态下进行。老实说，他有些别扭。然而景雅那无助的眼神一望向他，他就无所适从了。真贱啊，坐在桌前狠吃泡面的白志勇往自己脸上拍了一巴掌。当他以无助的眼神找她借钱的时候，她怎么就那么有原则呢？郁闷。

这事自然瞒不过另外两位苦难先生，他们主动借钱给他，却被他拒绝了。江小美抱了一大堆零食过来，说是老太太不要的，没地儿放，所以便宜白志勇了。她说得轻描淡写，但人精白志勇哪里不懂。她还让白志勇去她的酒吧上班，工资不高，视情况而定，至少，让他有份收入。白志勇不应。于是，她说如果梁正廷来了，他在的话，还可以帮她挡一下。

事实上，江小美是真心顶不住了。抛开江湖气，当她想做一个好人时，她就只是一个手无寸铁的小姑娘，在一个无赖面前束手无策。这不，梁正廷又来威逼她了。她想，如果可以，她就凑齐三百万给他算了。

当她把这个想法说给区晓鸥听的时候，区晓鸥沉默了，许久之后，区晓鸥才说："我觉得有人能帮我。"

那个人，江小美知道是谁。她叹了一口气，望着区晓鸥。不知道那人会不会为难区晓鸥。

黄小蕾的生父从国外回来的时候，林响吓了一跳。他说是来国内看看房子，天知道他的真实目的是什么。麻烦的是，他问了林响黄小蕾的年纪，林响一时没注意，如实说了。

林响分明记得，常哲主动登门，在自己家客厅逗留时看到了黄小蕾的照片，眼神停留了好久，也有些不对劲。事实上，回去以后常哲确实就在电脑前紧张地忙活开了。他在林响家里偷偷翻拍了黄小蕾的照片，在电脑里扩大，拿起自己的护照，和黄小蕾的照片对比着。

这个孩子可真像自己啊。他想想不对劲，第二天，又在走廊等林响。

林响走出办公室时看到了常哲，在他面前站定，脸上有些不高兴："常哲，前几天在我家，我已经给你说得很清楚了，我们俩不要再见面了……"

"上次你是说不让我去你们家找你，所以我没去你们家，这不是才找到你单位来了吗。老同学中午一起吃个饭，你老公应该不会介意吧？"

"我在工作，不想吃饭。"

"现在是十一点十五，刚才你同事说你们十一点半下班，还有十五分钟，反正你中午也得吃饭。你先进去工作，顺便想一下中午吃什么。我这么多年没在国内，也不知道什么好吃。"

林响看着常哲，心情复杂。常哲问道："怎么了？老朋友请你吃饭，不用这么为难吧？"林响不说话，犹豫着。常哲往前伸了伸头，压低了声音，"没人知道咱俩谈过恋爱，我也不会四处张扬，你要是觉得别扭，一会儿咱们先去小蕾学校，接上她一起吃吧。"

林响警觉地看着常哲："常哲，我说了，我不想跟你一起吃饭，你走吧。最后一遍告诉你，我不想跟你再见面，无论是家里还是单位，甚至是大街上。"

常哲叹了口气："那好，其实我是想问你点事，问清楚了，我就走。"

"你说。"

常哲盯着林响："你女儿黄小蕾的生日具体是几月几号？如果在这段时间呢，我想送孩子个生日礼物。"

林响有点紧张，不知道该怎么回答了。常哲观察着林响，而林响则躲开了常哲的眼神。常哲仍旧死盯着林响："林响，你这妈妈怎么当的啊，自己女儿的生日都记不清楚，你女儿知道了多伤心啊！"

林响掩饰了一下，说："五月八号。我这人糊涂，经常把孩子的农历生日和阳历生日弄混，你这么突然一问，我不是得想想吗。"常哲点点头，看着林响，微笑着说："林响，你应该知道我问……你女儿生日，应该还有另外的目的吧？"

林响满脸紧张，继续躲避着常哲的眼神："你说什么呢，我没听明白。好了，你问完了，我也回答了，我要工作去了。"说完，林响快步走开了。

常哲站在原地，嘴角露出一丝不为人知的笑容。

一天后，常哲在校门口焦急地等待着，探头探脑地看着刚放学的学生们。当黄小蕾背着书包从学校里走出来时，常哲迎了上去："小蕾，你还记得叔叔吗？"黄小蕾笑了笑："当然记得了，你是常哲叔叔。"那天常哲登门，她是见过的。

常哲摸摸黄小蕾的头："小蕾真聪明，叔叔家的阿姨在国外给你买了个小礼物，上次去你家忘了送给你了，但是，我找不到你妈妈，所以就送这儿来了。"说着，常哲拿出一个盒子，打开，里面是一个漂亮的发卡，递给小蕾。

黄小蕾看看发卡，又看看常哲："谢谢常叔叔，这个发卡我不能要，我妈妈不让我随便要别人的东西。”

“叔叔怎么是别人呢，我和你妈妈是大学同学，而且还是好朋友，叔叔送给你个小礼物，你可以收下，而且也不是很贵重，你妈妈会同意的。”

黄小蕾思考了一下，看看发卡：“好吧，谢谢叔叔。”

常哲给黄小蕾戴上发卡：“来，叔叔给你戴上……真漂亮……”

黄小蕾开心地笑着说：“谢谢。”

“哎呀，小蕾，有根头发翘起来了，叔叔帮你整理一下。”说话间，常哲小心翼翼地拔掉了黄小蕾的一根头发。他手里攥着头发，说：“来，漂亮的小蕾，叔叔给你拍张照片吧，把照片传给你妈妈，让她看看你戴上发卡的样子。”

黄小蕾点点头。常哲很从容地给黄小蕾拍了一张正面照和一张侧面照，而他的另一只手，始终死死地攥着她的一根头发。

等黄小蕾走远后，他很小心地把头发收到塑料袋里，举起来，在阳光下仔细地看着。他有个在医学院工作的朋友，可以帮他做DNA比对。只为了验证，他心里那个大胆的猜想。

没几天，结果传过来了。朋友说，放心啦，那是你的女儿。

我会用一切手段，得到女儿的抚养权，他对自己说。

黄九恒要孩子的意愿日渐强烈，白志勇也向林响透露了这事。林响想了想，决定开门见山：“你想再要一个跟你有直接血缘关系的孩子，你自己的亲生骨肉，是吗？”黄九恒有些傻，看着妻子，没有说话。

“你告诉我，你是不是这么想的？你纠结了好久，躲躲闪闪、难以开口的事，就是这件事？”林响追问。

黄九恒艰难地说：“是。”林响继续道：“那我再问你，你是想跟我再生一个孩子，还是想跟别人生一个孩子？”这回黄九恒没说话。

“既然你明确表示不想跟我离婚，那你就该告诉我你想跟谁生孩子。放心，我没有别的意思，我就是想知道你心里是怎么想的。有苦有难，我们一块儿来承担。”

黄九恒讷讷地说：“是想跟你，但……只是想……”

“那你再告诉我，是不是你还恨我，还没有原谅我？”

黄九恒真诚地说：“坦诚地讲，这件事在我心里已经过去了，不是因为你的原因……是因为……”林响有些激动：“发生过的事情，没有什么不敢面对的，因为……因为你不是小蕾的生父，再要一个孩子，法律上没有什么问题，我父母这边也应该没有问题，你父母那边……”黄九恒说：“我父母那边应该也没有问题，关键是……”

林响点点头：“我明白，小蕾……目前我能想到的，小蕾这边会有两个问题，一是如何把再生一个孩子的理由瞒住，不让她起疑心。”黄九恒说：“我最担心的就是小蕾，现在她小，好遮掩，成年以后也能理解我们，就怕她半大不大，十几岁的时候，身边朋友全是独生子女，她肯定有心理阴影。”林响点点头：“这个问题，我们来想办法。”

黄九恒说："第二个问题呢？"林响说："第二，如果，我是说如果，我们再要一个孩子……"黄九恒打断林响："你担心我对小蕾的态度和感情？"林响点点头。

黄九恒顿了顿，说："林响，只要你同意，我会永远把小蕾当成我的亲生女儿。这不是喊口号，除了血缘，在我这边，没有任何障碍，而血缘，恰恰是个摸不着看不见的，虚的东西。没有血缘就不能成为亲人了吗？"

林响充满感情地看着黄九恒，眼含热泪："我们陪着小蕾，从一个不会说话，只有几斤重、几十公分长的婴儿，长成一个漂漂亮亮、干干净净的女孩儿，我不可能不把你当作她的亲人。"

黄九恒也感情涌动："在身边，在家里，有一个健康快乐的女孩儿，每天脆脆地甜甜地叫爸爸，林响啊，这是我的造化，我的幸运，是我占了便宜，是我赚了，我不应该委屈，我应该感谢你，感谢小蕾。真的，我发誓，小蕾就是我的女儿，如果你相信我，相信我说的话，这一点永远不会变，到死都不会变。"

43.

欢迎来到这个世界。景雅的同事轻轻抚摸着大起来的肚子。这让景雅很是羡慕。有人求仁得仁，有人还在苦苦支撑。景雅算着排卵期，然后和白志勇辛勤耕耘。

区晓鸥要找的人是她的土财主前男友，还爱着她，也不怪她和他分手，她提出收购酒吧的方案，他考察过，一直悬而未决。

白志勇知道景雅有四十万，找她借，她只问了一个问题，如果是我，你会这样帮我吗？

会。这是白志勇心里想的，但嘴上没有回答她。

景雅轻叹了一口气，把卡拿给了他。她多懂他啊，他那积极张罗的样子，远不是单凭一份热心就能支撑的。他给她一个孩子，就已经是最后的“恩赐”了。她别无他想。那么，祝他幸福。

常哲咄咄逼人地来过几次，说了一些稀奇古怪的话，中途又回国外了，当时说三个月就回来，现在算起来，时间也差不多了。他再次回到国内的时候，直接找到了黄九恒的酒店。

黄九恒看着常哲，眼神极为复杂。常哲冲他点点头，他暗自叹了一口气：“你终于来了。外面谈。”

在酒店后厨外的走廊上，常哲和黄九恒面对面站着。常哲很诚恳地说：“我来跟你谈谈……黄小蕾的身份。我想，我不用说得太明白吧？”黄九恒也很诚恳：“前前后后的过程，我都知道，我想告诉你的是，你应该停止对我和林响的骚扰。”

常哲有些不好意思：“我知道……你和林响被我骚扰以后，应该很痛苦。黄九恒，坦诚地讲，我也很痛苦……”

“既然痛苦，那你就该干吗干吗去，别在我的老婆孩子旁边瞎转悠。离我们远一点，你就不会痛苦了，明白吗？”

“不追究这个事情不能解决问题，只有知道真相才能解除我的痛苦。”

“常哲，我看你长得人模狗样的，像是一个讲理的人，如果你心里还有一丝善良，你就不应该再来纠缠我们。”

“这跟我的善良无关，我反过来问你，如果你要掩盖关于孩子生父的事实，你是善良的吗？”

“你敢肯定你的怀疑是有根据的吗？”

“如果我不敢肯定，我不会来找林响，也不会来找你。”

“说说你怀疑的理由。”

“很简单，我看到黄小蕾的脸，像我；我看到林响的脸，她在撒谎。所以，我相信我怀疑的理由。”

“那你就怀疑吧。你怀疑到死，我也坚决不承认。”

“不管你承认不承认，这事我都一定要追查到底。我知道，这对你和林响是一种不礼貌的行为，是一种伤害，我也想过让这事过去，只当没发生过，可是，目前这事在我心里还过不去。”

黄九恒看着常哲，没说话。常哲也看着黄九恒，脸上显出一丝痛苦：“对不起，真的对不起……这话绝对是真诚的。”

常哲向黄九恒鞠了一躬，走了。黄九恒静静地站在那里，看着走远的常哲，慢慢地靠在了墙上。他，终究是心慌且心虚的。

林响向他形容过常哲：倔，死犟，偏执。那么，他唯有积极应对。可是，一切来得太快了。再一次见面时，常哲带了律师，开门见山地说：“坦白地告诉你们，我用不那么光彩的手段，得到了黄小蕾一根带毛囊的头发，已经做了DNA鉴定。”

黄九恒和林响彻底傻了。黄九恒强撑着说：“可是，按法律规定，单方的亲子鉴定，没有经过我们同意，法律上是不承认的。”

常哲笑了："我并没有决定要打官司。这个不光彩的手段，只是为了证明我确实是黄小蕾的生父。至于上不上法庭，打不打官司，那是以后的事。"

林响和黄九恒不说话，眼中尽是茫然、无助之色。常哲紧逼不放："还有，我提醒你们，按中国的法律，我方怀疑孩子是我亲生的，要求DNA鉴定，你们不同意做，恐怕是行不通的。"

林响沉默了半晌，说："无论怎么处理这件事情，先不要让孩子知道，好吗？"

常哲看着林响，又看看黄九恒，点点头："我答应你们，不会让孩子知道。"

回去以后，黄九恒、林响、蓝天愚、江小美、区晓鸥愁眉苦脸地坐在一起讨论着。

江小美有些好奇："他跟你们接触的整个过程中，从来没说过要小蕾的抚养权？"黄九恒说："因为我们一直不承认黄小蕾是他的女儿，所以根本没谈到这一步。"区晓鸥不解地问："那这个常哲拼命证明小蕾是他亲生女儿的目的是什么呢？我的意思是说，除了要抚养权以外，会不会有别的目的？"

大家各自想着，蓝天愚突然抬起头："要钱？这个常哲偶然发现了黄小蕾是他的亲生骨肉，想通过这个事实来敲诈一笔钱？"区晓鸥有些愤怒："如果是这样，这人也太坏了，拿这种事来混钱花，人渣啊！"

黄九恒思考着："我们都按如果来分析啊，如果常哲要钱，如果我满足他后他就会放弃小蕾的抚养权，那他会要多少呢？”

江小美说：“如果不是为了钱，那他就是一门心思争夺小蕾的抚养权，这事恐怕会更麻烦。”蓝天愚开口了：“如果我们能寄希望于常哲是有良心的人，那么，如果去恳请他、求他，会是什么结果呢？”江小美说：“他毕竟也是三个孩子的父亲，应该能理解黄九恒和林响的心情。”

区晓鸥点点头：“如果在未来的这段时间里，小蕾是常哲亲生女儿这事瞒不住了，那只能去力保小蕾的抚养权。”蓝天愚提议道：“对常哲，先软，先礼，以诚意打动他！黄九恒，林响，你们两口子觉得可行吗？”

黄九恒想了想，说：“软和礼，我都想到了，可具体该怎么办，我真不知道。还有，常哲这个人到底什么秉性，我也不了解，他能吃咱们这套吗？你说呢，林响？”

小美看着林响，满脸的同情。林响顾不上小美的眼神说：“我虽然跟这个人谈过恋爱，但只有不到一年的时间，又分开十多年了，也不是十分了解他。他年轻的时候，是一个挺倔挺自我的人，唉……我现在晕乎乎的，脑子里一片空白，什么主意和想法也没有，所以才想听听大家的意见。”

蓝天愚说：“那就要充分考虑到，如果软和礼不行，那就先软后硬、先礼后兵！当然，硬和兵这条路是无奈之举，尽量不要走到这一步。”黄九恒和林响点点头。

江小美说：“我来总结一下，我们聊出来了面对这件事的三种可能。一是先用真诚打动他，让他放弃小蕾的抚养权；二是常哲如果贪钱，喜欢钱，就用钱来收买他，摆平这件事情；三是强硬处理。这三种可能的前提，都是不能让孩子知道这件事，否则就没有任何意义了。”

黄九恒抬起头：“还有第四种可能。”所有人抬起头望着黄九恒。林响也满眼凄惨地看着他。只听见黄九恒说：“如果前三种方案常哲都不满意，双方又都没有别的办法，互不相让，僵持不下……”

区晓鸥疑惑地说：“你是怕……”

黄九恒说：“对，我是怕常哲撕破脸，破釜沉舟，一意孤行，强行把这个事情告诉黄小蕾。或者，我们瞒不住了，必须告诉我女儿这个真相……之后肯定是走诉讼之类的，怎么办？”

所有人都傻了。林响说：“如果这样，对孩子就太残酷了，一堆大人造下的孽，凭什么要让孩子去承担啊……对孩子，太不公平了……”说着，她哭了出来。

黄九恒主动找到常哲，说：“我和林响考虑了很久，也和我的朋友们商量过……决定不再瞒着你……坦诚地讲，是因为有瞒不住的可能……但承认这件事，对于我们来讲，确实很无奈，也很痛苦……但是，这也代表了我们两口子的真心诚意。”

常哲只是点头，没说话。黄九恒努力掩饰着情感：“常哲，我发誓，我喜欢这个孩子，我爱这个孩子……不论结果如何，我都会把小蕾当成我的亲生女儿来看，这一点，永远不会变。”

常哲说：“你们所有的做法，所有的想法，我都能理解，这个事情的发生，是天意。我想知道，接下来你们是怎么计划的……”林响说：“我们希望不要让孩子知道这件事，孩子毕竟大了，怕她接受不了，影响她的成长……”

常哲点头：“我同意。我答应你们，在我们没有讨论出具体的方案之前，要瞒着她。”黄九恒说：“谢谢……还有……我们也想知道你的计划。”常哲看着黄九恒：“你希望我怎么样？”黄九恒的口气有些乞求：“你在国外已经有了三个孩子，所以，我希望你能放弃黄小蕾生父的身份。”

常哲好像并不吃惊，他看着黄九恒和林响，眼神纠结。

44.

常哲当然不肯。但为了孩子，他犹豫了。

“我想好了，暂时瞒着孩子，但时间不能超过两年。”常哲说，“放弃孩子的抚养权……我绝不能答应你们。”

黄九恒有些疑惑：“不能超过两年？我是不是可以这样理解——两年之内小蕾还在我们家，两年之内我还是孩子的父亲？”

“对，两年之内，找个时机，把真相告诉孩子，然后，我把她接到国外。”

黄九恒面露痛苦之色，他要的不是两年，而是一生。

这意味着，第一方案，失败了。那就第二方案。徒弟们出了力，上官慧和景雅也解囊支持，这让蓝天愚和白志勇感动不已。

考虑到黄九恒去谈会让常哲感觉不舒服，于是白志勇和蓝天愚出马了。一百二十万，如果常哲不同意，黄九恒还有一句话——只要能让常哲同意，他愿意砸锅卖铁。

常哲打断了白志勇："心意？一百二十万，买走我女儿的抚养权，这不就等于我把我的亲生女儿卖了吗？这不是心意，是生意，我告诉你们，请你们也转告黄九恒和林响，我不卖，别说一百二十万，一千二百万我也不卖。"

白志勇和蓝天愚有些泄气，没说话。常哲平静地说："这事到此为止，别再让更多的人知道，因为，丢人现眼的是你们。我会替你们保密。"

第二方案也失败了，等于把黄九恒逼上了绝路。

常哲和黄九恒、林响面对面坐着，再谈了一回。

常哲先开口："你们考虑得怎么样了？两年之内，先瞒着孩子，同意这个方案吗？"

林响说："我们考虑了，但还有一些新的想法，也想跟你商量。"常哲说："请讲。"黄九恒说："能不能……把两年的时间延长一些？"常哲不动声色地问："延长多久？"林响紧张地看着常哲："能不能……等小蕾高中毕业以后？"

常哲有些不解："那就是……"林响说："八年。"常哲摇摇头："不行，只能两年。"

林响说："常哲，算我求你……"常哲打断林响："两年，已经是考虑到你和孩子的感情难以割舍，考虑到在情绪上有一个过渡，我已经够善良的了。"

黄九恒冷笑一声："善良？你真的有那么善良吗？"常哲看着黄九恒："此话怎讲？"黄九恒说："我和我的朋友分析过，你这个暂时隐瞒两年的方案是为了你自己，是怕突然提出来，太急三火四，小蕾会接受不了，你怕小蕾会怨恨你，导致将来你和小蕾的关系不好处，对吗？你其实是为了讨好小蕾，对吗？"

常哲说："我善不善良，不是挂在嘴上说的。既然你说到隐瞒，那么还有一件事，你们也在隐瞒……你和你的朋友想拿钱收买我，这事林响不会不知道吧？"林响不说话，黄九恒一脸没反应过来的表情。常哲说，"我当时就说过，我同意隐瞒这件事。我这样做的目的，是不是善良的，你们可以自己去想。"

黄九恒不死心地问："还有没有别的解决办法？"常哲严肃地说："黄九恒，林响，我再次表明我的态度，在小蕾的抚养权问题上，我绝不退让。"

黄九恒咬了咬嘴唇，似乎下了一个很大的决心。

他们做了一个决定：让黄小蕾知道真相。接下来肯定要打官司，但他和林响绝不会放弃孩子的抚养权。

黄九恒得到了大家的支持，便把这一决定告诉了常哲。常哲呆呆地望着窗外："说心里话，我没想到你们能做出这样的决定，够有胆量。"黄九恒淡淡地说："不是胆量，是无奈，是没有办法的办法。"

常哲却说："或许我们可以私下调解。"

黄九恒和林响没明白。林响问："我们不是已经讨论过很多可能性了吗？都走不通。”常哲的律师说：“常先生的意思是，还是暂时不让黄小蕾知道。如果你们同意，他可以做一些经济上的补偿。”常哲接过话来：“毕竟……毕竟你们把孩子抚养到这么大，健康漂亮，我也应该在经济上……”

黄九恒打断了常哲：“这个问题不要谈了，我们家的钱够花，我只是……只是不想再去忍受两年的折磨。告诉孩子真相，是我慎重思考后的决定。至于你，你决定走法律程序也好，私下调解也好，那是你的问题，但我可以提前告诉你，我们坚决不放弃孩子的抚养权。”

常哲犹豫着：“如果走法律程序，会对孩子的心理造成影响，对孩子的成长不利。”林响说：“那两年以后，再告诉孩子真相，就不会对孩子心理造成影响了吗？”常哲说：“那不一样，毕竟孩子长大了两岁，而且……”

黄九恒再一次打断了常哲，口气很强硬：“如果你不想上法庭，就放弃孩子的抚养权。”

但常哲也不松口：“那不可能。”

回到家里，黄九恒和林响一脸严肃地坐在沙发上，书房的门开着，黄小蕾正在认真地写作业。林响看看黄九恒，一脸惊慌，黄九恒轻轻拉起她的手，放到自己手中。林响深深地叹了一口气，调整着自己的情绪。

黄小蕾从书房出来后，林响简单铺垫了一下，就摊牌了：“你是大孩子了，所以爸妈才决定把这件事告诉你，希望你能坚强，希望你能够理解爸妈。”

黄小蕾有一点紧张：“妈，你说吧。”

“妈妈在认识爸爸以前，有一个男朋友，后来因为性格、脾气等各方面都不和，分手了……这对大人来说，是很正常的事。”

黄小蕾像个小大人一样，不说话，认真地听着。

“妈妈在和爸爸结婚之前，曾经和原来的那个男朋友有过一次来往……只一次，而且是妈妈喝了酒……”

黄小蕾拼命地理解着。

“后来妈妈怀孕，有了你，妈妈也不知道，那次……”

黄小蕾平静地看着妈妈：“我知道了……”

黄九恒和林响看着女儿，等待着女儿往下说。只听见小蕾说：“我不是爸爸亲生的……”

黄小蕾的反应这么快，出乎黄九恒和林响的意料。黄九恒不知道该说什么，只能心酸地看着黄小蕾。黄小蕾也安静地看着爸妈，平静的眼中一点点泛起痛苦。黄九恒想解释：“这事……不怪你妈妈，也不怪那个叔叔。”

黄小蕾却突然开口了：“后来呢？后来又怎么了？你们可以瞒着我的，为什么突然要告诉我？”

黄小蕾的快速反应，又让黄九恒和林响不知道该说什么了。她突然想到了什么，问：“你们说的那个叔叔……是不是常哲叔叔？”黄九恒和林响痛苦地看着她。

“他是我的生父，对吗？”黄小蕾脸上的表情很平静，不太像这个年纪的女孩子的表情。她把眼睛从爸妈的脸上移开，看着茶几。黄九恒和林响小心翼翼地观察着黄小蕾，黄九恒说：“小蕾，爸妈在告诉你真相之前，也犹豫、考虑了很久，痛苦了很长时间……可是……”

黄小蕾依然没看爸爸，只是轻轻地说：“我知道……。”

黄九恒忍受着痛苦，又想在孩子面前表现出坚强，只能努力用轻松的语调来说话：“常哲叔叔已经知道了他是你的生父，他想……他想要你的抚养权……”

黄小蕾点点头，又重新抬起眼看着爸爸妈妈，表情有些凄凉：“你们同意吗？”林响肯定地说：“我们不同意。”黄小蕾又点点头，松了一口气。

林响又说：“常哲叔叔坚持要你的抚养权，所以……我们可能要打官司，由法院来判决你的抚养权到底归谁。”

黄小蕾说：“你们要打官司了，瞒不住我了，才告诉我的，对吗？”林响只能回答：“对。这件事情，爸妈也是十个月前才知道的，当时，我对爸爸说过对不起，今天，我也想对你说，对不起……”

黄小蕾看着妈妈，懂事地摇摇头：“妈妈，不用……”看着懂事的小蕾，林响突然眼圈红了，想哭。黄九恒忍着伤感劝慰道：“林响，不哭，咱们不是说好了不在孩子面前哭的吗？”

林响强忍着泪点点头。小蕾看着妈妈，很乖，很安静。

黄九恒轻声说：“小蕾，这就是事情的全部经过，这就是爸妈这段时间不高兴、有矛盾的原因。”黄小蕾问：“如果……如果常哲叔叔要打官司，争夺我的抚养权，这个官司谁会赢呢？”

林响说："我和爸爸的朋友们分析过，也在找律师，我们估计，结果……不一定。"

黄小蕾静静地点点头。她现在明白爸爸妈妈为什么想再要一个小孩了，其实，他们早就知道她不是爸爸的亲生女儿，然后做了这个决定。他们骗了她。但她一点都不怪他们，她特别希望这个小弟弟或小妹妹能早一天来，这样爸爸的心里会好受一点。

45.

"我怀孕了。"林响面露喜色。

黄九恒很是兴奋："要不要告诉小蕾？"

"我觉得，先不要告诉她，因为过几天就开庭了，我怕小蕾会多想。十岁的孩子，谁知道她脑子里会想些什么。"

黄九恒点点头："也行。那什么时候让她知道呢？这事咱们再慢慢商量。"说着，他拉起妻子的手，"饿吗？想吃点什么？我给你做夜宵吧，用高压锅炖鸡汤？"

林响笑了："哎哟，马上就伺候上了啊！没那么娇气。大晚上的喝什么鸡汤啊！"

黄九恒："那……前四个月，要少运动，多听音乐！"

林响笑着点头。黄九恒有点兴奋："哎，我提醒你啊，怀孕期间的胎教音乐绝对不能听流行歌曲，现在的流行音乐，要么腻腻歪歪不在调上，要么吱哇乱叫，扯着嗓子喊，鬼哭狼嚎的，一点都不美，别吓着小宝贝。要听就听古典的，还有，少吃辣，多吃甜，小宝贝儿会漂亮……”

林响微笑着，看着兴奋的丈夫。

第二天，接待完餐厅的最后一拨客人，黄九恒感觉特别累，靠在角落的椅背上，稍一闭上眼睛，他竟然囫囵睡着了。

他做了一个短暂的梦。梦里面的事，应该是他期待许久了的吧。因为大愣路过的时候，看到他的嘴角是挂着笑的。

电话响起的时候，黄九恒打了一个激灵。是林响。他揉了揉惺忪的双眼，提了提精神，接通了。

然而电话那头却不是林响的声音！他有些纳闷，高声问道：“你是谁啊？”他的心突然一紧。

“交，交警……我……我是机主的丈夫啊！”黄九恒呆呆地听着，脸上的表情变得紧张起来，“哪，哪个医院？哦哦……我，我马上到……哎，哎……人怎么样？哦，知道……”

黄九恒挂了电话，飞快地往外跑。大愣和三贵一看不好，稍稍交代两句，紧跟其后。

林响没了。

生活给黄九恒上的这一课，叫接受。接受分道扬镳与世事无常，接受突如其来的人天永隔。

黄九恒脸色惨白，凝重地呆立在那里，一动也不动，像一尊雕塑。林响的尸体上盖着白布，只露着一张脸，苍白而宁静。她孤零零地躺在那里。她肚子里还有一个小生命，尚未来到这个世界，便匆匆再度轮回。

黄九恒呆呆地伸出手，缓缓抚摸着妻子的脸，堆在眼里的，是无助与绝望的哀伤。他的生命，坍塌了。他一屁股坐在墙角，倚着墙，才没让身体倒下去。

大愣和三贵从学校把黄小蕾接了过来。她看着停尸专用床和白布，看着爸爸，停下了脚步。她弯腰把爸爸拉了起来，另一只手掀开白布，去牵妈妈的手。

“妈妈……走了。”黄小蕾眼中的泪止也止不住。黄九恒努力克制着情感，嘴唇翕动：“小蕾，跟妈妈说再见吧。”

两个徒弟把脸别了过去，三贵轻轻拍着大愣的背，示意他也要节哀。这个时候，师父需要他俩，他俩得保持住最后一份清醒。大愣点点头，随三贵一起去医院处理了后续事宜。

家，一下子就空了。黄九恒随便炒了两个菜，坐到饭桌前，可黄小蕾和他谁都没有先吃一口。他就这样坐着，低垂着眼，人像被摧垮了一样，瞬间苍老了许多。小蕾眼里噙着泪水，轻轻地说：“爸，吃点饭吧……凉了，我去给你热一下……”

黄九恒木然地摇摇头。黄小蕾一下子没了主意，号啕大哭起来。接着黄九恒也发出呜咽的声音，悲伤弥漫了整个房间。

葬礼定在林响走后的第三天，白志勇帮忙一一通知了黄九恒的亲属。江小美忙东忙西，分发黑袖章，接待闻讯而至的朋友。她一回头，看到黄小蕾一直一个人安安静静地坐在一边。

她走过去给黄小蕾戴上黑袖章，用别针别好。黄小蕾仍然一丝反应都没有，任凭她摆弄。

“小蕾，想哭就哭，别憋着，好吗？”

黄小蕾茫然地抬起头，努力挤出三个字：“我饿了。”

蓝天愚急忙点头：“好好好，等着啊，叔叔去厨房给你找点吃的。”

蓝天愚找来了吃的。黄小蕾往嘴里塞了几口菜，腮帮子撑得鼓鼓的，却迟迟吞咽不下去。

那天，天空下着细雨，黄小蕾跪在嵌着母亲照片的墓碑前，将一束白色菊花轻轻放在照片侧面，一身黑衣的黄九恒站在小蕾身后一言不发。黄九恒身后站着林响的父母、黄九恒的父母及白志勇、蓝天愚、江小美、区晓鸥等人。墓碑正面跪着两百五十多人，是黄九恒的徒弟和他们的家属，这是黄九恒桃李满天下的佐证，也是他的个人魅力所在。

突然一个徒弟发出悲凉的声音：“师娘走好，天堂再见！”接着，那两百五十多人齐声呼喊：“师娘走好！天堂再见！”

“照顾师父，义不容辞！”

“照顾师父，义不容辞！”

黄九恒面色冷峻，看着墓碑。墓碑之上，照片中的林响凝望着前方，似乎有很多不舍与期待。江小美和区晓鸥潸然泪下，白志勇和蓝天愚也伤悲满面。黄小蕾哀伤地看着母亲的墓碑，仿佛瞬间成熟了很多。

区晓鸥本来憋着不想哭的，可黄九恒的徒弟们一喊，她实在是受不了了。江小美握了握她的手，给了她力量，在她耳边轻声说：“我们不能跟着黄九恒一起消沉，不能让我们的情绪再去影响他的情绪。我们要先振作起来，哪怕是假的，也得装！然后再想想还能为黄九恒做点什么，分担点什么。”

能分担什么呢？律师刚才没打通黄九恒的电话，就打给了江小美，律师在电话里说，明天，法庭就要宣判了。关于结果，律师没明说，但在这一行里做了这么久，结果大致会如何，他明白。

熬到第二天，等来了法官的宣判：“黄小蕾的生母林响意外死亡，黄小蕾的抚养人黄九恒与黄小蕾没有直接的血缘关系，所以，法院判决黄小蕾的抚养权归黄小蕾的生父常哲。”

黄九恒呆呆地听着，脸上没有任何表情，但谁都知道，他有多难过。

“关于变更抚养权的相关事宜，由双方律师进行协调，如被告不服此次判决，可在三个月内向更高一级法院提起诉讼。”

这结果是常哲期待的，委实说，以这样的方式拿到这一结果，他心里不好受。他眼神有些复杂地看着一脸迷茫的黄九恒，也不知道要说些什么。

走出法院，常哲来到黄九恒身边：“我想……我想对你说，节哀……至于其他的事情，我们过些时间再说，你先安心陪陪孩子。”

黄九恒点点头：“谢谢。”

常哲伸出手，拍拍黄九恒的肩膀，转身看向一直等在法院外面的黄小蕾，点点头，走了。

黄九恒走到小蕾面前，双手抚着小蕾的双肩，眼中是不舍之色，艰难地开了口："小蕾……我们输了。你的抚养权……判给了常哲叔叔……"

黄小蕾轻轻地点点头。她呆呆地看着黄九恒，眼泪充盈在眼眶内。蓝天愚和江小美也不知道说什么好，静静地伫立着。

日子还要继续。蓝天愚和白志勇把林响的灵堂撤掉了，黄九恒正打电话交代事情："晓鸥，你让小蕾在酒吧多待一会儿，我想，这段时间尽量少让她在家里待。那个……小蕾爱吃比萨，她如果想吃，麻烦你们帮她订一个……谢谢了。"

挂掉电话，黄九恒看着面前的白志勇和蓝天愚，努力挤出一个笑容："你们俩也不用老陪着我了，去吃点东西吧。"蓝天愚趁机赶紧张罗："一块儿去吧，你中午饭也没吃。"

黄九恒摇摇头："我吃不下，待会儿到了小美的酒吧，随便吃两口就行。"白志勇二话不说就把他往外拉："越是到这种时候，越要强迫自己吃东西……"黄九恒长长地呼出一口气："没事，我垮不掉，我也不能垮掉。"

蓝天愚一听，压在心底的石头缓缓落了地："是啊，这也是我们担心的，这些事一块儿来了，法院的判决、林响的意外死亡，大家特别担心你会垮掉……"

黄九恒神情哀伤地说："我也担心我会垮掉，可……我比我想象的要好一些，还能挺着，尽量不让自己倒下去。其实我的这种坚强，这种冷静，都是强撑出来的。我这样做，是为了小蕾。既然女儿那么冷静，是不想让我伤心，那么我也不希望小蕾在即将去国外的日子里，看到我痛苦、难过、撕心裂肺的样子。”

蓝天愚和白志勇微微点头。黄九恒的眼圈红了：“还有，林响怀孕的事……小蕾还不知道，还没来得及告诉她。我想，我就把这件事永远瞒下去吧……”

听着听着，蓝天愚和白志勇的眼圈也红了，黄九恒强忍着伤感的情绪，坦白地说：“二位兄弟，其实，我已经快坚持不住了。我知道我自己的承受能力，我马上就要崩溃了。”

“看看女儿，这个时候，大家在她身边，她会好受一些。”蓝天愚冲白志勇努了努嘴，白志勇会意，两人各抄起黄九恒的一边胳膊，将他拽了起来，直奔酒吧而去。

黄小蕾正坐在桌子的边缘处，静静地吃着比萨，乖巧得像只小猫。黄九恒他们几个人喝着酒，哀伤的情绪弥漫了整个酒吧。

黄九恒一口将酒喝下，又把杯子添满，端起来又要喝。黄小蕾抬起头，轻声细语地说：“爸……”

黄九恒扭头看着她：“怎么了，小蕾？”

小蕾的声音平缓，眼神安详：“爸，喝酒别这么急这么快，这样对肝不好，慢慢喝。”

黄九恒很听话地放下酒杯：“好，好，好……我知道，爸慢慢喝。”

“你要多吃菜，少喝酒。”

黄九恒看着女儿，片刻，他低下头，掩饰着自己的情绪。大家静静地看着黄九恒，区晓鸥怜惜地摸了摸小蕾的头。

垂着头的黄九恒许久没抬头，也不说话。黄小蕾望着他，接着便看到，他面前的桌面上有几滴眼泪溅落下来。她拿起纸巾，递给他。

黄九恒接过女儿递过来的纸巾，擦着满脸的泪水。区晓鸥轻声安慰："老黄，不用忍着，哭出来心里会好受一些。"

黄九恒一边抽泣一边说："我没事，只是刚才……小蕾的那些话，还有她的语调，她脸上的表情，太像她妈妈了。"

黄小蕾的眼泪也静静地流了下来。许久后，她说："爸爸，我在想，如果你和妈妈早一点决定再要一个小孩就好了。如果我有了一个小弟弟或者小妹妹，我去了国外，他就能陪着你了。"

46.

"爸，如果我去了国外，放假期间，我可以回来看你，你也可以去国外看我，对吗？"

"当然了，爸爸不是给你说过吗，咱们俩分开，不是不能见面，我们还会经常见面的。"

"拉钩。"

黄小蕾话音一落，黄九恒便主动将小拇指伸了出来，轻声说："小蕾，爸爸知道你担心我，担心我会难受，担心我会想你。没关系，有这么一整面墙的照片陪着爸爸，爸爸的难受会少一些的，不是吗？"墙上是黄小蕾各个时期的照片，在清晨阳光的照射下，异常漂亮。黄小蕾点点头。黄九恒看着女儿，声音有些哽咽，“可是也许……也许爸爸看到这些照片，还会想你，会更想你……”

黄小蕾的眼圈也红了：“我去了国外，肯定也会想你……我会多多地给你打电话，你也多多地给我打电话，好吗？”

黄九恒伤感地点头。黄小蕾哭了：“爸，我一过十八岁，有了自主权，可以自己决定的时候，我立刻从国外回来，回来陪你，回来考大学。我保证，过了十八岁生日的第二天，我就回来，我一天都不会耽误。”

黄九恒不想在女儿面前哭，强忍着泪水。黄小蕾擦擦眼泪：“爸，还有八年零三十五天，我就回来了。”

黄九恒紧紧将女儿抱在怀里，两人相依而泣。

这个清晨，常哲来到白志勇家。他想通过白志勇，给黄九恒一笔钱。理由很简单，谁都没想到事情的结果会是这样，没想到林响就这么突然走了。他想，这算是他对这个家庭的一个补偿，对他们抚养黄小蕾的一个补偿，对他们辛苦付出的补偿，这样他心里会好受一些。

可造化弄人，前几天，白志勇和蓝天愚给他送钱，让他放弃黄小蕾抚养权的时候，他还说过，这两个人是在侮辱他。

他得到的回复，自然是拒绝。白志勇不只是拒绝了帮忙，他也替黄九恒拒绝了钱。

常哲有些无奈，但也得接受。

黄九恒父女俩抱着哭了一会儿，黄九恒去派出所办理注销户口的手续，黄小蕾环顾四周，突然有了个主意。

这几天来，她每天晚上偷偷地看着爸爸，看着他发呆、发愣。她知道，他是在想妈妈。他经常看着妈妈坐过的沙发，妈妈常待的厨房，妈妈的照片，妈妈摆放好的东西。昨天，她把妈妈洗过的衣服取回来，他盯着那些衣服看了很久很久，有好几十分钟。他们虽然常常吵架，可她明白，他对妈妈的感情深着呢。

所以，黄小蕾想把家里的家具和摆设都换一换，让家里改变一下，等他回来，给他个惊喜。但是，她自己搬不动。于是她给江小美打了电话。

江小美、蓝天愚和区晓鸥赶来的时候，黄小蕾已经收拾好很多东西了。她们三人一起搬着家具，将客厅重新布置了一番。

一切工作完成之后，区晓鸥和黄小蕾站在客厅满墙的照片前面，照片上，林响搂着黄小蕾，笑得很开心。区晓鸥看着照片，鼻子有些堵。这时，蓝天愚从里屋出来，黄小蕾一回头："蓝叔叔，你能帮我把这张照片取下来吗？太高了，我够不着。"

区晓鸥摸摸黄小蕾的头："来，阿姨帮你，有梯子吗？"

蓝天愚挥挥手："用什么梯子啊，来……"话音一落，蓝天愚抱起区晓鸥，取下了墙上的照片。

黄小蕾接过来，把照片放到了抽屉里。抽屉慢慢关上，黄小蕾和林响灿烂的笑容，慢慢被遮掩住了。黄小蕾站在抽屉前，许久回不过神来。

江小美从卧室走出来，说："小蕾，妈妈所有的衣服和化妆品都集中放在了壁柜里和床底下。"

黄小蕾点点头："谢谢阿姨。"

看着懂事的黄小蕾，江小美心中有几分难过。黄小蕾还是个孩子，经历了双重变故，努力想把自己当成一个大人。她遇到的这些事，是她成长的催化剂，强迫她一夜长大。强迫，这个词真让人难受。

女孩子对妈妈的依恋，对妈妈的感情，江小美懂。比如，在第一次例假的时候，女孩子都想去跟妈妈交流，由妈妈来帮助她消除紧张恐惧。每个女孩子都想告诉妈妈，她喜欢上的第一个男孩是什么样子的。每个妈妈都希望教导自己的女儿第一次恋爱的注意事项，一二三四，碎碎叨叨，充满温暖。每个妈妈都梦想看到女儿穿婚纱的样子，每个女儿也都能想象出母亲因自己出嫁而流下伤感的眼泪。这一切，很俗，很平常，很家长里短，但很美好。

可惜啊，这些平常的美好，林响都错过了。小蕾也没有这些机会了。而江小美能做的，就是紧紧地抱着黄小蕾，给这个懂事的孩子一点温暖，让她觉得，这世上，除了妈妈，还有一群阿姨在爱着她。

大人的世界有大人的烦恼，阿姨用爱发电，却又自顾不暇。比如，悬在江小美头上的三百万。为这事，大家伙操碎了心。

区晓鸥想了想，还是得去催一下孟非宁收购酒吧的事。地段他也看了，觉得位置不错，他的那点鬼心思，她怎么不懂。

在孟非宁的办公室，区晓鸥看到的，依旧是个习性不改的土大款形象。那老土的茶杯，她都不想多看一眼，可低头下脸地求人收购，面子还是得给的。结果，一有员工进来，这厮就热情地介绍说这是他前女友，还问员工他前女友漂不漂亮。

区晓鸥气不打一处来，质问道："孟非宁，我总共来你公司就三次，你三次都粗声大气声音洪亮地给别人介绍说我是你的前女友，你怎么还那么二啊？！"

孟非宁依然笑眯眯的："你原来不就是喜欢我这个二劲儿的吗？走吧，我请你喝咖啡。"

区晓鸥摇头："我不去，我怕你别有用心。"

"我还真是别有用心。"孟非宁一脸期待地望着她。

"收购酒吧的事……我希望你动作快一点。"

"晓鸥啊，这个酒吧……地段还可以啊，为什么你这个朋友要卖呢？还急三火四地催我，不会有什么商业阴谋吧？"

"阴谋个屁，谁敢跟你这么精明的商业奇才去耍阴谋啊？！江小美是急等着用钱……她想迅速离婚，钱是给她老公的。"

"哦……这个小美有了新欢了？是那个叫白志勇的哥们儿吧？搞到一起了？"

区晓鸥瞪了一眼孟非宁："你神经病啊！她跟白志勇就是好朋友，没你想的那么脏。行了，理由你也知道了，你抓紧评估，抓紧算计，你要不买，我们找别的买家。不过这么大个便宜，你这种粘上毛就变成猴的人精，也不可能不占。"

这倒是。赚钱的事，他自然不会错过。若是区晓鸥肯陪他喝杯咖啡叙叙旧，那就好上添好了。他正恍神呢，区晓鸥已经大摇大摆地出去了。他欣赏着区晓鸥远走的背影，一时竟有些陶醉。

怎么以前就没细细欣赏呢！

区晓鸥回到酒吧门前，正好看到黄九恒走进酒吧。他是来找江小美的。“家里闷，是吗？”江小美柔声问道。

黄九恒掏出一张银行卡，放在江小美面前：“我还是觉得，你不能没有这个酒吧。这是四十万，投进去，保留一部分股份。”江小美心头一暖，还未来得及说话，黄九恒又接着说，“什么都不用说，白志勇连车都卖了，如果我也算你的朋友，就不要拒绝。”

江小美感动得一时不知道要说什么好。黄九恒缓缓说：“我现在跟你和白志勇一样，什么都没有了，这个酒吧，是我们唯一的寄托，唯一的温暖。还有，我不当股东，钱，算借算给，都无所谓。”

江小美眼圈红了。有这么一群朋友，她值了。然而，黄九恒的声音真诚，表情却苍凉，轻叹一口气，说：“不用感动，我是想为我自己保留一个能待的窝儿。”

江小美点点头。

这时，区晓鸥走进来，打了个响指，对江小美说：“两天！两天内，孟非宁的电话就会过来。”

一切如区晓鸥所料，第二天，孟非宁就打来了要签合同的电话。下午时分，江小美和区晓鸥来到孟非宁的办公室，他和律师已经早早等在那里了。

呵，抱歉，他的水杯还是那么土。可他的合同闪闪发光。区晓鸥翻着手里的合同，面露微笑：“行，这事就这么定了，按照你们双方的要求，孟非宁购买酒吧百分之八十的股份，小美占有百分之二十的股份。”

孟非宁补充一句：“酒吧的经营者还是小美，领月薪。月薪多少，可以商量，我不会较劲。”

江小美点点头：“多谢了。”

孟非宁说：“那就再让你们的律师看一下合同，签完字，我把全款给你打过去，另外……”

区晓鸥一惊，目露警惕之色，当即阻止道：“另外什么啊？你又有什么歪主意了？我告诉你孟非宁，不许有附加条件啊！”

孟非宁笑笑：“我想说，江小美用这种方式离婚，她有这么仗义的朋友，真的很牛，我很佩服，五体投地！”

对这个结果，江小美很知足。回到酒吧，看着眼前的一切，她感慨万千：“黄九恒的空降投资，给我保留了百分之二十的股份，我还没失业，知足了。”

白志勇握紧拳头：“我们的据点保住了，圆满！”

区晓鸥尽了最大努力，但对方是孟非宁这个滑头滑脑的东西，也只能给江小美争取到这么多股份了。说到底，她也知足了。

“老黄掏这笔钱，应该是高兴的，咱们一直在担忧小蕾会不会崩溃，注意力都在孩子身上了，可黄九恒呢？他能熬过来吗？看看黄九恒的那双眼睛，一点光泽都没有，阴沉得可怕，可刚才他跟我说这事时，眼睛里终于有了光亮……”白志勇说。

“明白，投钱给小美，让他觉得自己有了价值，也能分散一下注意力。”区晓鸥分析道。

江小美目视前方：“但愿吧，但愿黄九恒能够挺过来。”白志勇长叹一口气，说：“谈何容易啊，这短短的几十天里，黄九恒经历了那么多的事儿。还有一件事，是早晚要发生的。”

江小美和区晓鸥听着，白志勇接着说：“早晚有一天，小蕾是要走的，是要去国外的。到时候，这个家，这个几个月前还完完整整的家，就只剩下他一个人了，一个人……”说话时，他眼中满是担忧和伤感。

47.

黄小蕾去往国外的日子越来越近了。

“国外那边的相关手续都办得差不多了，签证所需要的材料也齐了，我想……用一下你们家的户口本，还有小蕾的出生证，这几天就去给小蕾办签证。”常哲接着说，“签证办好了，我就想让小蕾快点过去，这样还能赶上那边学校开学。”

黄九恒点点头，黄小蕾垂着眼，目光游离，精神恍惚。常哲补充说：“办签证的时间不会很长，估计……材料准备好了，也就十天左右。”

黄九恒和黄小蕾都没说话，父女俩呆呆地坐着，一动也不动，如同凝固了。

交代完所有的事，常哲识趣地走了。黄九恒眼神发虚：“终于来了。来得好快啊。”

原先，他只是知道有这么一天，但不知道具体的时间，还能自己骗骗自己，还能在某些瞬间，忘掉黄小蕾要去国外的这个事实。他请假了，专心陪陪黄小蕾，可再陪又能陪几天呢?

也许，多当一天孩子的父亲，都是赚来的。他决定了，这段日子，他哪里都不去，不去酒吧，不去见朋友。除了睡觉洗澡、拉屎撒尿，每时每刻，每分每秒，他都要和女儿待在一起，都要陪着她。这样，他赚来的时间、他当父亲的时间，也会多一些，长一些。

可能是最近他经历的事太多了，他的心也变硬了。此时此刻，他还能承受，似乎那种离别的痛苦比他预想的要轻一些。

不管怎么说，扛着吧！但是，有些事情，他得交代一下。他把常哲约到了酒店大堂，两人凭窗而坐。

黄九恒的语调很平静，但又透出绝望和痛苦：“小蕾不爱吃猪肉和鸡肉，爱吃牛肉和鸡蛋，不爱吃面食，爱吃米……还有，小蕾不能吃辣椒，她一吃辣椒就上火。”

常哲真诚地说：“放心，我都记住了。”

黄九恒接着说：“小蕾半夜要醒一次，要喝水，记住，一定要在床头给她放一杯白开水。”

常哲点头。黄九恒仍在絮叨：“还有，小蕾到了国外，放假的时候，如果她想回来，就让她回来，不要在意钱，所有的费用可以由我来付。”常哲笑了笑，说：“见外了，你放心，我答应你。”

黄九恒补充说："我也会经常给她打电话，希望你不要介意。"他有些伤感，努力控制着，"你有三个孩子，你要向我保证，不要让他们欺负小蕾。"常哲也有些伤感："你放心，小蕾毕竟……"他怕刺激黄九恒，没再往下说。

"小蕾毕竟是你的亲生女儿。我知道你想说这句话，又怕刺激我……"黄九恒无奈地笑了笑。

"对不起……"

黄九恒站起身，走到窗前。常哲看着黄九恒，不知道该说什么。"常哲……"黄九恒凄然道，"你知道吗，你把这个孩子从我身边带走，就像从我身上割走了一块肉，生生地割走了一块肉。"

这一刻，黄九恒绝望到了无以复加的程度。

黄小蕾有她的疑问。她问江小美："到了国外，我要叫常哲叔叔为爸爸吗？"

江小美一愣，不知道该怎么回答，脸上露出为难的表情。她想了想，才说："小蕾，不要为难自己，你想叫他叔叔，就叫他叔叔，想叫他爸爸，就叫他爸爸。如果叫爸爸别扭，就不叫，如果常哲叔叔强迫你叫他爸爸，但你不想叫，为难，就给我打电话，我来跟他说。"小蕾点点头。此时，黄九恒走进了酒吧。黄小蕾笑了笑，"爸爸回来了……"

黄九恒走过来，轻轻摸着黄小蕾的头。黄小蕾看着他："爸，你一会儿还有事吗？"黄九恒一愣："没事啊，你为什么这么问呢？”黄小蕾说：“我知道我要去国外之前，你的事特别多，你不用陪我，我跟晓鸥、小美阿姨待在一起，挺好的。”

黄九恒看着懂事的女儿，感慨地点点头。

江小美把礼物轻轻放到小蕾面前：“小蕾，听你爸爸说，你到了国外还要练跑步，我和晓鸥阿姨送给你三双跑步鞋，一双34码，一双35码，一双36码，35码、36码是给你明年和后年穿的。”区晓鸥补充一句：“运动服也是三套，先穿小号的。”

黄小蕾懂事地表达谢意。

“小霞光，到了国外，有什么委屈，有人欺负你，千万不能闷在肚子里，要跟常哲叔叔说，或者打电话告诉你爸爸，好吗？”白志勇叮嘱道。

蓝天愚说：“到了国外，吃不惯西餐，就跟常哲叔叔说，别跟他客气，让他给你做中餐。想吃什么给我打电话，我给你寄，好吗？”

白志勇严肃地说：“重点，十八岁以前，不要谈恋爱！”黄小蕾吐吐舌头：“知道了。”区晓鸥眉头微皱：“不一定十八岁吧，十七岁以后就可以……”

黄九恒不好插嘴，笑眯眯地听着。区晓鸥补充说：“外国孩子都早熟，在国外上学，万一有个外国男孩喜欢你，拿不准的时候，给我打电话，我给你参谋。实在不行，让你爸和这两个叔叔给我赞助飞机票，我亲自飞到国外，给你当面参谋。”

白志勇有点嫌弃：“又傻又愣的主意，区晓鸥，你这不是鼓励孩子早恋吗，忒不着调了！”

黄小蕾往国外带的东西还真不少。在黄九恒家里，她收拾出两大箱子来，茶几上还摆满了各种东西。

黄九恒拉上一个箱子："小蕾，先歇会儿吧，陪爸爸坐会儿，待会儿再收拾，来得及。"

黄小蕾乖乖地坐在黄九恒旁边。父女俩并排坐着，抬头看着满墙的黄小蕾的照片。黄九恒轻轻地抱住了黄小蕾："没事儿，别担心爸爸，有这么一整墙的照片陪着我，想你了，我就坐在这里看看照片。"

黄小蕾乖巧地点点头。黄九恒又轻声说："有句话，爸爸一直想跟你说……这句话很短，但是我们中国人特别不习惯说这句很短的话，我跟你妈妈就从来没说过。我很后悔，非常非常后悔……"

黄小蕾静静地听着，看着爸爸，眼神似乎变得成熟了。

"这句话，我也没有跟我的爸爸妈妈说过，觉得肉麻，说不出口。我只在你很小的时候，在你还没有记忆的时候，我对你说过很多次，很多很多次……"

黄小蕾静静地看着父亲，眼中透着柔情。

"你长大了，记事儿了，爸爸就更不好意思对你说了……但现在你要走了，去国外了，爸爸特别想对你说这句话……"

黄小蕾有点期待地看着爸爸。黄九恒微笑着，说得很平静："孩子，我爱你，永远……"说话间，他慈祥地凝视着女儿。

黄小蕾停了一会儿，认真地说："爸爸，我也爱你。"

常哲倒是很积极，时间一到就过来了。他和司机往旅行车上装着行李，大大小小十几件。黄九恒牵着黄小蕾的手，站在旁边静静地看着。

常哲装好行李，走到黄九恒和黄小蕾面前：“好了，上车吧。”黄九恒点点头。黄小蕾仰头看着他：“爸……”黄九恒也看着女儿：“怎么了，小蕾？”

小蕾犹豫着：“爸，你能不能，别去机场了？我怕你去了机场，你难过，我也难过……”黄九恒点点头：“明白，孩子，那爸就不去了，好吗？”黄小蕾点点头，她的手还被黄九恒紧紧地攥在手里。过了一会儿，黄九恒无力地说：“上车吧。”

黄小蕾很乖地应了一声：“爸爸，再见。”

“再见。”

父女俩的手，轻轻地，又很艰难地松开了。

黄小蕾上了车，一直看着黄九恒。她去上学的日子里，无数次，都是黄九恒这样凝望着她。以前小蕾还觉得他婆妈，和同学一起嘲笑过他，而现在，其中的不舍，她懂了。

她知道，从此以后，在遥远的国内，有个人，会用她看不见的方式，凝望着她。她也会如此。

不见，仍旧想念。两人还没远离，她已开始怀念。

48.

黄九恒陷入失眠的境况中，幻象频频出现在他的脑海里。他等林响下班，等黄小蕾放学，却总是等不到，于是焦灼、不安，给白志勇和蓝天愚打电话询问妻女的消息。

白志勇和蓝天愚带他去看精神科医生，但效果很一般。

无论他们怎么说林响不在了，黄小蕾根本没有从国外回来，黄九恒总是似笑非笑地望着他们，然后指着他们的脸，精神恍惚地说："黄小蕾已经回来了，你们是怕刺激我，不敢跟我说。就别骗我了，我扛得住。"

就这样，黄九恒一会儿正常，一会儿哭，一会儿承认自己有妄想证，答应吃药。白志勇和蓝天愚只得没日没夜地守着他。每当他肯睡一会儿，两人才能稍稍松一口气。

这么霸气的一个男人，这么有主意的一个男人，变成了另外一个人。有时候，他的眼神像个孩子，无助，可怜……太让人心疼了，江小美根本不敢看他的眼睛，怕自己忍不住会哭。

这些日子，上官慧倒是时不时过来。她也帮不了什么忙，就是做做饭什么的，顺带送些换洗衣服过来，解他们后顾之忧。这让白志勇和蓝天愚很是感动。

黄九恒那里，白志勇和蓝天愚可没少操心，他们试了无数种方法。带黄九恒做高体耗的运动，结果黄九恒没怎么样，这两人累得半死。给他灌高度数的原浆酒，黄九恒耍起了酒疯，两人差点镇不住场子。

江小美也没闲着，找了个老中医，给黄九恒开了一服药，效果不错，居然让他睡了十七个小时。原以为他是醒了，结果迷迷糊糊起来，撒了泡尿，喝了杯水，又接着睡了好多个小时。尽管老中医说四十八小时以内都没事，蓝天愚为防意外，还是搞了个机器过来，监听他的呼吸。

醒过来以来，黄九恒喊渴喊饿，也彻底清醒了。他的目光清澈："刚才你们忙里忙外的时候，我想明白了，之前那十几天，就像一个梦，一个很长的梦。我跟你们较劲，说黄小蕾从国外回来了，其实，那个想法就是一个梦。现在好了，我的梦醒了。"

江小美眼含热泪，看着他。蓝天愚也高兴地拍拍他："那就好，那就好。大家没白忙活。"

白志勇盯着黄九恒："我还是有点不太相信，你……真没事了？"黄九恒笑了笑："没事了！正常了！脑子里干干净净，清清爽爽。"

十四天的妄想症，好在并不算漫长。凡此种种，都是经历，似大梦初醒。黄九恒点点头："那接下来，该怎么办？"

白志勇兴奋地说："让蓝天愚说！他都打好草稿了。"

蓝天愚嘿嘿一笑："这段话，我准备了十几天，现在终于可以跟你说了。第一，先给小蕾打个电话，告诉她你的病好了，要轻描淡写地说，不要说得太严重，省得她担心。要知道，前几天我们以为黄小蕾能唤醒你，结果你在电话里跟她说胡话，她肯定很担心。拿出你正常的样子来。”

黄九恒点点头。

蓝天愚接着说：“第二，迅速给你父母打个电话，这事我们还瞒着他们呢，就说你最近工作忙，没来得及给他们打电话。”

黄九恒再次点头。

蓝天愚清清嗓子：“第三，明天去医院做个复查。完了。”

“没问题，两个电话我马上打，复查明天去医院。”

蓝天愚、白志勇、江小美一脸的喜气洋洋，江小美后怕地说：“黄九恒，你可把大家吓坏了，十四天啊。”

黄九恒不好意思地笑了笑：“我明白。这样，今晚上我请客，到你的酒吧喝酒。”

白志勇摆手拒绝：“黄大厨，这两个礼拜，你还睡了两天呢，我和蓝天愚基本没怎么睡啊，让我们睡完了再喝行吗？”

这一次，白志勇计划要睡很长时间，但很快，他就被拍醒了。

蓝天愚馋酒了。这是他的说法，白志勇哪里不懂他，他这是要趁早把黄九恒的心病除了。

说心里话，黄九恒家出了这么多事，大家在背后议论过，想到他会崩溃，会哭会闹，或者，酗酒，自虐，但是没想到，他是这种表现。还好，总算闯过来了。

但黄九恒知道，他心里的那些事，不会那么快就淡的。它们还在他心里。但经过这么一折腾，他好像能面对了，起码想跟别人说，想跟别人交流了。

黄九恒在医院做了个全面检查。医生说他一切正常，还说他这病，就像是一台缺了机油的汽车发动机，开久了，爆缸了，停下来，让车凉下来，再加点机油，完好如初。

黄九恒走出医院就接到了蓝天愚的电话，他们在酒吧里嗷嗷待酒，打算狠宰黄九恒一顿。

酒摆到面前，黄九恒仰头喝了一杯，对白志勇和蓝天愚说："一定向景雅和上官慧转达我的歉意和感谢。"

蓝天愚劝慰道："黄九恒，要多说话，你就把我俩当垃圾桶，使劲地倒，彻底地倒，倒得越干净越好。反正劝人的话，颠过来倒过去也就是那几句话。"

白志勇喝了一杯酒，说："你也劝过人，你知道有多难，所以，你得多说，多倾诉，多跟我们聊，这样一定会管用。"

黄九恒无限伤感："是啊，我有话啊，有好多的话，这些话都憋在我心里，堵得我难受……"

"所以啊，你想得太多，又老憋着，小蕾在的时候呢，你还得撑着，为了女儿，你必须得撑着……小蕾走了，支撑点没了，你可不就崩溃了……"蓝天愚安慰起人来是一套一套的。

黄九恒苦笑两声："是啊，我不妄想症谁妄想症啊。我每天晚上躺在双人床上，没有林响在身边，那种空荡荡的感觉，那种安静的感觉，压抑啊。我还不习惯一个人孤零零地躺在大床上，到现在了，我还是习惯性地睡在床的左边，右边空着，老觉得林响应该睡在那里，睡醒了会下意识地用手去摸，空的，凉的，没有人。"

白志勇和蓝天愚惆怅地听着。

“有时候，想不通，想不明白，憋急了，我就侧过身子，盯着空空的枕头，一个人说话，和林响说话。那些个夜里，一秒一秒地过，一秒一秒地熬，真是煎熬啊。就这么想着，我怎么过明天，怎么过下个月，怎么过下个春节，怎么过下个小蕾的生日……”

白志勇打断他：“你还有朋友，还有哥们儿，还有徒弟，大家都会陪着你，大家不会让你孤单的。”

蓝天愚拍拍黄九恒的肩膀，和他碰了一杯：“难过的时候，想想你身边这些善良的人，会好的，会过去的。”

黄九恒的眼圈红了：“志勇，老蓝，我知道，我感谢，我感谢你们帮我治好了这场病。可……可以后的日子呢？我还是会孤单，还是会难过。小蕾刚走的那几天，我经常会突然脑子里一片空白，什么都没有，不知道该怎么办。绝望啊，真的是绝望啊。为什么，为什么突然就剩下我一个人了？我想不通，我真的是想不通……”

“等等！”白志勇的眼睛瞪得圆圆的，“有哪儿不对！让我想想！”他挠着头，“区晓鸥呢！她哪儿去了！这些天怎么没看到她？！黄九恒得病的这些日子，这么大的事，她怎么一直没露面啊？”

江小美愣了：“她……身体还是不好，我让她休养，没让她来上班。”

白志勇盯着江小美：“小美，我们是朋友，是好朋友，我们一起经历了这么多事，这点你不该怀疑吧？”

江小美点点头："当然。"

"所以，有什么事，你一定不要瞒着我。晓鸥如果有什么事，如果我帮得上忙，我也一定会尽力。"

听到白志勇的话，江小美点点头，眼神飘忽闪烁："当然……"

只有江小美知道，以后的日子，怕是区晓鸥都要缺席了。

第二天，又是崭新的一天。

黄九恒又打了一份工，在一个私人会所。

以前，那么多私人会所找他他都不去，现在，他就是想让自己累一点，转移转移注意力，少去想黄小蕾。同时，也是为了迅速多挣些钱。他想让小蕾每个假期都回来，或者他过去看她。这需要开销。他知道，黄小蕾嘴上说在那边已经适应了，其实，她还是担心他，想家，想中国。他希望能尽快见到她，否则，这种思念会把他折磨死。

他其实是不缺钱的，林响的死亡赔偿金已经打到他的账户上了，那是很大一笔钱。但他一分都不能动，那是留给黄小蕾的，留给她上大学、结婚、生孩子用的。

令他宽慰的是，黄小蕾告诉他，她要办国外的身份卡了，她和常哲商量了，她不改姓，还姓黄，常哲也答应了。黄九恒打心底里高兴。

49.

三百万，求一份婚姻自由，值吗?

以前的江小美觉得，若是有这么一笔钱，她一定会欢庆自由。可真在银行柜台前要把这三百万汇出去的时候，她缓缓地撕掉了汇款单。

辛辛苦苦挣来的钱，为什么要给他呢？为什么要给这个不讲理的人渣呢？冤不冤啊！以前，她嘴上说想通了，其实心里压根就没想通。在银行里的那几分钟，她突然想得明明白白，她绝不会给他这三百万！一分一毛都不给他！

从银行出来，她直接去见了律师，走法律程序，上法庭，诉讼离婚。她坚信，法律会保护她的合法权益，会还她一份公道。

律师说了，现在离婚案已经取消了调解程序，这婚早晚能离。现金部分是分居后江小美的个人所得，而且分居后她也前前后后给了梁正廷一部分钱，再分，他也分不到多少，七八万的事！便宜这小子了。

于江小美而言，主要是得到了美丽的心情。用法律武器捍卫了自己的合法权益，并让正义得到伸张，七八万买一个好心情，总好过白花三百万！值！

听到这个消息的黄九恒一脸兴奋：“太好了！过瘾！过瘾！太他大爷的过瘾了！我现在特别想看看那个王八蛋脸上的表情！

然后用照相机给他拍下来，再给他挂到大街上……好好好，见面再聊啊！”

对面的大愣和三贵惊奇地看着师父。黄九恒挂了电话，抢过三贵手里的刀，兴奋地用力拍着案板上的黄瓜，黄瓜渣被拍得四处飞溅。大愣和三贵抹抹脸上的黄瓜渣，杨天天和刘二、永刚，也诧异地看着黄九恒。黄九恒把刀往案板上一剁，看着徒弟们：“省了三百万！三百万哪！”

大愣和三贵还是莫名其妙。不过，师父高兴，他们也高兴。

黄九恒又打电话告诉蓝天愚，电话中的蓝天愚似乎有些不高兴。问他发生了什么事，他说，他找不到区晓鸥了。上官慧给区晓鸥介绍了一份工作，蓝天愚想跟区晓鸥聊聊。区晓鸥倒好，手机也不开，微信也不回，都两天了。

趁着和黄九恒通电话的当口，他约了黄九恒一同去江小美那儿探探区晓鸥的情况。

这种事，自然少不了爱凑热闹的白志勇，他看着小美：“岂止两天啊，都二十几天了……从黄九恒犯病开始，晓鸥就没露过面。江小美决定把三百万给颠覆了，这么大的事，她也没露面啊。”

蓝天愚面带思考之色，盯着江小美：“是啊……小美，晓鸥还住在你那儿吗？”

小美有点紧张：“她这几天没住我那儿，去……外地了。”

蓝天愚纳闷地问：“外地？她怎么没告诉我啊？她去外地是有什么事儿啊？”

小美躲开蓝天愚和白志勇询问的眼神：“回老家了，她让我转告你们，她家里有重要的事情要处理，不方便联系。”

蓝天愚疑惑地看着江小美：“回老家也不能不接电话啊，她是不是有什么事儿瞒着我们啊？是不是……跟她那个前男友孟非宁有什么关系啊？跟孟非宁又好了？”

江小美没回答，脸上的表情很怪异，看得出来她在努力克制着自己的情绪，想说什么又没说，起身走了。

蓝天愚看着白志勇，说：“小美脸上的表情不太对啊……”

白志勇点点头：“什么叫不太对啊，她百分之百在撒谎！百分之二百在回避！”

黄九恒像是想起来什么，问：“白志勇，我生病的这段日子，你和小美的恋情怎么样了？突飞猛进了吗？”

白志勇摇摇头，说：“我和小美……能怎么样，还那样呗，她的离婚案正在走法律程序，可无论是什么结果，对小美来说，总归是一种折磨。这个女人，真是让人心疼啊！”

黄九恒嘿嘿一笑，拍拍白志勇的肩膀：“你看，知道心疼一个女人了。心疼，就说明这个女人已经在你心里了，这肯定就是爱情了。你还老不承认，我觉得你对小美是真上心了。”

“老白，既然她马上就要离婚了，既然你也上心了，喜欢她，就别放过这个机会！”蓝天愚趁机给他打气。

白志勇有些苦闷：“对于离过婚的男人，再去经历一段感情，肯定会慎重，慎重，再慎重。”

黄九恒接过话头：“这年头，找到一个能停在你心里的女人，很难。俗话不是说吗，少数女人能上眼，上心女人不多见，能上眼上心的，就只有极少极少的了。白志勇，要珍惜。”

白志勇眼睛看向别处：“上心？我还有心吗？我的心好像已经不在我身体里面了，我的心跟小美和景雅的心比起来，算是狼心啦。”

蓝天愚眉头一皱：“怎么景雅又出来了？不就是景雅把钱借给你了吗？！不就是景雅想让你当她孩子的父亲吗？怕和小美好了，对景雅是伤害？”

白志勇想了想：“也不全是……”

黄九恒抓住了关键字眼：“不全是，就说明还是有。你为了帮小美离婚，卖了车借钱给她，然后再去追求小美，觉得自己是乘人之危，不干净，脏。两个女人，一借一还，你就觉得自己是狼心狗肺王八蛋了？”

蓝天愚摇摇头：“白志勇，这不像你啊。你那么干脆利落的一个人，这么坚定坚强地要拥抱新生活的人，都开始动摇了？这可真让我诧异。”

白志勇面露怀疑之色：“不是动摇，是开始怀疑我是不是从根上就错了。我是想要轻松愉快地活着，想要无拘无束、阳光明媚，可现在，一点都不轻松啊。怎么知道小美要离婚了，我反而有些……压抑呢？”

蓝天愚说：“那不叫压抑，那叫压力，是因为你有了选择的机会，可以开始选择你的新感情了。你慎重，犹豫不决，怕选择错了……”白志勇想了想，说：“所以，心里有纠结，这是极其极其正常的，因为我也是一俗人。”

蓝天愚提醒道：“对了，别忘了当初我们追求舒坦、实现舒坦的口号……”白志勇握握拳：“宁愿有艰难的激情，也不要平凡地活着！”

黄九恒说：“白志勇，当初你拉我进入疯狂三人组的时候，是怎么劝我的？想要实现欲望，想要改变，想要舒坦，就得对自己狠一点，就得能承受朝自己的心插刀子的感觉。”

白志勇叹了一口气：“二位，谈何容易啊。小美不是说了吗，口号和现实差着十万八千里呢。憋死我了，这屋里怎么感觉缺氧啊？”黄九恒说：“白志勇，你不是一直高喊着要双脚离地，过飞一样的生活吗？”

“这话是我说的，可飞不起来，地球引力还在啊……”

黄九恒笑了笑：“我曾经也怀疑过咱们的这个改变太理想化，你不是还骂我吗？骂我不够勇敢，面瓜，老顽固，老梆子。怎么了，你也动摇了？”

白志勇又叹了一口气，说：“真有点动摇了，而且……越想这事越觉得心里害怕、恐惧。哎，怎么会有这种感觉呢？”

蓝天愚仰头望天：“害怕……其实这种害怕我也有，我早就有。从我和我老婆离婚的那天起，我就开始害怕，对所有的事情都害怕，害怕抽烟喝酒会得癌，害怕高兴的时间太短，留不住快乐，害怕郁闷的时间太长，会得抑郁症，害怕儿子知道离婚的事，离我而去……”

白志勇好奇地问：“这些害怕以前没有过？”

蓝天愚信誓旦旦地说：“没有！所以，当我拼命折腾、拼命改变的时候，我心里确实没有解脱、解放的感觉，却总是有一丝恐惧。”

白志勇盯着蓝天愚：“那你说，是不是因为人到了一定的年龄，就不能耍单了？身边得有个人，得有个伴儿，这样才会踏实？”

黄九恒幽幽地说：“你们是真想复辟，走回头路了。”

蓝天愚提醒道：“既然想走回头路，那就面临着选择……”

“问题是，又是一个十字路口，往哪边走？”白志勇郁闷得想揪头发。蓝天愚却笑了：“听上去，你小子挺幸运啊，还能站在十字路口东张西望，还有选择的权利，挺美啊！”

白志勇苦笑：“美个屁！快烦死我了！”

“我明白。小美、景雅让你难以取舍。嘿，但我还真不明白，怎么绕来绕去，你成了抢手货，成了一个三角恋，成了你站在两个美丽女人中间去选择了？是不是心里美滋滋的？”蓝天愚的笑容坏坏的。

白志勇懒得理他，无奈地说：“你这基本上属于意淫，我都没敢这么想，谁说我要回过头去追景雅啊？人家凭什么让我追？我说的十字路口可没包括景雅。”

蓝天愚想了想，抛出一个问题：“好好，那我换个问法。如果，兄弟，听明白了，我是说如果——如果景雅有可能和你走回头路，你怎么选？”

白志勇神情一滞：“好烂的问题啊，现在没有这个如果，所以，我也不可能去想该怎么选择。”

这时，电话响了，白志勇接起电话：“喂，小美……”

50.

是关于区晓鸥的事。

江小美在白志勇、蓝天愚、黄九恒三个人到齐之后，才缓缓开口："晓鸥在认识你们以前，在四年前，就得了宫颈癌。"

三个男人傻了。江小美忧伤地说："当时治疗效果很好。但三个月前，她的身体有反应，做检查的时候，发现……复发了，晚期。她谁都没说，我也是前些日子刚知道的。"

黄九恒忽然记起来了："那前些日子她经常呕吐，是因为……"

小美点点头："药物反应……"

现在区晓鸥在老家珠海住院治疗，已经开始化疗，理论上还有治愈的可能，但也仅限于理论上有可能。

这件事，三人中有人问过，江小美一直瞒着，理由很简单，晓鸥说她不想让大家知道她是一个病人，她不想看到大家可怜她的眼神，她想平等地和大家交朋友。她很珍惜这段友谊，临走前，还给大家留了一封信。

白志勇接过信封，将之打开。

黄蓝白三位老鸟，你们好吗？没有我在你们身边的日子，是不是少了很多热闹啊？你们还舒坦吗？还快乐吗？

其实找到快乐真不是件容易的事，你们要坚持。四年前我查出这个病的时候，我就跟自己说，以后的每一天，每一个小时，每一分钟，我都要快乐……遇到你们，是这四年来最让我快乐的一件事……我的病复发了，我要开始治疗了，我不想让你们看到我没有头发、眉毛残缺的样子，我想让你们永远记得我漂漂亮亮、干干净净的样子。所以，有一段时间，你们会见不到我，我不能陪你们玩，不能陪你们疯了。放心，我不会垮掉，有父母、医生、护士陪着我，我会尽量快乐，尽量坚强，尽量早一天回到你们身边，让你们的疯狂三人组再变回疯狂四人帮。

蓝天愚眼中有泪："小美，我要去看她。"

江小美的声音很沙哑："她再三强调，不让咱们去看她，尊重她吧。"

蓝天愚的心情很差，回到家里，整个人都闷闷的，痛苦地低着头。上官慧自然看在眼里："四年了，这个姑娘，真够坚强的。她一直瞒着你，这种事要是摊在我身上，我做不到。"

蓝天愚深吸一口气，说："是啊，我和白志勇、黄九恒一直觉得晓鸥这个姑娘，有点……二，有点疯，有点跟别人不一样，想干什么就干什么，不计后果，疯疯癫癫，直言快语。到今天我才明白，她是在抓紧时间，热热闹闹地活着，跟我们一样，她也是在抢夺快乐。"

上官慧难过地说："不是说理论上还有治愈的可能吗，想想你还能为她做些什么，我们还能为她做些什么。"

蓝天愚有些伤感，他脑子很乱："不知道，我现在脑子里像一锅粥，心里堵得难受，想见她，她又不同意。我明白她是怎么想的，她不想让我们看到她化疗的样子，不想让我们看到她不漂亮的样子。"

上官慧拉着他的手："蓝天愚，我知道你心里放不下她，你特别想再见到她，你怕如果再也见不到她，会是心里一个永远的遗憾。"

蓝天愚呆呆地听着，上官慧缓缓地说道："你还记得我爸爸去世之前的状态吗？他嘴上不让同事、亲戚、朋友去看他，他说他怕他病歪歪的样子不好看，怕人家可怜的眼光。可每次有人去看他，他心里还是高兴的。所以，如果你真想去看晓鸥，应该争取一下。"

蓝天愚点头，当即叫了其他二人，一起去找江小美。

在酒吧外的椅子上，三个大老爷们儿眼巴巴看着打电话的江小美，直到她放下电话，蓝天愚先一步问道："怎么样？"

"晓鸥同意了，让我们去看她。"江小美说。

蓝天愚不放心地问："她还说什么了？"

江小美摇摇头："其他没说什么，只是哭。"

蓝天愚沉默了。江小美拍拍他的肩膀："蓝天愚，你马上去订机票吧。"

白志勇："黄九恒，你能去吗？"

黄九恒为难地说：“我争取吧……我现在做两份工作，酒店那边，我病倒的那段时间请假太多，可能有点难度，私人会所这边刚开业，食客们蜂拥而至，也有难度……”

白志勇宽宽他的心：“那就算了，你别去了，我们代表。”

黄九恒还在犹豫着。蓝天愚善解人意地说：“别为难了，我们能理解。”

黄九恒只好点点头：“小美，那……那我就不去了，我想……给晓鸥带十万块钱，我想让她得到最好的治疗，住最好的病房，用最好的药，穿最贵的衣服，买最贵的化妆品……可以吗？”

小美点点头。黄九恒的心意，她得带到。

飞机起飞前，大家原以为黄九恒不会来，谁知他还是拎着大包小包出现了。他走到江小美跟前：“朋友比钱重要，我也去。”

飞机上，望着窗外的云朵，蓝天愚有些感慨：“有些人在认识很长时间以后，还会有陌生感，不会成为朋友。晓鸥是那种让人一见如故的朋友，很难得。她是个好朋友，好女人。”

江小美笑了笑：“麻烦你把这些话再当面跟她说一遍，她会高兴的。”

蓝天愚点点头。白志勇也感慨连连：“好女人。林响走了，晓鸥病了，小美受尽折磨，上官慧孤单一人，景雅心地善良……都是好女人，既然是好女人，为什么要让她们经历那么多的苦难啊……”

黄九恒瞪圆了双眼：“你的这些话，就不要当面对晓鸥说了。”白志勇点点头：“我知道。”

这短短一二十日，区晓鸥又瘦了，整个人小小的。她穿着病号服，戴着帽子，因为化疗，她的脸色看起来很苍白。她朝大家笑笑，招招手。

蓝天愚克制着情绪，努力地挤出一丝微笑。

女护士打着招呼：“区晓鸥知道你们今天要来，从早上起来就一直往门口看，还老跑到窗口往院子里看。”

区晓鸥柔声细语：“麻烦你们了，还让你们专门跑一趟，谢谢……”

白志勇故作轻松状：“你瞎客气什么啊，又是麻烦又是谢谢的，这可太不像你区晓鸥说出来的话了。”

区晓鸥笑笑。江小美走到她面前，拉着她的手，看向蓝天愚：“蓝天愚，你在飞机上不是对晓鸥有一段评价吗，说给她听听……”

蓝天愚看着区晓鸥。区晓鸥也看着蓝天愚，一脸期待。

蓝天愚摇摇头：“不说了。当面夸人的话，说不出来。”

这一刻，他好想偷别人的两句话送给她——“我爱你”，以及……“你的肿瘤是良性的”。

寒暄片刻，三个苦难先生忽然想起来，因为太急着来见区晓鸥，还没有给她买礼物。他们三人当即急吼吼地出去了。区晓鸥心头一暖：“真好。病了也挺好，有人关心，有人照顾，被人宠着，还有礼物收。”

江小美伤感地说：“蓝天愚说得对，你要想着希望，不要老想绝望。”区晓鸥看着远方：“小美，你不觉得，希望比绝望更折磨人吗？”江小美一愣：“我没明白。”

“那三位苦难先生，不知道是谁说过一段话，对于得了我这种病的人来说，特别合适。希望往往是一种虚幻的、想象的、不切实际的等待，所以，希望折磨人的时间更长、更久。而且，希望往往会转化成绝望。”

听到她的话，江小美蹲到她对面，轻轻握住了她的手。

区晓鸥接着说：“绝望，就是一个结果，你只能接受。你不得不接受。接受了，也就轻松了。”江小美的眼睛里充满泪水：“晓鸥，不要胡思乱想，不要放弃希望，我求你了。”

区晓鸥面色平静，淡淡地说：“我知道，其实，无论什么样的结果，我都可以接受。你还记得两个月前你陪我去医院的时候，我对你说过什么吗？”

江小美点点头：“记得，你对我说，我是这个世上除和你有血缘关系的家人以外，你最亲最亲的亲人。”

区晓鸥微微点头，说：“是，你把我这个吃你的喝你的，拖累着你的好朋友当成你的亲人，是我的幸运。我当时还说，如果我的病治不好，如果我离开人世间，我最想看到的两件事就是，你能把婚离了，保住你的酒吧。这两件事，现在都完成了。”

江小美的眼泪流了下来：“而且，都是在你的帮助下完成的。”

“我当时还对你说，如果这两件事圆满了，我就不怕死，我就可以死，我就死而无憾了。江小美，你要答应我，为了我，你要开开心心地活着，不许不开心，我会在天堂监督你的。”

江小美再也绷不住了，轻轻地哭出声来。

三位苦难先生回来的时候，身后还跟着三个人。是黄九恒的三个徒弟。他们买回来的礼物真重，看得江小美傻眼了。三个行李箱，加三个大纸箱子，简直了。

六个人，兵分三路，转遍了珠海市所有的书店，买到幽默笑话喜剧类的书一共268本。而且，黄九恒的三个徒弟说了，从今以后的所有午餐和晚餐，都由他们来送，大夫已经同意了。

江小美和区晓鸥惊讶得说不出话来。

黄九恒知道他们在想什么：“不算什么大事，他们三个都是主厨级别的，吃一百年也吃不穷他们。待会儿我把菜单发到你手机上，随便点。”

三个男人微笑致意，这个瞬间，区晓鸥想哭。白志勇一看情形不对，手指着区晓鸥：“停，让眼泪回去。”

区晓鸥强忍住没让眼泪掉下来，说：“给你们添麻烦了。”

其中一个徒弟说：“客气了。师父，我们在外面等你。”

黄九恒没看他们，只是点点头，三个男人转身走了。

白志勇说：“晓鸥啊，很荣幸，你同意我们的快乐原则，希望这些书也能给你带来快乐，哪怕你不快乐，也要强迫自己快乐。”

晓鸥点点头：“我听你的，我会尽力。”

黄九恒认真地说：“我们会等着你。等你的病好了，再去小美的酒吧聊天，再去白志勇家做饭，再带着我们去参加年轻人的聚会，再去飞，再去疯狂地嗨。”

白志勇伤感地说：“你的一辈子还很长，等你几年不算什么。还有，晓鸥，我们商量过了，尊重你的意见，除了你的三位大厨，我们不再来看你，不给你打电话，不询问你的病情，也不跟你的父母和你的医生联系。”

江小美补充道：“但你也要答应我们，尽量轻松地吃饭睡觉、打针吃药，安安静静读这些书，积极治疗，快乐地活下去，哪怕没有希望，也要快乐地离开。无论活在人间还是远走天堂，我们都希望能再看见一个潇洒的、漂亮的，还那么随心所欲的，傻愣傻愣的晓鸥。”

蓝天愚不否认他爱晓鸥，他和晓鸥之间有爱，有情，但这两个字，在他俩身上，是拆开的两个字，是朋友的那种爱，是哥们儿的那种情。当然，假恋爱没有转化成真恋爱，还有一个最主要的原因是，区晓鸥那种对感情的纯粹、单纯，确实是蓝天愚不具备的，他总是犹犹豫豫、左顾右盼，太瞻前顾后，不敢为一个女人丢掉身边的一切。他太世俗了，没有舍得一切的激情和冲动。

51.

一切都变了。以前要改变，现在变得无所适从。那么爱热闹的白志勇，连去蓝天愚家陪他过生日都有了退却的心理。

但这些话，他也只能对江小美说说：“我不想去蓝天愚家过生日，是因为去了我不知道该说什么，尤其是上官慧在场，不能闹，不能贫，不能随心所欲……那还不如让人家曾经的两口子踏踏实实地吃顿饭呢。”

“怎么了？你的语气听起来很感慨啊……还有无奈、伤感……这可不太像你，无精打采，蔫了吧唧的。”江小美善解人意地递过来一杯水。

“是蓝天愚的郁闷情绪影响了我吧。老蓝最近好像变了，变得优柔寡断，老气横秋，婆婆妈妈的。最重要的是，他居然承认他老了。”白志勇仰脖喝下一大口水，“四十岁的人，居然承认他老了。”

江小美叹了一口气，说：“黄九恒也变了，变得更彻底。他一心一意，眼里只有工作、挣钱。现在想约他出来聊个天喝个酒，他都说太累，不想出来。”

白志勇看着酒吧里进进出出的人：“你们老说我不成熟，不像我这个岁数的人，像个愣头青，我心里还挺高兴的。因为我就想随心所欲，让我的心理年龄永远年轻。我干吗要那么成熟啊？我干吗要跟别人一样啊？我干吗要按规定去活着啊？可最近，我怎么自己怀疑自己了？小美你告诉我，我追求的那个活法，难道真的错了吗？”

江小美给了他一剂强心针：“没有，坦诚地讲，我喜欢你的不成熟，喜欢你的固执，因为它充满了热情。想做什么就去做什么的人是勇敢的人，是值得尊重的，并不是所有的人都可以这么勇敢。其实，你的这种想法也改变了我，否则我不会有用三百万去买一张离婚证这种疯狂的想法。”

白志勇看着江小美，满面爱恋。如今，懂他的人，只有江小美了。

“白志勇，你应该自信，你不应该去改变。”江小美给他鼓气，望向他的时候，眼中充满的是丝丝柔情。

白志勇点点头，举起水杯，遥遥指向蓝天愚家的方向，口中念叨了一句：“老蓝，生日快乐。”

寿星蓝天愚和上官慧正在吃饭，桌上摆了一只蛋糕，蓝天愚忍不住打了一个喷嚏。

“有人在想你，一定是区晓鸥。”上官慧自顾自地笑了笑。

蓝天愚望着她，说：“和区晓鸥的假恋爱，起码，没有我嘴上说的那么快乐。因为有一个第三者存在于我和晓鸥中间。”

上官慧不解地问：“第三者？”

蓝天愚点点头。

上官慧有些惊讶：“你是说晓鸥还有……另一个男朋友？”

蓝天愚摇摇头：“这个第三者，是咱们的儿子。”

上官慧明白了：“你有一个儿子，你还有一个儿子他妈，这会是你永远丢不掉的。你怕伤害他们，你怕让他们不舒服，这是一个永远的障碍，对吗？”

“说实在的，假恋爱的过程中，儿子一直像一个忠实的影子一样伴随着我，一直在我身边晃悠。我一直忘不了我是一个父亲，是一个有儿子的男人，我还有资格谈恋爱吗？如果儿子知道我有一个女朋友，会怎么想？我如果坚持，他会不会受到伤害？”

“如果真想拥有一段新的感情，就去做，儿子那边，我们还可以瞒着。再说，儿子长大以后肯定会理解你的。”

蓝天愚盯着上官慧：“上官慧，说心里话，你真的希望我去谈恋爱吗？你真的希望我再去交一个女朋友吗？”

上官慧看着蓝天愚，不说话了。“这不就得了？”蓝天愚喝了一口酒，“还是说，你心里肯定不自在，不舒服，吃醋？上官慧啊，我们都是俗人，干不了那种超脱的事，我没有那么潇洒，我不可能做到完全不管不顾，我做不到啊。”

上官慧说：“别这么郁闷了，老人们不是常说吗，没有不难过的日子，日子和难过是连在一起的，分不开的。叹叹气，咬咬牙，玩玩乐乐，像换脏衣服一样，把坏心情换掉，洗个澡，睡个觉，睁开眼，你会发现，郁闷一定会少一些。蓝天愚啊，你要相信，难过的日子一定会过去的。”

蓝天愚喝了一口酒，说：“我不是因为失去了晓鸥的感情而难过——不管这段感情是真的还是假的——更不是为了你以前的出轨而郁闷。”

上官慧试探着问：“这件事……在你心里真的过去了吗？”

蓝天愚的神情无比真诚：“我不会说假话的，都过去了。”

上官慧鼻子一酸，问：“那就是说，还有别的原因？”

蓝天愚轻叹了一口气：“我下午见了黄九恒。他说他害怕孤单。其实我也怕。”

上官慧伤感地看着蓝天愚：“你不会。你还有我。虽然我俩离了婚，可我毕竟还是你儿子的母亲，这点是永远不会改变的。

亲爱的蓝老师，将来无论你老了病了，甚至瘫了，只要你没找到新媳妇儿，我都会管你的。”

蓝天愚静静地看着上官慧，嘴巴动了一下，上官慧急忙打断他：“不用说谢谢，生分了。”

蓝天愚点点头：“有一天夜里，想这些事儿想得我睡不着。我躲在卫生间里，看着镜子里的自己。镜子里的我，不再年轻了，比我想象的要沧桑得多。我的眼睛里全是不开心。我不服，我不信，我怀疑。不瞒你说，上官慧，那次照完镜子，我就经常去照镜子，可每一次都一样。镜子里的我永远都比我想象的要苍凉，要沮丧，要不开心。”

上官慧的眼睛里噙满了泪水，伸出手，轻轻地抚摸着蓝天愚的手。

“有一次，你回你妈那儿，不在家，我胸口有些憋闷，有点疼，我突然特别特别紧张，惊慌失措。那一刻我突然想，如果你真的有一天搬走了，如果我一个人得了什么病，没来得及打120什么的，如果我一个人孤单单地死在房间里，没有人知道，直到尸体的臭味透到门外才被人发现，是一件多可悲的事啊！”说到这里，蓝天愚艰难地咧嘴笑笑，“我是不是想象力太丰富了？”

上官慧的眼泪流了下来。许久之后，她打破沉默，问：“小美的婚离好了吗？”

“如果我没记错的话，法院应该是明天宣判。”

“明天去看看她？”上官慧问。

“不了。这样特别的日子，留给白志勇吧。”蓝天愚笑了笑。

法院一宣判，下午江小美就办好了手续。

她单身了。被困扰了这些年，一朝得以解脱，此刻江小美觉得这座城市的空气都是甜美的。

黄九恒和蓝天愚的想法一样，也没有出现。江小美看着身边的白志勇，笑了笑。白志勇放下酒杯："还有话吧？说。"

江小美说："我们……我们俩……有可能吗？"

白志勇看着小美，沉默了半晌才开口："我们……有可能吗？"小美凄然笑笑："又问回来了。我明白了。"白志勇急忙解释："不是因为景雅，我是不敢。小美，给我时间，让我想一想。"

江小美说："我明白，你怕再一次伤害自己。"

"是不敢。不敢是因为我以为我活明白了，其实我还是不明白，还是云山雾罩，糊里糊涂。我真的是怕。怕的不是伤害自己，怕的是再伤害另外一个女人。"

"不敢是因为，你和景雅的婚姻，给了你们彼此很深很深的伤害，而这种伤害所带来的痛苦，并没有成为过眼云烟，它还积在你的心里，还在纠缠你，影响你……"江小美轻声说。

白志勇微微点头："是，日日夜夜，历历在目。"

江小美说："我们俩的关系，你难以决断。你说不是因为景雅，但我觉得，其实还是因为景雅。至少，有一部分原因是景雅。"

白志勇不说话，将眼睛从小美脸上移开，看着别处。

江小美也沉默了。

原先，白志勇一门心思地以为，等江小美离了婚，他和江小美的关系自然会有一个方向和结果。现在小美离了，这道路畅通了，他又茫然了。真够纠结的，如一团乱麻！

他努力奔跑，似乎又回到了起点。

他回到家，坐在涂鸦墙下，孤独地吃着方便面。

突然，门铃响了。门外站着两个刑警。

他们是分局刑警队的，来找景雅，让她为三年前的一个刑事案件作证。白志勇想多问一句，但刑警就是不肯告诉他，这让他很是郁闷。

白志勇有些着急，火急火燎地找到景雅。景雅告诉他，三年前，她们单位的一个英国女专家，夜里回家时遇到抢劫，反抗过程中被殴打致残。当时，案子没破，凶手跑了，现在抓到了凶手，警察来了解情况。

白志勇长舒了一口气，但又觉得景雅的脸色不对。他想多追问一句，又被景雅搪塞了过去。

“有什么事告诉我，我会帮你的。别一个人扛。”白志勇认真地说。

52.

离婚的两年前，景雅突然对白志勇改变态度，变得冷漠、自闭、不交流，抱怨婚姻，还打过一次胎。这些事白志勇都知道。

他当时怀疑景雅有了第三者，还为此调查了一番，然后排除了这个可能。

但他总感觉蹊跷，因为这个时间节点很巧。更让他纳闷的是，景雅为什么没跟他说过三年前英国专家被殴打致残的事呢？这怎么着也算个大事吧，又是她们单位的事，聊天的时候总能聊出来吧？可她只字未提。

他不放心地去刑警队询问，得到的说法和景雅的说法一致。

他也不知道自己的心里在期盼一个什么结论，总想一直查下去，于他而言，这就是折磨、煎熬。于是他又去问了景雅的旧同事，对方透露的内容大同小异。可疑！

白志勇的调查自然瞒不过景雅。景雅生气地问：“你凭什么认为警察和我的同事都在撒谎？”

白志勇挺直了腰杆：“因为，我去找警察问，我觉得他的不应该回答我，可警察就那样回答了我。”

景雅直视着白志勇，一脸严肃。白志勇接着说：“还因为，你的同事回答我的问题，回答得太熟练太顺溜，像是背下来的，所以，我认为警察和你的同事都在撒谎。”

景雅的脸色有些难看：“你不是一直没工作吗？我看有一个职业很合适你，垃圾短信里不是有那种专门帮人盯梢、跟踪、调查是否有第三者的婚姻侦探吗，你可以干这事。”

白志勇倒是咄咄逼人：“别转移话题，告诉我真相，否则我还会去调查，还会去当侦探。”

景雅急了，声音大得吓了白志勇一跳：“没有别的真相！我告诉你的就是真相！白志勇，你想干什么？你无聊不无聊啊？！”

白志勇看着爆发的景雅，疑惑地说：“景雅，你从来没用这种语气跟我说过话，即便是咱俩有矛盾，你恨透了我的时候，也没用这种语气。你失态了，所以……”

景雅接腔：“所以，你怀疑我在说假话，对吗？”

“说没说假话，你心里知道。”

“我心里知道，我心里当然知道，可是没必要让你知道吧？你没有这个资格！你凭什么非要知道我心里的事呢？请你从我的身边消失！”

白志勇被景雅的话伤害了，呆呆地看着景雅。景雅也看着白志勇，眼中露出一丝痛苦之色。

白志勇转身背对着景雅，声音中满是伤感：“景雅，你知道吗，因为三年前你的变化，因为那段时间我们的日子过得压抑，因为你对我的冷漠冷淡，让我觉得，我们的婚姻不可能再维持下去，我们离了婚。可是我告诉你，我当时不想离婚，我还想通过我的努力，我的改变，改掉我身上的毛病，来挽救我们的婚姻。”

景雅沉默不言。白志勇垂头丧气地说：“还是你的坚持，你的冷漠，让我放弃了改变的机会。我以为你……不再爱我了，所以我只能放弃。所以，如果是因为是一件别的事情改变了你的态度，促成了我们离婚，我当然应该知道真相。景雅，一年以来，这一直是我想搞明白的一件事情，这件事情一直在折磨着我。你了解我的脾气，你说，我会放弃吗？”

景雅还是没说话。白志勇转过身来：“你的沉默，是不是已经回答了我，确有真相？”

景雅仍然没有回话，白志勇知道，他再怎么问，也是问不出结果了。但他相信，他能查得出来。景雅的同事，他认识很多。有些人曾和他一起喝过酒，即便离开了景雅所在的公司，或多或少仍有一些联系。他翻了半天，翻出一个联系人——沈东。

沈东四十岁左右，文质彬彬的，出那事的时候，他已经转到城东的一所学校当老师了。白志勇在学校门前等他，自然仍是询问当年的事。

那件事他记得。“那个外国专家被打得很惨。哎，白志勇，你问这事干吗啊？”他对白志勇旧事重提感到好奇。

白志勇掩饰道：“哦，就是……就是那两个抢劫犯不是被抓到了吗，警方来了解情况，找到我那儿去了。我好奇，这不今天碰到你，瞎聊呗。”

沈东说：“哦，当时那个德国专家是被打得挺惨的，牙都掉了，被送到医院，补了牙，还输了血。”

白志勇一愣，停下脚步：“等等，你说……什么专家？”

沈东纳闷地说：“我前公司的德国专家啊……”

白志勇掩饰着惊讶：“哎，不是说是个英国专家吗？景雅是她的翻译啊。”

沈东摇摇头：“是德国专家，翻译不是景雅，是刘达坤。”

白志勇震惊极了！

苍茫夜色中，景雅打了个激灵。夜像是一个魔鬼，为数不多的星星是它的眼睛。当魔鬼作恶，夜就闭上了眼。

景雅睁开双眼，发现自己满身大汗。她走进洗手间，在水池边囫囵洗了一把脸。天亮了，外面慢慢热闹起来。她在单身公寓里，无人可思念。是什么时候开始心死如灰的，她不想去回忆。她只知道，太长时间以来，她夜不能寐。

还没到上班的时候，她就在家里磨蹭着。有人敲门，透过猫眼，她看到了白志勇。

“我找了你的前同事刘达坤。”

他真是个暴脾气，眼里嘴里都藏不住事。景雅的心咯噔一响。

“你确实撒谎了，被抢劫的不是英国专家，是德国专家。景雅，你他妈一句德语都不会说，你怎么可能是她的翻译？”白志勇的话咄咄逼人，让景雅很不好受。

“警察，你的同事，都在撒谎，好像刻意在针对我撒谎，为什么？为什么费尽心机，撒了这么大一个谎？为什么历尽艰辛，就瞒我一个人？”他连珠炮般问出许多问题，景雅一时无从作答。她的目光闪躲，情绪涌动。

“你还要瞒吗？”白志勇步步紧逼。

他太讨厌了。为什么要揪着往事不松手？

景雅打开门，放白志勇进来。她站着，白志勇一屁股坐了下来。之后，便是长久的沉默。

景雅垂着眼帘，叹了一口气，打破了沉默：“白志勇，你一直怀疑我三年前有一个秘密，对吗？这个秘密确实存在。”

白志勇看着景雅，不知为何，他竟有些紧张。景雅柔声道：

“我一直不告诉你，是为你好，也是为我好，这一点你应该相信我。如果今天我告诉你了，就失去了隐瞒的意义。”

白志勇眉头一皱：“所以，你是想告诉我，你是有一个秘密，我的怀疑对了，但你仍然不想让我知道这个秘密的内容，对吗？”

景雅的神情变得有些伤感，在步步紧逼中，在这好奇心面前，她的伤口被撕裂了。她真希望眼前这个男人就此打住，让她保留最后一丝尊严。她言辞诚恳地说：“我只想告诉你，这件事情已经过去了。你知道了，对你对我都不是什么让人开心的事，给你给我都不会带来什么改变。所以，我恳请你，不要再查下去了。”

白志勇沉默着。景雅又追问一句：“答应我，好吗？”

白志勇淡淡地回她：“那就是说，我被欺骗了，对吗？”

景雅沉默着，不说话。白志勇面色凛然：“景雅，我有心理障碍，我有好奇心，这点我承认。既然你觉得瞒着我是为我好，那肯定这件事还是跟我有关系。我想知道我是怎么被骗的，我想知道我为什么被骗，我想知道这件事情跟我们离婚有没有关系，否则我什么事也干不下去，我的日子也过不下去。所以，我还会继续调查，直到查出真相！”

气氛压抑得近乎凝固。白志勇问：“知道我为什么这么早就过来了吗？我昨天一夜没睡，想半夜就来找你，又怕自己太冲动，所以想了一晚上。”

景雅无力地闭上双眼。

“我想了整整五个小时。我该怎么去调查呢？我首先想到，去找刑警队，找你的同事，质问他们为什么要撒谎。但我要先告诉你我的这个决定，这是对你的尊重。”说话间，因为焦虑，白志勇的表情显得有些凶狠，“你希望我这样做吗？你希望把这件事情闹大吗？”

景雅有些绝望地看着白志勇。白志勇继续恶狠狠地说：“如果你不说实话，我今天是不会让你离开这个地方的。我绝对会继续调查下去，找完警察和你的同事，我会找你的领导，找你爸你妈，找你所有的朋友，我会把这件事搞得天翻地覆，我会让所有认识咱们俩的人都知道这件事情。”

景雅哀怨地说：“白志勇，你到底想干吗？”白志勇站起来，提高了声音：“狗急跳墙，这就是我想干的！”

景雅被白志勇的气势吓了一跳，有些可怜地看着他。白志勇几乎已经疯了，他高喊着：“我不喜欢欺骗！我想知道你为什么要骗我！这就是我想干的！”

景雅静静地坐着，窗外的光很亮，照在她的脸上，显出沧桑和痛苦。时光终究没有饶过她。无论是容颜，还是其他。

白志勇看着景雅，喘息着，等待着。景雅也在努力控制着，看得出她的身体在轻微地颤抖。许久后，景雅艰难地开口了：“我确实恳请了刑警队和同事，让他们撒了谎。我想隐瞒真相。三年前，确实有一个真相，一个残酷的真相。”

白志勇有些紧张，直勾勾地盯着景雅。

“我今天都讲给你听。”

53.

三年前的那个夜晚，景雅永远记得。

她加班加到很晚，夜漆黑漆黑的，有些阴沉，天边挂着几颗星星，闪亮闪亮的，仍然照不走她心底的恐惧。她打电话给白志勇，电话那头，白志勇牌局正酣，德州扑克正进行到中场。也许是牌局不顺，也许是接收到牌友异样的眼光，白志勇显得很是不耐烦，吆喝她自己打车回家。

景雅下了出租车，在小区门口被两个人绑架，塞到一辆车里。车开到郊外，她求救无门。在车上，景雅被强奸了。那两个人跑了，景雅用手机报了案。做完笔录已是凌晨三点多，她回到家，白志勇还在打牌。那天，他彻夜未归。这件事情，他丝毫没有察觉。

三年零三个月后，她还能清晰地记得那个夜晚。本来阴着的天下起了雨，星星躲到看不见的地方，那两具令人厌恶的身体在她面前晃个不停，即便她坐在警察的办公桌前，即便面前有一杯充满善意的热茶，即便办案的女民警贴心地坐在她身边给她安慰，她仍旧很冷，一直在抖。回到家里，热水澡加两床棉被亦驱散不尽那样的寒意。

令人无望的四个小时过去了，她才停止抖动。那时，窗外的天亮了，她心中的天暗了。

她曾经幻想，幻想这个案子永远不要破，这样，警察就不会来找她，她就不会再回忆起那个晚上发生的一切，就会永远永远把这件事忘掉，永远永远让这件事情不再回到她的脑子里。

她还幻想过，白志勇永远不会知道这件事情，这样，他们就不会有这样的面对面，这样的谈话，这样的回忆。

“白志勇，为什么？为什么你非要知道这一切？我本来不想让你知道的……”景雅边哭边说，声音哽咽。

白志勇站起身，紧紧地把景雅抱在怀里。景雅的哭声，止不住了。

等她的情绪稍微平复下来，白志勇才小心翼翼地开口：“对不起，景雅……为什么要一直瞒着我？”

景雅的脸色苍白，脸上泪痕未干，说：“那个晚上过去以后，我想了好多天，有一个特别固执的想法在我脑子里生了根。事情已经发生了，无论你知不知道，都不能改变这个事情的结果。我不想两个人去承担这种痛苦和折磨。因为我明白，如果你知道了这件事情，它肯定会把你折磨得难以自拔。我知道你是一个什么样的人。”

白志勇心情复杂地盯着景雅：“仅仅是为了不让我痛苦？”

景雅点头：“是。在那几个小时的时间里，我迅速想明白了一个简单而又朴素的道理——与其让两个人一起受折磨，不如让我一个人来承担。”

白志勇痛苦且绝望地看着景雅，眼圈红了，他听见景雅说：“当时，我还想挽救咱俩的婚姻，所以我对警官说，这件事情要尽量保密。”

白志勇的眼睛里满是泪水，景雅接着说：“这次抓到这两个人，我又恳请刑警队和知道内情的单位同事继续保密，尤其是不要告诉你，不要告诉我的父母，否则，三年前的那个秘密，就没有任何意义了。只是，警察是按当年留的家庭地址来找我的，否则，你永远不会知道这件事情。”

白志勇想忍，没忍住，哭了。景雅伸出手，替他擦着眼泪，她的手温柔地抚摸着白志勇的脸。她说：“因为你的固执、你的倔，你还是知道了这件事。对不起。”

白志勇抓过景雅的手，涕泪横流。

从白天到夜幕降临，白志勇一直陪着景雅。夜渐渐深了，景雅在卧室里和衣而眠，白志勇一个人坐在客厅沙发上。

白志勇起身，朝卧室看了看，走到床边，看着睡去的景雅。她的头发凌乱地覆盖在脸上，令人生怜。白志勇伸出手，轻轻地理了理她脸上的头发。景雅睁开眼，看着白志勇，眼睛里充满了疲惫。“睡不着，是吗？”白志勇柔声问。景雅点点头。

“努力睡，一会儿天就亮了。”白志勇接着说。景雅又点点头，闭上了眼睛。

天终于亮了，卧室里的景雅慢慢睁开眼，起身，脸色憔悴地走进客厅。客厅的餐桌上，摆着一桌丰盛的早餐。白志勇坐在餐桌旁，正在用热水温牛奶，看到景雅，他招呼了一声：“醒了？来，吃早餐吧。”

景雅点点头，坐到餐桌前。白志勇从温水盆中将牛奶拿出来，擦拭干净，然后插上吸管，推到景雅面前，心疼地说：“不如再休息一天吧，请个假？”

景雅喝了一口牛奶：“我还是想让这件事情尽快过去，不再折磨我，也不再折磨你，这样对我们都是最好的。所以，我会把这件事情当成没发生过一样，我会强迫自己忘掉三年前的一切，并忘记这一天来我们的谈话。还有，我想去上班。”

白志勇凝望着景雅：“趁热喝。”

事情终于水落石出了，白志勇凝望天空，接着又望着江小美、黄九恒和蓝天愚。蓝天愚感慨道：“打死我我也想不到是这么一件事。”黄九恒叹了口气：“景雅那么单薄的一个女人，没想到心里藏着这么一件大事，还瞒了那么久，人不可貌相啊。”

白志勇低着头：“景雅说，她想让这件事尽快过去。”江小美伸手拍拍白志勇的肩膀：“可是，谈何容易啊。这种事，是真正的心口上的伤，搁了三年又被撕开，怎么能轻易就过去呢。”

白志勇仰头询问道：“我想帮她。你们说，这事接下来我该怎么办呢？”黄九恒思考了片刻，说：“有一种方式——最近不要去找她，离她越远越好，尽量少见面，见了面也不要提这件事。”蓝天愚有些疑惑：“假装这事没发生，装傻充愣？这不行吧。我觉得，还是得勇敢面对，手起刀落，以毒攻毒什么的。”

江小美点头，说：“那就是另一种方式，多陪她，多跟她聊，不回避，就聊这事，让她释放得快一点。你是这意思吧？”

蓝天愚看向白志勇：“这两种方式，你觉得哪种合适呢？”

白志勇低声说："以我对景雅的了解，不能藏着掖着，不能回避，这样反而让她觉得事情很严重，老这么闷在心里，她不可能过得去。"

江小美看着白志勇，提醒道："去见景雅之前，把脸上的胡子刮掉。"白志勇点点头，又返回了景雅的住处。

他敲门，屋内的景雅知道是他，迟迟不开门。白志勇站在门外："景雅，我知道你在屋里，我是白志勇，你开门好吗？"

景雅在屋内依旧沉默着，不去开门。白志勇在门外高声喊叫："如果不开门，我就一直叫下去。"

景雅只好起身开门，让白志勇进来。

"为什么不开门？为什么不想见我？"

"我说了，我想让这件事像没发生过一样，让这件事尽快过去，所以，我们俩要尽量少见面。"

"蓝天愚用了一个词，以毒攻毒，我觉得对。"

景雅看着白志勇，眼神里全是痛苦。

"你不能回避。我就是想跟你直白地聊聊这件事，反复聊，不遮掩。聊累了，聊烦了，过去得才会快一点。"

"请坐吧。"

景雅和白志勇面对面坐着，一人一杯清茶。两人许久不说话，连茶都凉了。景雅无奈地看着他："聊吧，看你的方式管不管用。"

白志勇垂着头，声音弱弱的："景雅，那个晚上，因为打扑克，没去接你，出了……"

景雅接口道："强奸，出了强奸那件事……既然你不想藏着掖着，就不要回避这个词。"

白志勇心疼地看着景雅："出了这件事，你心里是不是特别恨我？"

景雅的嘴角微微抽动："当然，咬牙切齿。"

白志勇小心翼翼地看着景雅："那……现在呢？事情已经过去这么长时间了，你还恨我吗？"

景雅叹了一口气："当时恨，恨了两年，离婚以后，好多了，不恨了。也正是因为这个事情，当初我才坚持离婚，因为只有离婚，让我觉得我报复了你，才可以消除这种恨。"

白志勇有些无语。景雅又说："离婚以后，你到处宣扬炫耀你所谓的追求舒坦的各种理由和说法，大部分我都反对，但有一句话我是同意的——过去不重要，现在最重要。所以，把恨留在过去吧。"

白志勇面露痛苦之色，说："对不起。"

景雅有些悲伤："我当年之所以想隐瞒这件事情，就是不想看到你这副痛苦的表情，不想听到你对我说对不起。你那么骄傲那么潇洒的一个人，说对不起这三个字，我会难过。"

白志勇没说话，悲凉地看着景雅。景雅说："那件事儿出了以后，我想了好几天，只有一条路可走，唯一的一条路，没有选择的一条路——尽快忘掉那个夜晚，尽快让那件事成为过去。人要活着，就要学会把不愉快的东西尽可能快地埋藏起来，这跟坚强没有任何关系，这是人的本能。"

白志勇微微点头，但脸上依旧是伤感的表情。景雅深吸了一口气：“我既然说了，过去的事就让它过去，那我就相信我一定能做到！而且我也做到了，这件事我已经很深很深地埋藏起来了，虽然这次又被挖了出来，但我依然相信，它还会过去的。”

54.

江小美正在酒吧里忙碌着，一抬头，愣住了。她看到了失魂落魄地站在吧台外的白志勇。

“我陪你喝杯酒吧。”江小美心疼地对白志勇说。

江小美和白志勇坐在酒吧角落里的一张桌子边，白志勇沉默了片刻，开口说：“你还记得我以前说过，三年前景雅曾经打掉过一个孩子吗？”

江小美点点头。

“那个孩子，是在她被强奸三个月以后怀上的，父亲肯定是我。当时，她觉得身上脏，我和她的夫妻关系在恶化，导致她最终选择了做人流。”

江小美震惊地看着他，耐心地倾听着。

“离婚以后，景雅又想要孩子，所以，我一直在怀疑，景雅有一个什么秘密在瞒着我。直到今天，我刚刚知道景雅不要那个孩子的理由，确认了我的怀疑，挖出了这个天大的秘密……这个我怎么想都想不到的秘密。”

江小美给白志勇添了一杯酒，白志勇将它一饮而尽，像是下了极大的决心："小美，它太残酷，我没有力气，也没有勇气把这个秘密再讲述一遍。今生今世，我只讲这一次。"

小美怜惜地看着白志勇，点点头。白志勇痛苦地说："失去那个孩子，景雅一点责任都没有，如果有责任，那是我的责任，是他妈的命运。"

他想改变命运。

下午，景雅要去法院作证，白志勇决定和她一起去。当他出现在景雅面前的时候，景雅一愣。得知他的来意，她下意识地拒绝："公安局的同志都安排得很周密了。"

但白志勇坚持，她只得同意。

从进入法院起，景雅始终处于游离状态，白志勇没话找话，大献殷勤，她心里不舒服，还是压制着没说出来。直到从法院回到家，她才表情严肃地说："白志勇，我想跟你谈谈。"

白志勇看着景雅脸上的表情："好啊，你先喝点水吧，要不先吃点东西？冰箱里我给你买了面包，好几种馅的……"

景雅打断白志勇："白志勇，暖男白，你不用这么婆婆妈妈的吧？"

白志勇有点不解："怎么了？我这不是……"

景雅严肃地说："我答应跟你聊，我答应你陪我去法庭，是因为我也想尝试一下蓝天愚说的那四个字，以毒攻毒。"

白志勇明白了，看着景雅没说话。

"你不用像做了亏心事一样，小心翼翼地看我的脸色，像保姆对孩子一样照顾我。这叫以毒攻毒吗？这反而像你一直在提醒我，我受了伤害，我受了伤害，我很惨……我不想这样。”

白志勇可怜兮兮地点点头。

“这太不像你了。我当初不把这件事告诉你，就是因为怕看到你这种样子。我年轻的时候喜欢你，是喜欢你的大大咧咧，不拘小节，对什么都不在乎的样子，哪怕你有点匪气，有点江湖流氓气，说心里话，作为妻子，我可能有怨言，可作为一个人，我很佩服你，也很羡慕你。即便是我们离了婚，在这一点上你也没有什么改变。求求你了，你不用为了照顾我而改变自己，好吗？”

白志勇点头如捣蒜。

“三年前的那件事情发生以后，我发现，人有时候比自己想象中更能扛事，更坚强。”白志勇静静地听着。景雅眼睛看着前方，深吸了一口气，接着说，“我在做笔录以及配合调查的那段时间里，看到了很多事情。一个手机被抢劫，摔倒在人行道上的年轻姑娘，重度骨折，她紧紧地抓住她男朋友的手，忍着自己的眼泪，忍着自己的痛苦，微笑着反过来去劝自己的男朋友；两个十五岁的少年，因为抢夺一个价值几十元的游戏卡，被捅成重伤，满身的鲜血；一个六岁的男孩，被他有家暴倾向的父亲打得左肩关节整个向后反扭过去……”

景雅像是回忆起了无数往事：“在那几个小时里，我看到了那么多的不幸、鲜血、伤痛，还有坚强。那时候，我心里稍微有一点安慰，因为我发现这种折磨不是我一个人在承受。我坐在那里，突然想起，以前我们俩看电视，人们遇到困难和灾难的时候都爱说一句话：痛苦是生活的一部分。我们还嘲笑过这句话，觉得假，虚伪，觉得做作。可当时，我突然想起了这句话，我就用这句话来劝自己，告诉自己，人活着，不可能永远平平坦坦的，有些苦难是回避不开的，我一定要迅速给自己找到一个理由，让自己尽快去超脱……”

白志勇轻轻握住了景雅的手。此刻，他思绪如泉涌。一直以来，他都觉得自己是一个很自信、很想得开看得开的人，别人说他自恋、不负责任，说他是流氓无产者，他根本不在乎，甚至还以此为骄傲。现在他却非常讨厌自己，觉得自己像一摊狗屎，在景雅的痛苦、委屈面前，他的痛苦、委屈连一摊狗屎都不如。

他默默地走了出去。他也需要空间静一静。

景雅来到黄九恒工作的饭店，找到黄九恒。

黄九恒当然知道，她来找他，是为了白志勇。他就那样静静地听着。这个善良的女人在自己遭受伤害时还想着白志勇，她请他和蓝天愚帮助白志勇度过这段艰难的日子，尽快摆脱他的心理障碍。在她眼中，白志勇比她更脆弱，更容易崩溃。因为他单纯，认死理。她怕他垮掉。

那一瞬，黄九恒想林响了。人只要存活在这个世上，伤疤就总会被有意无意地揭开。

送完景雅，回酒店的时候，黄九恒看到了伍倩。两人对视一眼，认出了彼此，慢慢地停下了脚步。伍倩热情地伸出手：“黄九恒？！你好，你还记得我吗？”

黄九恒笑了笑："烧成灰我都认识你，伍倩你好。"

伍倩捶了他一拳："太巧了。"黄九恒说："不算巧，这是我工作的酒店。"伍倩作恍然大悟状："哦——有时间吗？一起喝杯咖啡。"

黄九恒同意了。他和伍倩喝着咖啡，聊了很多往事，也聊了近况。黄九恒表示不解："你居然还是单身，滨海市的男人都瞎了眼吗？还是你眼光太高，挑三拣四？"

伍倩放下咖啡杯："都不是，一直在积极寻找，确实没有合适的。"黄九恒笑了笑："那还是眼光太高啊。"

伍倩问他："你呢，怎么样？一切都好吧？"

黄九恒有些伤感："不太好。"伍倩意识到了什么，收起笑容，关切地看着黄九恒，却听见他说，"我太太半年前去世了。"

自那天起，伍倩总会有意无意地路过黄九恒工作的酒店。那天她告诉黄九恒自己没有遇到合适的人，其实她撒了谎。有合适的人，这一年她遇到过，只是当时不凑巧。

来了几次，终于撞到了黄九恒一回。仍像上次那样，是黄九恒主动打了招呼："谢谢你来看我。是不是知道了我的惨痛经历，母性大发，想来怜悯我？"伍倩笑笑："没有那么矫情啦，我就是路过，肚子饿了，试试能不能让你请我吃个午饭。"黄九恒欣然同意："没问题，很荣幸。"

后来她又约了黄九恒几次。她还进了饭店的后厨，送了黄九恒一条羊绒围巾。大愣格外高兴，因为师父的桃花运来了。

看完最新上映的电影，迎着满天星光，黄九恒说："我知道你频繁约我是为了什么。也许尽快开始一段新的感情，能让我重新热情起来，不再愁眉苦脸，不再唉声叹气。”

伍倩温柔地说：“不要有负担，我不是因为你的惨痛经历才再次和你接触，我就是觉得你人踏实、可靠，就这么简单。”

黄九恒停下脚步，转身看着伍倩：“给我点时间，我不会让你等太久。”伍倩大方地点点头：“我知道。我不会着急，你也别急，好吗？”

把一切交给时间，是最好的选择。当然，黄九恒的时间，有一部分是得分给白志勇的。接受了景雅的嘱托，他和几个好朋友一起商量如何帮助白志勇解脱。用打牌的方式以毒攻毒当然是不灵的。几人愁坏了，又聚在一起想了半宿，最后终于找到了突破口——让白志勇去干景雅最希望他干的事。

他们觉得，白志勇为了景雅肯定愿意，景雅也会高兴，连景雅一块儿拯救，一举两得，一石二鸟。那么，给白志勇找份工作！

蓝天愚的学生于子扬做了一家势头很不错的公司，济南的分公司正好缺一个部门经理，月薪六千。白志勇没什么问题，主要是得试探一下景雅的想法。

景雅举双手赞成，劝白志勇接受这份工作。她越劝他，他越觉得她还需要他。聊这事的那天，他陪她买完东西，送她回家，看着她一个人拎着一大堆东西，孤孤单单地走进单元门。他突然觉得，她那么弱小，那么单薄，无依无靠。

他不想去济南了。他的心在这儿，脚也就在这儿了。

55.

景雅买了两张相声演出的票，毫无疑问，一张是留给白志勇的。相声很欢乐，景雅也笑得很开心。白志勇看着看着，悄悄拉了拉景雅的手。

第二天上班的路上，景雅晕倒了。急性阑尾炎，幸亏有好心人将她送到医院。她的手机没电了，好在她还记得一串号码和联系人的名字。

景雅的父母都在南昌，她在这个城市没有别的亲人。也只有白志勇，能在手术单上签字。

白志勇等在医院的走廊上，狠狠地扇了自己一个耳光。路过的病人好奇地望着他，而他浑然不觉。就在刚才，他看着她被推进手术室，又看着她被推出手术室。这个过程中，他一直在想，如果不算他，在这个城市里，她没有一个亲人，她就是孤零零的一个人。

她昏倒在城铁站的时候，别人问她家人的名字和电话，她说出来的是白志勇爸爸的名字，而报的手机号是白志勇的。白志勇知道，她其实想告诉警察的是他爸的电话，可她的脑子里只有白志勇的电话。

他是她在这个城市里唯一的依靠，唯一的念想。

有句老话：离开了，离远了，才看得清。他和景雅离婚以后，其实他并没有表面上那样轻松。他还是想她，拼命用各种办法想把她从心中忘掉。他想成为一个浑蛋，这样，他的心就可以硬起来。可是，做一个没心没肺、潇洒的浑蛋，真是件挺难的事。

出院后，景雅盖着一张薄毯，靠在沙发上，手里拿着一本花花绿绿的杂志，百无聊赖地翻来翻去。此时，白志勇正手脚麻利地在厨房干着活，拿湿巾擦着灶台。

景雅探着脑袋望了一眼："白志勇，你别干了，行吗？你这擦东擦西的，好像是一种无声的谴责。"白志勇用力地擦着油烟机："此话怎讲？"景雅笑了笑："你让我觉得我那厨房特别脏，显得我特别懒，特别像那种不爱干家务的懒婆娘。"

白志勇也笑了，一边洗手一边说："不是你这刀口还没好吗，我给你擦得干净点，起码这几天你不用干家务啊。"

景雅伸手招呼了一下："你过来，跟我说会儿话。"白志勇屁颠屁颠地跑了过来。景雅问，"有件事，我一直想问你……江小美……离婚了吗？"

"离了。"

"离了？什么时候离的啊？"

白志勇低头掖了掖景雅的毯子："有一个月了。"

"哦……手续都办了？"

白志勇又去给景雅倒水："办完了，离婚证都拿到了。"

景雅盯着白志勇，轻声道："白志勇……"

白志勇抬头，盯着景雅，又迅速移开了视线。

"怎么了，一说这事你就不自然啊？看你那躲躲闪闪的样子，又掖毯子又倒水的，还躲着我的眼睛，不会你和江小美已经开始规划未来了吧？说实话，你是不是和江小美已经好了？”

白志勇急忙否认：“别胡说！没好，没好。”

“那……有可能好吗？”

“景雅，我跟谁讨论这个问题，也不能跟你讨论啊！我多尴尬啊。晚上想吃什么？”

“怎么就不能跟我讨论啊？”

“晚上想吃什么？”

“当时我问你，你跟我说过，说你和江小美的障碍是在于她还没离婚。那现在……”

白志勇打断景雅，加重了语气：“晚上想吃什么？！”

景雅白他一眼：“吃你！”

白志勇两眼放光：“吃我？行，哥们儿随便让你吃。”

正调侃着，白志勇收到了江小美的消息。

区晓鸥给江小美打电话了，她的病治疗效果很好，她让江小美转告大家，之前给她的幽默笑话书她一直在看，每天都在笑。当然，重点是，江小美想去陪一陪晓鸥。她想问问，她不在的这段时间，白志勇能不能帮她经营这个酒吧。

那天，两个人聊了很多。白志勇不是不喜欢她，也不是没想象过两个人的未来。只是，他觉得自己一身麻烦，捋不清楚，乱七八糟的，好像没有喜欢她的资格，没有爱她的条件。

这不是假装矜持，也不是成年人面对爱的胆怯。

而江小美从来没有强求他给她什么承诺，也没有要求她一定要给她一个结果。知道彼此心里是怎么想的，就已经是一种结果了，就已经很温暖了。这种结果，她很知足。

江小美记得，有一次去见白志勇的时候，她甚至带了洗漱用品。去开个房间，对两个离了婚的成年人来说，不难，可是……那个房间，也许她永远也打不开。

上官慧出差了一个月。在这段日子里，蓝天愚总在想，和她离了婚之后，为了瞒着儿子而瞒大家，他俩只能住在一起。虽然分房睡了，可毕竟还是在一套房子里，一起吃、一起喝、一起过，这时间长了吧，还挺适应。尤其她出轨的那事儿吧，时间一长，就跟没发生过一样，他也不记恨她了。

有时候他确实恍惚，就跟没离婚似的。他想不明白的是，这骗大家吧，骗来骗去，怎么把自己也给骗了。有时候他还真得提醒自己一下，跟她已经离了，不是两口子了。

说白了，她出差这么久，他一个人待在那屋子里，不大适应，还真是挺想她的。

蓝天愚想把家里刷一下，等她从海南出差回来，给她一个惊喜，让她小感动一下。这事真不太像离了婚的人干的，倒像是在讨好恋人。

复盘这些天的细节，蓝天愚有一丝后悔。之所以和她离婚，是一口气顶在心里，吐不出去。其实现在想想，还是男人的那点面子，想为自己找个心理平衡，心里隐隐约约觉得，也算是报复她了。

有时候，他看着上官慧，看着她眼睛旁边慢慢长出来的皱纹，他心里就别扭。他总是想，人家跟他好的时候，脸上可没有皱纹。

他摇摆，矛盾，举棋不定，不知是要回头还是不回头。

回头就是复婚，毫无疑问会成为别人的笑话！可是不回头吧，每天每夜的，鼻子里闻着家里熟悉的味道，眼睛里看着上官慧那张熟悉的脸，还时不时感觉到儿子的存在，他又纠结了。人生何其艰难。

蓝天愚还没来得及做出决定，上官慧就回来了。

那天深夜两点多，和白志勇小聚归家的蓝天愚远远地看到家里的灯亮着，心里一晃悠，还以为进贼了。他推门进来，看到的是正在打开行李收拾东西的上官慧。

“我坐的最晚的一趟航班。本来定好明天的，可我突然特别想家，就提前了。”上官慧说。蓝天愚有些感动：“哦，想家了。”上官慧点点头：“是，想家了。”说到这里，她环顾房间，“哟，好像有点什么不一样。哦，窗帘换了，好漂亮啊。”

蓝天愚不好意思地摸摸头：“对，还有，灶台和抽油烟机也换了。”上官慧细细打量了一番，转身看着蓝天愚：“如果我没猜错，你不告诉我，是想给我一个惊喜吧？”蓝天愚点点头。上官慧也笑了，“目的达到了，我惊喜了。”

那一夜，两人说了很多话。

第二天清晨，蓝天愚从书房兼卧室出来，上官慧正在厨房里忙着。看到蓝天愚，她从厨房里端出热好的牛奶：“哎，快吃早餐吧，吃完陪我去买菜。”

蓝天愚坐到餐桌前，看着一桌丰盛的早餐：“这么丰盛啊！这早餐也太讲究了。”上官慧也坐下，说：“昨晚喝酒喝到那么晚，肚子肯定空了吧？喝完酒要多吃点有营养的东西。”蓝天愚感激地看着上官慧：“还是有个家好啊。你出差的这一个月，早餐我基本上都是在路边或者快餐店对付的。多谢了。”上官慧笑了笑：“一家人就别瞎客气了，快吃吧。”

蓝天愚感慨连连：“是啊，家，一家人，有了儿子，夫妻之间的关系……是孩子爹妈的关系，这永远不会结束。这个孩子，把夫妻之间的血缘给连接起来了，这是想改变都改变不了的。”

上官慧应道：“没有孩子的家，随时可以解散、可以瓦解，夫妻也随时可以分开，丈夫可以重新成为别人的丈夫，妻子也可以重新成为别人的妻子……”蓝天愚点头：“只有孩子，没有重新……”

早晨的阳光斜射进来，照得小屋里暖暖的。

56.

为什么要颠覆？就是烦了，闷了，去喝一场酒，喝醉了，暂时忘却了，但醒了，该吃馒头还得吃馒头，该啃白菜还得啃白菜。

舒坦是什么样子的？说到底，就是一碗面，一瓶啤酒，一场好看的球赛，一摞干干净净散发着香喷喷味道的衣服，没那么复杂，没那么遥不可及。只不过，大家把这事想得太难了。

为什么要疯，要玩？因为愤怒和委屈太大太多，大家才有了疯狂放纵的行为。可时过境迁，三人又跟蒸熟了的茄子似的。为了躲避痛苦，他们不切实际地做起了梦，还是白日梦。梦让他们从人变成了梦想家，三个双脚离地的梦想家。终于有一天，梦醒了，梦没了，仨字变俩字——只剩“想家”了。

是的。他们想家了。

蓝天愚在看电视，手里不断地换着频道。扎着围裙刷完碗的上官慧从厨房走出来，靠在厨房的门框上，看着蓝天愚，问：“怎么啦，这几天？天天坐在电视机前，平均十秒钟换个频道，典型的电视白痴。出去玩吧，找白志勇、黄九恒去玩吧，别老憋在家里了。”

蓝天愚看着电视，没回头：“怎么啦，嫌我烦了？我不愿出去，我愿意在家待着。再说了，白志勇现在在帮小美管酒吧，黄九恒打两份工，我们玩不到一块儿了。”

上官慧走过来，坐在蓝天愚旁边：“哦，原来不是不想出去玩，是没人陪你玩。够孤单的呀，蓝老师。”

蓝天愚回头看着上官慧：“没人陪我玩，还真挺无聊的。你看啊，明天我没课，你也没有飞行任务，我有一想法……”

上官慧有点好奇：“什么想法，说。”蓝天愚笑眯眯地：“没人陪我玩，你陪我玩啊，咱俩看电影去吧。”上官慧一愣，看着蓝天愚没说话，但蓝天愚看得出来，她有一丝感动。

“怎么啦？不想去啊？”

上官慧略有一些伤感："不是。记得上一次咱俩一块儿去看电影是什么时候吗？"蓝天愚一愣，想了一下，然后不好意思地拍拍脑袋："哎哟，还真记不起来了。起码好几年了。"

这对离了婚的夫妻彼此凝望着，上官慧的眼睛里慢慢涌出泪水："谢谢。"蓝天愚静静地看着她。她接着说，"谢谢你，再一次约我去看电影。"

蓝天愚走近前妻，轻轻地伸出手，擦掉了上官慧脸上的泪。

白志勇越想越觉得不是那么回事，他在床上翻来覆去睡不着，干脆爬了起来，一溜烟去了景雅家。他要和景雅有个新的开始，今天就摊牌！他等不及了。

"白志勇，离了婚才一年半，你又要开始重新追我，重新跟我谈恋爱，你不觉得这样很儿戏吗？"

白志勇连连摆手："不儿戏，我们俩离婚是有误会在里面的，并不是我们俩的感情出了问题，而是我们俩的性格造成了错位。从前是因为我不知道那个秘密。现在秘密不在了，为什么不能继续呢？"

景雅问他："那我怎么去跟大家交代？单位，同事，朋友，我的父母，我的亲戚，你的亲戚，我们怎么去跟人家解释？"

白志勇一副胸有成竹的样子："我就知道你会这么说。我早想好了，屎盆子尽情往我身上扣，就跟大家这么解释，当初由于性格原因造成矛盾，主要责任在我，离了，彼此念念不忘，又都没有找到合适的，痛苦纠结，发现我还喜欢你，你还喜欢我，所以又好了。”

“即便闭着眼睛不管不顾，去跟别人解释完了，我们俩呢？我们俩当时的那些矛盾依然存在啊。你不会接着说你能改正吧？而且，我也不希望你去改正，那你肯定会委屈，又会有新的矛盾……”

白志勇将手伸到她眼前，打断了她的话：“好，那我换个问法，你讨厌我这个人吗？”

“我喜欢你，我从来没否认过。我说过好多遍了，我喜欢你，是因为你只想做自己。坚持做自己的人，是不应该被讨厌的。”

白志勇一听，脸上露出一丝笑容：“这就是基础，咱们俩重新开始的基础啊。”

景雅有些无奈：“白志勇，我说过我喜欢你的这种性格，可我没说过我还喜欢你再当我的老公吧？”

“不矛盾吧？如果复婚，我可以把那些当老公的缺陷改正过来啊！”

“白大哥，喜欢和结婚差着十万八千里呢！”

“咱俩又不是没结过婚，怎么十万八千里都出来了！”

景雅叹了一口气：“我原来就说过你，永远长不大，心理年龄和实际年龄不相符，看来我这个说法，千真万确。白志勇，断了这个念想吧，我不会同意。”

白志勇有些绝望地看着景雅。景雅仍拒他于千里之外：“这事……就当你没跟我提过。”

一次不行，再战一次。白志勇熬了两天，又把景雅约到了江小美的酒吧。

他们面对面坐着，景雅就那么淡淡地看着白志勇，白志勇满脸真诚："我告诉你，景雅，我决定重新追求你，绝对没有知道了那个秘密之后对你的怜悯。这是我真正深思熟虑后的决定，这一点，你相信吗？"

景雅依旧用刚才的眼神看着白志勇，没说话。白志勇叹了一口气："看来你还是不太相信。这样说吧，如果说有怜悯，我是需要被怜悯的，那件事情，对我也是一个伤害，我也需要被拯救，咱俩在同一条船上。我这样说，你相信吗？"

景雅凝视着白志勇，挤出三个字："我相信。"

"谢谢。有一句大俗话说，离得远了，反而看得清了。离婚以后，一个人孤单寂寞，我才想明白是什么原因让我失去了你，失去了我们的婚姻。是我表面潇洒，实则自私的毛病。这个毛病，我已经在改，所以，它也不应该成为我俩之间的一个障碍。我这样说，你相信吗？"

景雅点头："我愿意相信。"

"好，那你告诉我，我们之间还有什么障碍是越不过去的？"

"白志勇，我只是觉得……太突然了，能不能等我想想再做决定？"

"我不想等。我喜欢一个女人，这个女人也不讨厌我，却不知要让我等多久才肯告诉我结果，那是一种煎熬……除非，你想让我每天都缠着你。"

景雅看着白志勇，没说话。白志勇也盯着景雅：“景雅，我想问你一个问题，最后一个问题，你一定要说真话。你觉得，我们俩再睡在一张床上的可能性，一丝一毫都没有了吗？”

“没……有。”

白志勇摆摆手：“回答得不够坚定，那就是还有一丝一毫。我不会放弃。”

景雅有些无语。白志勇站起身：“得，我去给你找点吃的，吃完了，我继续追求你。”

白志勇取了一些小吃，又拿了一个果盘，一股脑放到景雅面前。景雅慢慢地吃着东西，此时店里还没营业，偌大的空间显得有些空旷，他就那么静静地看着她。

她真好看。

他忽然想到一个问题：“你刚才是不是说，能不能等你想想再做决定？”

“对啊！”景雅一时不知白志勇打的什么算盘。

“那你是在跟我商量这事儿啦？”

“对啊！”

“那，这是一个问句了？”

景雅有些疑惑：“问句？什么问句？”

白志勇看着景雅，笑得跟朵花似的：“谢谢！”说完，他像个孩子一样蹦蹦跳跳地走了。

看着他的背影，景雅有点蒙，不知他葫芦里卖的什么药。

在白志勇看来，问句说明还有希望，有希望他就不放弃，尽管，他的希望面前隔了一层玻璃，看得见，够不着。

自己的事情如坠云雾，白志勇仍旧记挂着黄九恒。

“我和蓝天愚都在努力争取回头，你怎么办？你的红颜知己，有希望吗？”白志勇边走边拨通了黄九恒的电话。

“自个儿的事儿满脑门子官司，先替我操上心了。我的心里只有林响、小蕾她们母女俩，我怎么能再去谈恋爱呢？暂时当光棍呗，挺好。”

“林响走了也有一段日子了，小蕾在国外也踏踏实实稳定了，你真不想把这个红颜知己，变成你的女朋友？”

“这……我还真想过……只是没有答案。”

“行吧，我去找你，见面聊。”

白志勇飞快地来到黄九恒工作的饭店，两人找了个地方，边喝边聊。

“你看啊，你刚四十来岁，那么年轻，长得又上相，看上去也就三十来岁，以后的日子还长着呢，不能老独守空房啊。”

黄九恒笑笑：“别煽动我了。太不真诚了，不能为了鼓励我，就这么拍我的马屁啊！我怎么看也不像三十多的吧。”

白志勇翻了个白眼：“不像不像，像六十，行了吧？你看啊，你一个人孤零零的，我也不能老陪你啊，反正我是铁了心要把景雅追回来的，老蓝呢，又想复婚，要是这种可能真实现了，到那时候，你就更孤单了。”

黄九恒皱着眉头：“你这么一说，我真应该愁眉苦脸啊。不过，我还有小蕾，如果我再去找一个女朋友，我一定要去征求她的意见。”

今天是黄九恒约定了打电话给小蕾的日子。上次的通话中，他向黄小蕾透露了最近要去看她的消息，她可高兴了。想了想，黄九恒叮咛她说：“小蕾啊，你千万不能因为爸爸要去了就分心啊，要好好学习。”

黄小蕾兴奋地说：“还有十二天，爸爸就来看我了。”

黄九恒小心翼翼地问：“小蕾，志勇叔叔说，爸爸还年轻……蓝叔叔也说，爸爸不能老一个人，应该再找一个女朋友。你怎么看这事啊？”

黄小蕾轻松地说：“志勇叔叔给我打电话，告诉我了。”

黄九恒惊讶极了：“啊！这小子太不着调了。”电话里，黄小蕾的笑声格外好听，黄九恒嘟囔道，“哎，这个白志勇，怎么什么话都跟你说啊。”

黄小蕾说：“我同意，我举双手同意。我知道你一个人待着就会老想妈妈，想我，心里会不好受，我能感觉到。所以，我也会难过，我不愿意爸爸一个人孤单单地过日子。”

黄九恒感动得不知该说什么。

57.

“我们……能复婚吗？”蓝天愚紧张地看着上官慧。

上官慧问他："你想跟我复婚？可是你能原谅我之前犯的错误吗？"蓝天愚鼓起勇气："这个错误纠缠了我一年多，也让我想了一年多。我现在彻底想明白了，人这一辈子，哪有毫无瑕疵的，就像这红酒，是，放到酒柜里口感会更好，可是不放酒柜里，它就不能喝了吗？之前的事情，只是你的一个遭遇，也是咱俩共同的一个遭遇。所以，你也不要有负罪感，不要有心理阴影，真的，那事……只是一个遭遇，一段不怎么开心的插曲。"

"你能这么想，我非常感激。也许是你的善良，让你把这个错误看成了一个遭遇，一段插曲。可我心里永远会把它看成一个错误，一个伤害了你的错误，伤害了我们这个家的错误，我不会轻易原谅自己……"

蓝天愚深吸一口气："有句老话，人生的不如意十之八九，我们就是那个八九里的大多数，为什么非要往那个一二的堆里钻呢？过日子，遇到点不如意的事，正常。过去了，就过去了。"

上官慧的眼圈红了。蓝天愚接着说："如果你的错误算错误，我也有，我过分心胸狭隘，缺少宽容，爱较劲，爱钻牛角尖，在这段日子里，也让你受了不少委屈。"

上官慧的眼里充满了泪水："你曾经跟我说，不让我对你说对不起，但是今天我还是想跟你说，对不起。"

说着，她的眼泪夺眶而出。蓝天愚慢慢地把她抱在了怀里。

白志勇喝着牛奶，坐在景雅公司门口的花坛上等景雅下班。

景雅刚走出来，他就迎了上去。景雅站定：“有事啊？”白志勇盯着景雅：“装傻？你不说要考虑几天吗，都五天了，该考虑好了吧？”

景雅为难地看着白志勇：“我……我还没考虑好，能不能再给我几天时间？”白志勇点点头：“这几天你考虑，我也在考虑，我考虑出来的想法，你想听吗？”景雅点点头，白志勇紧张地说，“嗯，我知道，我……”

景雅看着他：“没想好？那下次再说吧。”说完，她迈开步子就要走。白志勇仰头，无奈，对自己突然出现的紧张有些懊恼。他指着牛奶盒自言自语地嘀咕道：“丢不丢人，你不是最好的吗？！不成功，便成仁，加油！”

给自己打了气，他转身追上景雅，对景雅说道：“我知道，过去我的自私伤害到了你，很难让你再相信我。但再难，我也不会放弃你，我会用狂追的方式，来让你下定决心！我会让你看到一个更加成熟的全新的我！”景雅无奈地看着白志勇，他接着说，“我这人又拧又二，你不应该怀疑我的决心吧？”

景雅笑着说：“好啊，我在英国等你。”白志勇显得很是狂野：“你不用笑，也不用回避。景雅，总有一天，你的名字，还会出现在我家的户口本上！”说完，他转身走了。

景雅看着白志勇，心头反倒升起一丝欣赏。然而情绪刚弥漫了一点点，白志勇回转身，手指景雅：“用你的猪脑子想一想，我是什么人！我说到的，一定会做到！”

白志勇的背影，潇洒自信。景雅看着他，慢慢收起笑容，眼睛里透出一丝感动。

于黄九恒而言，过了女儿那一关，他心里纠结的，还是林响。他的顾虑是，林响刚去世不到一年，他再找个女朋友，对林响不敬，他心里也接受不了。

白志勇真诚地说：“林响还在的时候亲口说过，无论你做什么，只要你心里舒坦，她都会支持你去做，因为她不愿意看到你受委屈。你忘了，当时她还老轰你出来找我俩玩。”

黄九恒感动地点点头。白志勇又说：“她现在虽然走了，但她的话，还存在。”说着，白志勇给了他一个眼神，“我跟林响也算是老朋友了，如果你黄九恒真能尊重自己的感受和想法，她在天堂里也一定会理解和支持你的。”

见黄九恒还犹豫着，白志勇想，得下点猛料了。之前黄九恒和白志勇聊天的时候提过，他和伍倩在酒店碰上过，总共喝了三次咖啡，吃了两次饭，逛过一次街，也算郎有情妾有意。那么，把她约出来聊聊吧。

在凯澜德休闲区，黄九恒、白志勇、蓝天愚、伍倩四人围坐一桌，红酒加美女，酒不醉人人自醉，他们频频举杯，相谈甚欢。

白志勇率先发言：“我期待你和黄大厨热烈恋爱。”

蓝天愚诚恳地说：“我有些尴尬。当时，他俩怀疑你喜欢我，你义正词严、明目张胆地表示喜欢黄九恒，把我闪得够呛。”伍倩笑了笑：“我只是说我喜欢黄九恒那种类型的，并没有说我喜欢黄九恒。”蓝天愚竖起大拇指：“哎哟，真会说话。”

白志勇接着说：“伍倩，你看啊，当时是给我介绍女朋友，我们才认识了你。虽然认识的方式有点猛，有点不太礼貌，可你呢，很宽容，也很真诚。你明确表示不喜欢我这种类型的，喜欢黄九恒，所以呢，黄九恒心里一直没忘记你，一直惦记着你。他酷爱你的大大方方，不装大尾巴狼，所以呢，你完全可以和黄九恒坦坦荡荡地谈恋爱啊。”蓝天愚忙不迭地补充一句：“自从黄九恒和你再次邂逅，日思夜想啊，满脑子都是你，差点把菜刀切到手指头上……”

伍倩笑着问：“黄九恒的这些感受是你们俩替他编的，还是真的？”

“他们编的。”黄九恒回答得很快，也很坦诚。伍倩无奈地笑笑：“有这么逼人谈恋爱的吗？我真有点不太适应。”

黄九恒叹了一口气：“我说你不要见他俩吧，你非要见，这俩不靠谱的饿狼嘴里，能吐出什么好词来。”

白志勇举杯：“伍倩女士，原来的疯狂三人组，变成了光棍三人组，同样的命运，同样等着被别人选择，有点惨兮兮的。你先和黄九恒谈起来，给我们一个吉祥。”蓝天愚也叹气：“三个大男人，共同纠结，是挺悲壮的……”伍倩适时打断他：“不是三个人吧？”黄九恒明白伍倩话里的含义，深情地看着伍倩。

白志勇也明白了：“行行，你告白一下。”伍倩说：“黄九恒有人喜欢啊，这次又接触他，知道了他的经历，证明了我之前对他的判断没有错，我有小小的得意。当然，还要看黄九恒能不能下这个决心。”

蓝天愚很是高兴：“有态度就好，提前祝福你们。”白志勇看了一眼黄九恒：“黄九恒应该不会拒绝你这道秀色，他傻啊？”蓝天愚感慨一句：“悬在我和白志勇头上的，是刀还是蜜罐，还是个悬念。”黄九恒笑了：“前途未卜，曲折坎坷啊，你俩做好长期斗争的准备吧……”

伍倩有些无奈，真拿这几个人没办法：“感觉你俩像电视里那些参加唱歌比赛的小男生，战战兢兢，堆满了笑脸，等着人家打分、选择，怎么这么被动啊……”

送走了伍倩，几个继续喝着。蓝天愚建议道：“你俩先甭管跟谁结婚，甭管是不是景雅或者伍倩，总之，你俩都想要孩子吧？”黄九恒点点头：“我是坚决想要的，就看这个未来的媳妇儿了。关键是白志勇，他是个无后主义者。”说完，他笑着抿了一口啤酒。

白志勇叹了一口气：“我原来的确不想要孩子，这个世界有太多的危险，太多的风雨，太多的坎坷，我不想让孩子去经受这些不可预测的残酷。可我现在动摇了，看到你们俩和孩子的那种感情，我倒是真有些羡慕……”

黄九恒似乎回忆起了抱着黄小蕾的日子，眼中满是幸福：“沧桑的脸，岁月的痕迹，一张中年人的脸，抱着一个活蹦乱跳满脸稚嫩的小孩儿，多酷啊……”

白志勇两眼放光：“让你这么一形容，我一想那画面，还真想要一个了。”蓝天愚笑了笑：“你得要个孩子。过日子，稳。见过两条腿的椅子吗？”黄九恒点点头：“好形容啊，走一个！

三人仰头把杯子里的啤酒喝完。白志勇放下酒杯：“瞧给你们俩美的，孩子他妈还没着落呢，就想到孩子了……跳回现实，扯回正题，我和蓝天愚的回头之路，被堵死了该怎么办？”

黄九恒给他打气：“四个字，用心、坚持，你们俩这才哪儿到哪儿啊！”

好，那就坚持！都要坚持。于是，两个无主的男人分别开始行动。

58.

白志勇手捧一大束玫瑰花，站在景雅公司门口。景雅惊讶地看着白志勇手里的花，笑着说：“又打了一份工？卖花了？”

白志勇点头：“真想，迅速攒钱，好经常骚扰你。”

“那你辛苦了。”

白志勇把花递给景雅：“送给你的。”

景雅接过花，看着白志勇，脸上的表情变化不大。白志勇叹了一口气：“哎，以为收到花你会感动，这么一大捧……”景雅淡淡地说：“以后我会努力。”白志勇趁热打铁：“去喝杯咖啡吧？然后去看场电影。”景雅脸上的表情依然淡定：“太俗了吧。”白志勇立马让别人背锅：“蓝天愚支的招，我也觉得俗。”

景雅翻了个白眼：“没点新鲜的？离婚快两年了，在讨女人喜欢的手段上，你没什么进步。”白志勇笑了笑，凑上前来：“那是我不想进步，我要是进步了，你就没机会了。”

景雅笑着把他推开了。

同一时刻，身穿空姐制服的上官慧拖着黑色航空皮箱进门后，忍不住站定了。她看到，餐桌上的大花瓶里插满了玫瑰花，99朵。穿着围裙的蓝天愚从厨房里迎了出来，在玫瑰花前站定：“下班了？二十分钟以后开饭。”

上官慧笑了笑：“花很漂亮。”蓝天愚点点头：“是啊，很漂亮。卖花的人说，9朵玫瑰是长久，那么，99朵是长久的十倍，是豪华长久。”

桌子上的99朵玫瑰娇艳欲滴，散发出好闻的味道，上官慧心情大好，微笑着说：“好酸啊。不过，我喜欢。”蓝天愚说：“昨天晚上，我和黄九恒、白志勇吵了一个小时，我说送花，他们说俗……”上官慧脉脉含情地看着蓝天愚：“俗，但是管用。”

蓝天愚上前一步，深情地看着上官慧：“我就是这么跟他们说的。上官慧，我会保证，如果我们重新在一起，我的下半生和你的下半生，也会长长久久……”

与他俩的幸福不同，黄九恒郁闷地坐着，面前摆着一大束玫瑰花，玫瑰花的灿烂和黄九恒脸上的郁闷形成了鲜明的对比。

白志勇和蓝天愚急匆匆进了门。看着玫瑰花，白志勇着急地问：“怎么了？怎么就没送出去啊？不是说好咱们仨集体行动，一块儿送花吗？”黄九恒苦着脸，摇摇头。

蓝天愚急了：“哎哟，你快面死我了，你摇什么头啊，是你没去，还是人家没要啊？”黄九恒讷讷地道：“没去，我没去。”蓝天愚一屁股坐在黄九恒对面：“怎么了，你抽什么风啊，为什么没去？”白志勇也坐下，一脸严肃地说：“蓝天愚，你别急，让他慢慢说。你给我张开嘴，说！”

黄九恒叹了一口气：“我觉得，我现在还不能去谈恋爱，我心里还有别的女人，我不可能这么快把这个位置腾出来。这样，对伍倩不尊重。”

白志勇和蓝天愚不说话了。黄九恒满面苦涩地接着说：“我不可能把对林响和黄小蕾的感情分出一部分来，拿去给别的女人，我做不到。”

白志勇点点头，说：“我理解。”蓝天愚想了想，说：“那就再等吧，等到哪一天，你心里有位置了，也许，会水到渠成……”

黄九恒说：“你俩怎么样？集体行动的效果如何？”

“我花也送了，咖啡也喝了，电影也看了，俗招全用了，可景雅说，她还要考虑。”白志勇有些无奈，“蓝天愚，你呢？”

蓝天愚说：“我花也送了，饭也吃了，酒也喝了，对她好的保证也下了，复婚的要求也提出来了……”

“那然后呢？”黄九恒期待地问。

蓝天愚叹了一口气："然后……然后上官慧酒喝多了，醉得一塌糊涂，光哭，还吐，什么也没答应我。"

蓝天愚和上官慧吃早餐的时候，上官慧看着蓝天愚，问："我昨天晚上喝醉了，后半段聊的什么，我一点都不记得了。后面咱俩聊什么了？"

"前半段咱俩聊什么，你还记得吗？"

"记得啊，你说你要永远对我好，你还向我保证，如果我们能和好，咱们俩会长长久久。"

"那后半段话，我还要再说一遍吗？"

上官慧看着蓝天愚，目光里期待着什么，点点头。

"好，我再说一遍，我说……我说了很多话，重点是，我希望我俩能复婚，能还在一起过日子。"

上官慧深情地看着蓝天愚。

"听明白了吗？"

上官慧点点头，眼圈红了。

"别激动，吃饭吧……我还可以等。"

上官慧的眼泪涌出眼眶："我同意。"

蓝天愚上去抱了抱她，如热恋时一样。

林响的墓碑前，一大束白色的菊花被人轻轻放在了那里。黄九恒缓缓蹲在地上，看着林响的照片，清秀，贤淑。他拿出手帕，轻轻擦拭着。

“林响，明天，我就要去看小蕾了，买了她爱吃的巧克力、烤鸭，还有山楂果脯。还有，小蕾和常哲商量了，常哲也同意了，小蕾还姓黄，不会改姓。”黄九恒克制着涌动的感情，深呼吸，“孩子她妈，你放心，我会永远把小蕾当成我的亲生女儿，我会永远照顾她，一直照顾下去，直到她长大，直到她嫁人，直到她生子，直到我们的孙子孙女也长大，直到我死。”

“我也会好好地活下去。”黄九恒默默地说。

白志勇睡到日上三竿，一睁眼，发现床边站着一个人，把他吓了一跳。是景雅。钥匙没换，她就进来了。连同她一起进来的，还有大包小包：“呵。睡得够死的。”白志勇尴尬地拍拍头。

等等！他鞋也不穿了！疯疯癫癫地冲出卧室，把门反锁上！是的，既然她进来了，就不让她走了！

而景雅，向他张开了双臂。

他的心情美到无法形容，从中午到下午，他走路带风，就连在酒吧收拾的时候，都哼着小调。

“老板，需要女服务员吗？”

白志勇没回头：“不需要。”可紧接着，他似乎意识到了什么，放下手中的酒，缓缓转身。吧台外，站着江小美和区晓鸥。

区晓鸥戴着一顶帽子，依旧俊俏，只是瘦削了不少。江小美沉静地看着白志勇，反倒是白志勇有些不解：“这么快……就回来了？”区晓鸥笑了笑：“想你们了，想酒吧了。”

白志勇微微点了点头。江小美开口了：“晓鸥说，这里是她的家，她死，也要死在这里。”

白志勇只知道机械地点头，此刻千思万绪涌上心头。

江小美凝视着白志勇：“不打扰你吧，白老板？”

“欢迎回家。”